EPIK

FRANZ HEINZ

Franz Heinz, geboren am 21. November 1929 in Perjamosch, im Banat/Rumänien. 1944 mit Eltern und Bruder nach Österreich evakuiert. Heimkehr ins Banat 1945. Der enteigneten Familie wurden die staatsbürgerlichen Rechte aberkannt. Als Landarbeiter und Bäcker tätig, dreijährige Zwangsarbeit in militärischen Arbeitslagern. Abitur und Studium (Geschichte, Geografie) in Bukarest. Von 1960 bis 1974 Kulturredakteur (Abteilungsleiter) der Bukarester deutschsprachigen Tageszeitung „Neuer Weg". Autor mehrerer Prosabände und Herausgeber von Büchern aus dem rumäniendeutschen Kulturerbe. Beiträge für den Rundfunk und das deutschsprachige Fernsehen. 1974 Berufsverbot. 1976 Ausreise mit der Familie in die Bundesrepublik Deutschland. 1977-90 Redakteur des in Bonn erscheinenden Pressedienstes „Kulturpolitische Korrespondenz" – verantwortlich für das Ressort „Literatur und Kunst". Chefredakteur der Zeitschrift des Ostdeutschen Kulturrats „Der gemeinsame Weg". 1990-95 Verantwortlicher Redakteur der im Auftrag des Innerdeutschen Ministeriums herausgegebenen Hefte „Kulturspiegel". 1995-2012 Chefredakteur der von der Stiftung Mitteldeutscher Kulturrat herausgegebenen Vierteljahresschrift „Kultur-Report". Buchveröffentlichungen und Hörspiele. Langjährige Mitarbeit beim Westdeutschen Rundfunk. Freier Publizist in Düsseldorf. Wichtigste Veröffentlichungen: „Ärger wie die Hund. Aufzeichnungen eines Knechts", Erzählung; „Acht unter einem Dach", Novelle; „Lieb Heimatland, ade!" Zwei Erzählungen; „Vormittags", Kurzroman; „Franz Ferch und seine Banater Welt", eine Künstlermonografie; „Das Tagebuch des Uscha Wies", Hörspiel; „Bruder Hund", Hörspiel. Herausgeber des „Belgrader Tagebuchs. Feuilletons aus dem besetzten Serbien 1916-18" und der „Tier- und Jagdgeschichten von Otto Alscher". „Kriegerdenkmal", Roman; „Bonn am Meer. 15 Ratschläge für einen registrierten Fötus. Notizen über das Fremdsein", Hörspiel.

Franz Heinz

Endzeit

Roman

Literatur
Ludwigsburg

Bibliografische Information der Deutschen Nationalbibliothek
Die Deutsche Nationalbibliothek verzeichnet diese Publikation in der Deutschen Nationalbibliografie; detaillierte bibliografische Daten sind im Internet über http://dnb.d-nb.de abrufbar.

Ludwigsburg: Pop Verlag · 2021

ISBN 978-3-86356-304-2

Reihe Epik · Bd. 112 · Hrsg. der Reihe: Traian Pop

1. Auflage 2021

Druck: Pressel, Remshalden
Autorenfoto: Franziska Heinz
Umschlagbild: Franz Ferch, *Maroschhaus* (Ausschnitt)
Umschlaggestaltung: T. Pop
Korrektur: Katharina Schmidt
Pop Verlag · Postfach 0190 · 71601 Ludwigsburg
www.pop-verlag.com

Endzeit

Der Roman „Endzeit" geht im Kern auf den Maler Franz Ferch (1900–1981) zurück. Dieser hatte sich am Ufer der Marosch – die im siebenbürgischen Hochland entspringt und in Ungarn in die Theiß mündet – ein Haus mit Zimmer und Küche gebaut und dort, umgeben von Wassermüllern und Sandaushebern, sein umfassendes künstlerisches Werk gestaltet. Ferch erlebte beide Weltkriege und siedelte 1979 in die Bundesrepublik Deutschland aus. Seine Arbeiten spiegeln das Banat und die gewaltsamen Veränderungen, die das 20. Jahrhundert auch in Südosteuropa hinterlassen hat.

Obwohl die im Roman geschilderten Begebenheiten und Entwicklungen – wie auch die beschriebene Uferlandschaft – einen realen Hintergrund haben, sind diese nicht vordergründig als Biografie des Malers Franz Ferch zu verstehen. Allerdings tauchen Ereignisse, Schicksale und Verwerfungen auf, die bis ins Einzelne der erlebten Wirklichkeit nachgebildet sind.

Es war Nacht und Lerch hörte den Regen auf dem Dach. Es war ein herkömmliches Dach, nach beiden Seiten schräg abfallend und mit einem einzigen, vielleicht etwas zu mächtig geratenen Schornstein obenauf. Im Haus darunter fanden gerade mal Zimmer und Küche Platz. In die Wände hatte Lerch zwei Fenster brechen lassen – eines zum Fluss, der steil auf das Haus zulief, ein anderes zum Damm hin, der die Felder der Bauern und ihr Dorf vor dem jährlichen Hochwasser schützte. Im März, wenn sich das Treibeis im Eck staute, trat der Fluss über die Ufer, und nicht selten noch einmal mitten im Schnitt, wenn die Bauern alle Hände voll zu tun hatten.

Die Bauern mochten den Fluss nicht. Er lag wie ein Schlagbaum hinter den Äckern und grenzte die Dörfer hinter dem anderen Ufer aus. Das Banat war hier zu Ende, obwohl die Dörfer drüben ihre Kirchtürme in den gleichen Himmel stießen, die gleichen Kartoffeln angebaut wurden und die Wassermelonen wie auf der Banater Seite die blassen Bäuche in den Sandböden nachwärmten. Die Leute drüben, so hieß es, seien ein anderer Menschenschlag, aber auch sie mochten den Fluss nicht, wenngleich das Hochwasser ihre höher gelegenen Dörfer nicht erreichte und sich nur in den flachen Talmulden ins Land vorschob ohne größeren Schaden anzurichten. Vielleicht war es gerade das, was sie anders sein ließ.

Lerch liebte den Fluss, und es war ihm mitunter als gebärde sich dieser wie eine falsche Gottheit, die ewig war, ihr Opfer forderte und das Brot wachsen ließ. Die Müller und die Sandausheber, die Flößer und selbst der Plättenwirt mit Knecht und Hund fanden ihr Auskommen an seinem Ufer und nahmen es hin, wenn er die Gärten überschwemmte und das Eis vor die Schiffsmühlen warf. Lerch redete mit dem Fluss, stritt mit ihm und hörte ihm zu, so wie er heute dem Regen zuhörte, der auf sein Dach trommelte als gäbe es sonst nichts, worauf es zu trommeln lohnt. Es war freilich ein neues Dach, und es mochte für den Regen unterhaltsam sein, die frisch verlegten Hohlpfannen auf ihre Undurchlässigkeit zu prüfen. Da kam ihm der Sturmwind gerade gelegen. Wütend jagte er auf das Haus zu, als hätte er vor, es Stück für Stück in den hochgehenden Fluss zu schleudern. „Bengel, lausiger“, fluchte Lerch. Er stand am Fenster und sah zu, wie die Blitze die Nacht spalteten, zählte die Sekunden bis zum Donnerschlag und wusste das Gewitter genau über sich. Glaubte sehen zu können, wie das Unwetter den Uferwald anfiel, am Stahlseil der Plätte riss, die Schiffsmühlen in die Buchten zurückstieß und, neu gebündelt, gegen sein Haus anrannte. Neben dem Plättenwirtshaus war es das einzige Ziegeldach in der langen Reihe, in der die Sandausheber und Schiffsmüller ihre Behausungen stehen hatten. Lehmbeworfene Planken mit einem Rohrdach darüber, das den Häuschen wie Wollmützen auflag. Mit ihnen hielt der Sturm sich nicht länger auf, und auch über das schiefergedeckte Schulhaus, das sich unauffällig dazwischen schob, fegte er gleichmütig hinweg. „Ich bin's, auf den er aus ist." Lerch spürte es im Innersten und wusste, dass er ihm nichts entgegen zu setzen hatte als seinen Hochmut. Er blieb am Fenster und sah das Wasser von der Traufe stürzen. Verkrampfte die Finger zur Faust.

Sein Haus war das letzte in der langen Uferreihe. Ein ganzes Stück noch hinter dem letzten Nachbarn hatte er es auf einer Warft aufstampfen lassen, auf der vormals Kalk gebrannt worden war und die sicher über dem Hochwasserpegel lag. „Dich ärgert's", lachte Lerch in den Sturm hinaus, der Äste aus den Uferweiden brach und über den Zaun warf. Er blieb am Fenster, war allein und stark.

„Bist dort in der Wildnis", hatte ihn seine Mutter gewarnt, als er ausgezogen war, das Gestrüpp rodete, die Warft vermaß und als groß genug für das Haus befand. Es sollte wie die anderen Häuser am Ufer sein, mit weißem Dreieckgiebel an der Stirnseite und einem offenen Vorbau für die Sommerabende. Das Dach freilich fester, und im Garten ein aufgebockter Mühlstein – für zwei Flaschen Schnaps und einen Handschlag erworben von Gyuri, einem Sandausheber, der am unteren Ende der Häuserreihe wohnte und sein Auskommen mit einer Milchkuh aufbesserte, die genügsam vor dem Damm weidete. Gyuri öffnete bei Hochwasser alle Türen im Haus, damit das Wasser wieder hinaus könne, und nächtigte bis dahin sicher in seinem vor der Küche angepflockten Kahn. Er beschimpfte auch schon mal den Fluss als Satan oder Hurensohn, ohne sich allerdings sicher zu sein, wie's gemeint war. Andersrum nämlich schwemmt das Hochwasser Schotter und Kies an und versorgt damit den Sandausheber mit dem täglichen Brot, und zwischendurch, gewissermaßen nebenbei, lagert es Schwemmholz vor dem Zaun ab, einen ganzen Baum zuweilen, genug um den kommenden Winter hindurch Zimmer und Küche zu heizen.

„Ich mach's wie Gyuri", hatte Lerch damals seiner Mutter zugelächelt, eher zu ihrem Entsetzen, denn sie kam aus gutem Hause und hatte darauf geachtet, sich auch standesgemäß zu verehelichen. Ihr früh verstorbener Mann war Notar und Gerichtskommissar gewesen, dessen Unterschrift auf allen örtlichen Urkunden und Verträgen zu stehen hatte, wenn sie Gültigkeit haben sollten. „Ordnung" hieß das Gebot im Banat, das noch vor zwanzig Jahren zur alten Donaumonarchie gehört hatte. Das Bildnis von Kaiser Franz Joseph war zwar aus den Amtsräumen verschwunden, nicht aber aus dem Gedächtnis seiner ehemaligen Untertanen. Lerchs Mutter, eine in Ehren ergraute Frau, wie sie sich gern selbst bezeichnete, bewahrte noch immer eine tief empfundene Ehrfurcht für den alten Kaiser, der fern, ja geradezu entrückt in Wien residierte und, wie sie zu wissen meinte, jedem seine Würde beließ.

Lerch stellte sich vor, wie seine Mutter jetzt hinter verriegelten Fensterläden Blitz und Donner den Zugang verschloss, voller Sorgen über den Sohn draußen in der Wildnis. „Tut mir leid, Mama", nickte dieser in den Sturm hinaus, und das war alles, was ihm von seiner Seite aus zu tun möglich schien. Er war eben anders, auch wenn keiner wusste wieso. An einer guten Erzie-

hung hatte es, weiß Gott, nicht gefehlt, und auch der verlorene Krieg konnte die anhaltende gesellschaftliche Entgleisung nicht rechtfertigen. „Stürzt in dein Verderben!“, hatte seine Mutter gewarnt. Vergeblich, wie sie leidvoll zugeben musste, und wie es Lerch jetzt in die Sturmnacht hinausschrie. Tierhaft.
Er setzte sich ans Harmonium in der Zimmerecke, zog sämtliche Register und legte alle zehn Finger auf die Tasten, quälte ihnen sämtliche Dissonanzen ab, ließ sie aufheulen und dann genüsslich hinüber gleiten in eine bekannte Volksweise im Dreivierteltakt. „Für dich, liebe Mama.“ Lerch neigte artig den Kopf zur Seite, als säße seine Mutter zuhörend auf dem Sofa nebenan. Sie liebte es, wenn er musizierte, und allzu gern hätte sie ihn als Kantor in der Dorfkirche gesehen, von allen geachtet und das Tedeum der Orgel wie Frühtau über die betend hingesunkenen Gläubigen streuend. Er aber zog die Hütte am Fluss vor und hatte als Maler nicht nur eine brotlose Kunst gewählt, sondern sich auch, was zusätzlich schmerzte, endgültig von der gehobenen Gesellschaft verabschiedet.

Es klopfte, und die Tür wurde sperrangelweit zurückgestoßen von einer den ganzen Türrahmen ausfüllenden Gestalt, die wie ein nasser Pudel den Regen abschüttelte und ein sperriges, regengeschütztes Gestell behutsam nachhob. Fachgerecht – wie alles, was Jakschi anfasste, wenn er was anfasste – spreizte er das dreibeinige Stativ auseinander und trocknete sorgfältig den kantigen Kasten seiner Kamera. „Ich hab’s!“ jubelte er Lerch zu, der von seinem Hocker aus dem Freund zuwinkte und keine Überraschung zeigte, ihn völlig durchnässt, ja geradezu aufgeweicht und obendrauf zu dieser späten Stunde vor sich zu sehen. „Ich hab den Blitz auf der Platte!“ Jakschis Hand fuhr senkrecht nieder und riss einen unsichtbaren Zacken in den Lichtschimmer der Öllampe. „Stell dir den Nachthimmel vor – schwarz aufgetürmtes Gewölk und dann der Blitz! Und der nächste Blitz!“ Wieder schnitt seine Handkante durch die Luft. „Alles auf der Platte.“

„Sensationell!“ Lerch warf dem Freund ein Badetuch zu, vergaß Mama und den Sturm, hörte zu, was Jakschi heraussprudelte über den eingefangenen Blitz, der, wenn es auch sonst keinen interessieren mochte, festgehalten war auf der Platte, vom Himmel geholt und erreichbar geworden war. Wer sonst hätte sich das Unwetter gefügig zu machen gewagt, dem Blitz ins Auge geblickt, seine Flüchtigkeit gebannt? Dieser Jakschi war keineswegs der kuriose Bastler, für den ihn das Dorf hielt, nicht allein der Alleskönner, der Radios reparierte, mit Uhren handelte, das Elektrizitätswerk betrieb, den ersten Ford im Dorfe fuhr, sonntags die Kinoabende im großen Wirtshaus inszenierte und zu fotografieren verstand. Künstler und Erfinder war er, Freigeist und Schwerenöter, Kamerad und Gegner. Er verstand es, wie die kunstvollen Pyramiden, die Lehrer Kühn mit der Abgangsklasse der Knabenschule zum Schulfest einstudierte, perspektivisch zu steigern waren, und nahm es gelassen hin, wenn zur Schweineschlacht die Bauern neben den aufgeschlitzten Säuen posierten. Ein quirliger Ameisenhaufen oder ein

Wespenschwarm auf angefaultem Fallobst erregte seine fotografische Leidenschaft ungleich mehr als jedes junge Brautpaar, das aufgeputzt und mit durchgedrücktem Knie in die Kamera starrte, völlig unvorbereitet darauf, was jetzt und vor allem späterhin auf sie zukommen würde.

„Das musst du sehen", beschwor Jakschi den Freund, kippte das Wasser aus den Schuhen, schlüpfte aus der nassen Wäsche und hüllte seine beachtliche Fleischfülle in Lerchs Badetuch. Als das Unwetter heraufzog, berichtete er zwischendurch, war er mit seinem Ford losgefahren, „gerade noch rechtzeitig", hatte den Apparat aufgebaut und auf den Blitz gewartet. Es gab jetzt nichts Wichtigeres als den Blitz. Der Ford – nun ja, der war bei der Plätte in eine Bodensenke geraten, mit dem rechten Hinterrad, aber was zählte das schon.

Lerch schenkte Doppeltgebrannten ein und ließ die Flasche in Reichweite. Draußen zog das Gewitter ab, und nach dem dritten Gläschen Treber hatte es zu regnen aufgehört. Der Wind strich genüsslich von den Äckern auf das Haus zu, bereit, alles wieder gut zu machen, was er im Zorn, oder auch nur im Übermut angerichtet hatte.

„Die Sterne sind wieder zu sehen." Jakschi nickte zustimmend und beließ es dabei. „Sterne sind wie Kühe auf der Weide", bemängelte er. „Jeder kann Sterne fotografieren. Aber den Blitz", Jakschi stieß den Zeigefinger steil in die Luft, „den kriegst du nicht geschenkt. Egal ob du Katholik bist oder sonst was, ledig oder nicht ledig, Österreicher oder Türke. Du weißt, wie ich das meine.

Ich meine, für den Blitz ist das völlig egal, aber da muss einer erst dahinter kommen."

*

Lisi wachte auf, und das Leben war schön. Sie war jetzt bald sechzehn, hatte die Grundschule hinter sich und, wie es so schön heißt, das ganze Leben vor sich. Die Sonne schien zum Fenster herein und Lisi sah hinaus, verwundert über die halbreifen Äpfel, die der Nachtsturm aus dem Baum gebrochen und achtlos ins Gras gestreut hatte. Sie hatte nicht nur den Sturm verschlafen, sondern auch die Melkzeit der Kuh Rosi, die bereits hinter dem Haus wiederkäute und vorwurfsvoll mit der Halsglocke bimmelte. Lisis Mutter nahm es gelassen hin. Zu früh noch, pflegte sie zu sagen, bekommt das Kind die ganze Härte des Lebens zu spüren. Sie wusste, wovon sie sprach. Vier Geschwister waren sie daheim gewesen, vier Mädchen, und jedes wollte so schnell wie möglich raus. Als Gyuri um sie anhielt, am Kirchweihsonntag im Mai, zögerte sie nicht lange, obwohl er vom anderen Ufer her war und dort Gheorghe hieß. Ein Sandausheber nur und nicht ein Handwerker, der ihr lieber gewesen wäre, immerhin aber einer mit festem Wochenlohn. Sie rief ihn ungarisch Gyuri und hatte vor, aus ihm einen brauchbaren Mann zu machen. Was auch gelungen war, sah man davon ab, dass er am Zahltag länger als zulässig beim Plättenwirt hängen blieb, unablässig qualmte und jeden Montag über Rückenschmerzen klagte. Für das Kind freilich tat er alles. Wenn's mehr nicht sein konnte, lag das daran, dass die Welt so ist wie sie ist. Hast dich damit abzufinden, und wer will's so genau schon wissen, was daran nicht richtig sein mag. Wichtig blieb: das Kind war gut geraten. Wer sie so mit sechzehn sah, frisch und gut gebaut, mit allem ausgestattet was dazu gehört, konnte sie durchaus für eine der Sommerfrischlerinnen halten, die sich während der Hundstage im Schulhaus oder bei den Wassermüllern für teures Geld ein Kämmerchen oder auch nur ein Bett mieteten. Mütter und Töchter aus den umliegenden Marktgemeinden, wo sich neben dem Bauernstand, und von ihm getragen, Kaufleute und Handwerker – Professionisten, wie sie hier hießen – behaupteten und zunehmend das gesellschaftliche Leben auf eine andere Ebene verlagerten, wo neben dem, was einer besaß, auch das ins Gewicht fiel, was einer aus sich zu machen verstand. Sie suchten nicht nur Kühlung und Erholung am Fluss, sondern wollten auch gesehen werden, und sonntags, wenn die Männer nachkamen, fanden sie ihr Pläsier beim Plättenwirt, der für bessere Gäste die zweite Gaststube aufschloss.

Lisi gefiel es nicht schlecht, dass sich die Herrschaften in den Kutschen nach ihr umdrehten, durchaus mit Wohlgefallen und zugleich den Reiz bedauernd, den die Tochter des Sandaushebers – kurzzeitig wohl – vergeudete. In Lisis Körper aber sangen gleich hundert Lerchen, und das machte das Lachen ehrlich und den Schritt geschmeidig, der Leib und Lachen hinaus trug in ihre kleine Welt bis zur Plätte und, seit diesem Sommer, auch ins neue Haus des Malers. Gyuri hatte daran mitgebaut, als Taglöhner und als Mann mit vielen Geschicklichkeiten, der, wie's gebraucht wurde, zimmerte und mauerte, dem Schnaps nicht auswich und wusste, wo die fetten Karpfen hinter der Strömung lagen und wann sie, satt und faul, am ehesten anbissen.

Jeden Morgen um neun konnte man Lisi den Uferpfad hinaufwandern sehen. Sie versorgte den Maler täglich mit frischer Milch und jeden Freitag mit einem Stück Butter auf einem noch taufrischen Rebenblatt. Lerch zahlte pünktlich. Es mochte indessen auch eine Freude anderer Art gewesen sein, die Lisi so eilfertig sein ließ und schon beim Erwachen heraufdämmerte, noch ehe sie wusste, was der Tag sonst bringen würde. Sie stapfte wie sonst barfuß auf Lerchs Haus zu, aus dem diesmal aber nicht, wie so oft zu dieser Stunde, das Harmonium zu hören war. Vielmehr ereiferten sich zwei Männerstimmen in einer sonst nur beim Plättenwirt, und selbst dort nicht in aller Herrgottsfrühe, üblichen Lautstärke.

„Du lieber Himmel!"- Jakschi unterbrach beim Anblick des Milchmädchens seine eben geführte Behauptung über die Unentbehrlichkeit eines Rundfunkempfängers für den modernen und auch nur minimal bildungsorientierten Menschen. Sein fotografisch geschultes Auge hatte auf Anhieb das jeder Pose entbehrende jugendliche Motiv auf der Haustreppe erkannt. In der einen Hand die Milchkanne, in der anderen die Sandalen, vermied es Lisi, das Haus zu betreten. Stand da wie eine Erscheinung, den Schlamm des Uferpfads auf den bloßen Füßen, rote und blaue Pünktchen auf dem leichten Kleid. „Die Milch." Sie gab die Kanne ab und ging.

„Siehst es und glaubst es nicht.“ Jakschi trat ans Fenster und blickte dem Mädchen mit unverhohlenem, wenn auch vordergründig berufsorientiertem Wohlgefallen nach. Lerch ging nicht weiter darauf ein, füllte die Milch in einen Tonkrug um und stellte ihn auf dem Frühstückstisch ab. „Ich würde sie gern fotografieren, wenn ich's dürfte“, tastete sich Jakschi vor, „bloßfüßig im Pünktchenkleid. Aber du kennst unsere Leute. Die kriegst du so nicht vor die Kamera. Sie finden sich nur herausgeputzt schön, und sind es doch am ehesten wenn sie nichts dazutun. Vielleicht fragst du mal die Kleine.“

Lerch störte die Beiläufigkeit der Bemerkung über die „Kleine“. „Sie bringt die Milch“, warf er hin. „Das ist mir genug.“

„Die Frage ist, ob es so bleibt.“

*

Jakschi meinte zu wissen, worüber er sprach, und gab seine Bedenken, vielleicht gerade noch rechtzeitig, an einen möglicherweise gefährdeten Freund weiter. Immerhin war das Mädchen in einem Alter, in dem der eben entdeckte Leib die Vernunft und alle zehn Gebote aus dem Bewusstsein strich, und der schon bald überreife Maler mochte gerade von dieser taufrischen Jungfräuligkeit mehr als nur flüchtig eingenommen sein. Es war zu befürchten, dass die Frühmilch zum Herzstück des Tages und aller Tage im Jahr werden könnte. Wohin das führen kann, war Jakschi so fremd nicht. Sieben Jahre war er älter als der Maler und hatte, anders als dieser, das Glück gewagt und auch schon verspielt. Mit Ilonka. Sie war schön und wusste es. Sie war ihre eigene Mitte. Zu Jakschis Welt aber gehörten auch die Schwalben unterm Dach, die Zigeunermusik im Casino, der Himmel über dem Land, die Ameisen im Erdreich und immer wieder auch der Blitz. Ihr war das lästig und sie kam sich, bei so großer Streuung, zu wenig beachtet vor. Er versprach, das zu ändern, ein völlig anderer zu werden, schon bald, demnächst. Trug sie auf Händen und überhäufte sie mit Geschenken. Er diente aber sie wollte nicht einen Lakaien. Sie wollte bald gar nichts mehr, und Jakschi musste einsehen, dass es nicht allein am Blitz lag, und dass die Liebe nicht klug macht. Gerade das aber war an diesem Sommermorgen bei Lerch so überflüssig wie sonst nichts auf der Welt.

*

An keiner anderen Stelle kam der Fluss dem Damm so nahe wie am Scharfen Eck. Steil hielt er auf das Uferspitze zu, riss Bäume aus der Wurzel und wäre am liebsten durchgebrochen ins offene Bauernland dahinter. Im Frühsommer überflutete er das Eck mit Hochwasser, und in den Wintern schob er ihm das blanke Eis in die Flanke. Menschen und Wald stemmten sich gemeinsam dagegen und wussten doch, dass dem Fluss letzthin sein Wille zu lassen sein wird. Missmutig grub er sein Bett im spitzen Winkel nordwärts, wohin er gar nicht wollte, und es dauerte eine ganze Weile, bis er sich wieder auf sein westliches Gefälle besann. Die Leute am Fluss mieden das Eck und suchten ihre Hausplätze weiter stromab, wo auch die Plätte einen weniger gefährdeten Liegeplatz für sich ausgemacht hatte. Den Fischern aber – auf den großen Fang aus – war's gerade recht. Sie legten Grundschnüre in die Rinnen, stellten Reusen auf, spannten Netze in die Strömung und versorgten den Plättenwirt und seine Gäste nicht nur mit frischem Wels, Sterlet und Hecht, sondern auch mit weniger frischen, gleichwohl aber immer gern gehörten legendären und angeblich verbürgten grandiosen Fischzügen am Scharfen Eck. Sie mochten den Fluss mit allen seinen Launen und fragten wenig danach, was er vorhatte, wenn er gelben Schaum in die kümmerlichen Faschinen warf und auch schon mal einen sich zu weit vorgewagten Rüster unterspülte. Das Eck war seine Domäne, und die Fischer nahmen es hin, dass er hier so von sich selbst eingenommen war wie an keiner anderen Stelle an seinem Unterlauf.

Lerch zog die Dammkrone vor. Abends, vor Sonnenuntergang, sah er zu wie der Himmel über der Ebene verglühte. Auf der Landseite doppelstufig abfallend und mit der gestreckten Flanke zum Wasser hin schob sich der Damm vor das schwäbische Dorf, bevor er in zwei Brechungen den serbischen Nachbarn zustrebte. Landeinwärts blühten Sonnenblumenfelder, und vor den Sümpfen lagen die fetten Kleestücke der rumänischen Pferdezüchter. Ihre grobknochigen Ackergäule waren auf den Viehmärkten gefragt, aus ihren Ställen kamen aber

auch feingliedrige Füchse mit gelben Mähnen, die auf größeren Höfen von den Ackergäulen getrennt gehalten wurden.
So weit weg entfernte sich Lerch allerdings nur selten. Er pendelte vom Eck bis zum alten Ziegelofen, wo die Landstraße zur Plätte die Dammkrone überspringt. Der Wind baute Wolkenburgen über den Dörfern und räumte sie wieder ab, Krähenschwärme fielen ein und lärmten im Uferwald. Richtige Schreihälse. Gefräßig plünderten sie tagsüber die Äcker der Bauern und prahlten damit abends noch aus dem Nest.
Lerch verachtete das Pack, wie er die Krähen beschimpfte, und lebte doch in guter Nachbarschaft mit ihnen. Sie gehörten her wie Eis und Wasser und das Treibholz vor der Tür. Hinter allem steckt ein Sinn, meinten die Leute am Fluss, und das war der Weisheit genug. Die Bauern freilich führten ihren Krieg gegen die Schädlinge. Im Frühling, wenn die Jungen schlüpften, hetzten sie die Feuerwehr auf die Krähen. Das ganze Korps, an die dreißig Mann, rückte aus und mordete. Sechs abwechselnd an der Pumpe, sechs an den Schläuchen, sechs zur Hand. Ganz vorn der Brandmeister und sein Adjutant, das Strahlrohr steil in die Baumkronen gerichtet und jedes Mal aufjohlend, wenn der Wasserdruck eines der Nester aus den Zweigen riss oder die noch flugunfähigen Jungvögel herausspülte. Was fliegen konnte, kreiste über dem Wald und zeterte. Entsetzte Kräheneltern, Krähennachbarn und Krähengeschwister verdeckten den Himmel und zerrissen ihn, stürzten mit angelegten Flügeln in die nassen Nestbäume und flüchteten erneut.

Kommandant und Mannschaft feierten anschließend beim Plättenwirt, urinierten breitspurig und waren auch sonst vorbildlich.
Die Krähen schwirrten bis in die Nacht über den Bäumen und schrien nach ihren Jungen. Und doch begann der Tag darauf mit dem gewöhnlichen Hunger, der näher war als alle Trauer. Niemand weiß jedoch, wie langlebig das Gedächtnis der Krähen ist und was sie weitergeben an die Nachkommen. Eines Tages könnten sie, im Hass geeint, über uns herfallen, und unsere Flinten, die sie heute noch verscheuchen, werden dann nichts gegen sie ausrichten. Es wird nicht zählen, ob einer beim Morden dabei war oder nur zugesehen hat. Die Krähen machen da keinen Unterschied.
„Ich werde sie malen“, nahm sich Lerch vor. „Ich werde sie den Menschen zeigen wie sie sind und nach Gottes Willen sein müssen. Bilder voller Unruhe und Lärm werden es sein, Herdrauch im Geäst, in der Luft ihr heiserer Schrei.“ Er sah ihnen zu, wie sie im Tiefflug über den Damm strichen, verärgert über den einsamen Mann, der weder ruhte noch flog. Voller Unmut spreizten sie die Flügel, stellten sich in den Wind und spotteten aus vollem Hals. Denn nichts macht unruhiger als das Unbegreifliche.
Die Sonne war bereits versunken als Lerch sein Anwesen betrat und die Krähe auf seinem Dach sah. War es ein Ausgestoßener oder ein Späher? Mensch und Vogel betrachteten einander, befragten sich gegenseitig und blieben einander fremd.

*

Es war Montag als Mennich kam. Er war vermögend und im ganzen Landkreis angesehen. Vor seiner Walzmühle hielten Tag für Tag die schweren Leiterwagen der Bauern, indessen den alten Schiffsmühlen draußen am Fluss die Kunden wegblieben. Mennich mahlte unabhängig vom Wasserstand, lag näher zu den Höfen und lieferte richtiges Weißmehl, das den Kranzkuchen der Bäuerinnen in aufbrechende Duftknospen verwandelte. Die Zeit der Wassermüller war dahin. Die Letzten machten Kleinholz aus den Schiffen und vertranken ihren Kummer beim Plättenwirt.

Mennich entging nicht die Bescheidenheit des Hauses. „Das kann bald anders sein“, orakelte er, denn die Kunst, die echte Kunst, werde dringend gebraucht. Das sei so neu nicht, sagte sich Lerch und hörte doch hin, als Mennich von einer großen, einer wirklich großen Kunstausstellung sprach, in der die besten Werke nicht nur gezeigt, sondern auch angekauft werden sollen.

Was Lerch künstlerisch gerade vorhabe, wollte er wissen. Eher verlegen erwähnte dieser seine zunehmende Beobachtung der Krähen, und sonst, Lerch zögerte, lägen Skizzen über die Sandausheber vor – richtige Urgestalten, knorrig, einfältig und ehrlich. „Neinnein!“ Mennich stemmte seine ganze Körperfülle hoch: „Nichts was niedlich und artig ist, und auch keine gespenstischen Krähen!“ Sein Gesicht hellte sich auf: „Was wir meinen, ist Schweiß als Mythos, der Mensch in seiner Ahnenreihe. Malen Sie den deutschen Siedler im Banat. Kernig

und mit der Scholle verwachsen, die er unter den Pflug nimmt. Was wir brauchen ist ein Fanal!“
Kleinlaut verwies Lerch auf eine Reihe von Bauernbildnissen, die er in den reichen Heidedörfern ausgeführt hatte. Gefällige Porträtkunst, auf den jeweiligen Selbstdarstellungsanspruch zugeschnitten, sauber in der Ausführung und ohne visionären Hintergrund.
Mennich winkte ab. Ihm sei es um die Idee zu tun. „Große Zeiten kündigen sich an“, er geriet ins Schwärmen. „Großes wird zu leisten sein von starken Menschen. Die Welt wartet auf Taten.“
Schon wieder? Vor zwanzig Jahren war Lerch an die italienische Front abkommandiert worden. Gerade mal achtzehn befehligte er eine Haubitzenbatterie an der Brenta, ein blutjunger Fähnrich, dem neben dem täglichen „Gott erhalte …“ Exerzieren, Reiten, Terrainlehre, das Schießen und vor allem Gehorsam beigebracht worden war. Gemeinsam mit 150 andern Kadetten aus allen Ecken der Monarchie, mit Deutschen, Ungarn, Tschechen, Slowaken, Polen, Kroaten und Rumänen, die unterschiedslos auf den Kaiser vereidigt waren und auf ein Vaterland gegensätzlicher Hoffnungen. Die altgedienten Soldaten an der bereits zerbröckelnden italienischen Front verzogen die Gesichter, wenn der Fähnrich in Habtachtstellung dünnstimmig kommandierte: Feuer! – War’s eine Tat?
„Ich kann damit nichts anfangen“, sagte Lerch. „Man kann nicht malen was nicht gegenwärtig ist.“
Mennich zog die Brieftasche und legte einen Tausender auf die Tischplatte. „Mein Vorschuss auf das erste Bild. Ich bestelle acht.“

Lerch versteinerte. Sah den blanken Tausender und die Krähe auf seinem Dach, und auch die Pünktchen von Lisis Sommerkleid im Sonnenstrahl. „Ich weiß nicht“, stammelte er, „ich weiß es wirklich nicht.“
Mennich stand schon in der Tür. „Wir sehen uns wieder“, grüßte er zurück. Ein Mann der Tat.

*

Vor dem Plättenwirtshaus waren, von mächtigen Kastanien überschattet, lange Holztische in den Boden gerammt. Fuhrleute, Bauern und Sandausheber saßen hier nach Feierabend und auch sonst gelegentlich einander gegenüber, schimpften über das Wetter und auf den Staat, wurden auch mal laut oder stimmten, wenn sich der Tag hinzog, alte Lieder an. Man rückte zur Seite, wenn einer neuer dazu kam. Es gab keinen reservierten Tisch unter den Kastanien, und Jowan, der Plättenwirt, redete mit jedem in seiner Sprache.
Lerch liebte die Kastanien, gab ihnen Namen und sprach sie an, wenn er vorüber kam. Aus Respekt. Bei den Bauern zählten sie nicht viel. Kastanien rechnen sich nicht, und da greift man schnell zur Axt, wenn ein Baum größer als zulässig werden will. Es war der Schnaps, der die Kastanien in Jowans Sommergarten alt werden ließ.
Auf dem Vorplatz richteten sich die Gäule auf eine lange Wartezeit ein, rupften Heu aus dem Schragen und peitschten mit dem langen Schweif die Gelsen weg, die

ihnen das Blut aus den Scheuerwunden saugten, indessen sich die Fuhrleute beim Plättenwirt aussprachen und nicht selten auch einen schnellen Handel abschlossen. Die Straße, sich selber überdrüssig, stürzte hinter dem Plättenwirtshaus klaglos in den Fluss und zersplitterte hinter dem anderen Ufer in drei Richtungen, auf abgelegene slowakische und ungarische Landgemeinden zu, die von der Eisenbahn großräumig umfahren wurden und sich selbst überlassene Dofrepubliken bildeten.
Es braucht seine Zeit, bis die Plätte, schräg in die Strömung gestellt, den Fluss überquert und umständlich wieder anlegt. An den Markttagen dauert alles ein wenig länger, und es kann vorkommen, dass sich die Wagen der Bauern vor der Rampe stauen und um die Vorfahrt gerangelt wird. Es ist die Geselligkeit der Tischrunde, die das Warten ausgleicht und zugleich überzählige Gedanken zulässt. Man trifft Bekannte und Unbekannte, erkundigt sich nach dem Getreidepreis, fragt und gibt Auskunft und betrachten die übrige Welt erst nach dem ersten Raki. Ein guter Handel sieht dann noch günstiger aus, und ein weniger geglückter ist leichter zu verdrängen.
Lerch sah zu und kam sich den Bauern, Händlern und Zechern zugehörig vor, die einander bespitzelten und zugleich aufeinander zugehen konnten. Ab und an griff er mit den Fingerspitzen nach dem Tausender in seiner Brusttasche, kostete den Besitz aus und war doch in seinem Innersten ungehalten. „Ich bin nicht käuflich", murmelte er vor sich hin, und hatte zugleich Mennichs Stimme im Ohr, die immerzu wiederholte: „Acht Bilder.

Ich bestelle acht." Nicht übel für einen Müller, spöttelte Lerch vor sich hin, und spöttelte nicht zu laut. Schrumpfte in sich zurück. „Ich bestelle acht" – da hört man noch mal hin und rechnet sich was aus. Denkt verschämt an den „Dorfteich mit Gänsen" auf der Staffelei, vom Apotheker fürs Wohnzimmer gewünscht, dem Sofa angepasst. Eine weitere Bestellung war in diesem Sommer noch nicht eingegangen. Die Bauern warteten den Schnitt ab und saßen auch sonst auf ihrem Geldsack, und die Hautevolee versorgte sich eher aus der Stadt mit dem, was gerade im Gespräch war. Lerch war das nicht.

Hochwürden hatten ihn allerdings gelegentlich angesprochen, ein eben eingesetzter junger Pfarrherr, darauf bedacht, seine Amtszeit mit einem bleibenden Merkmal zu versehen. „Ich denke an einen Nepomuk über dem Portal", schlug er vor. Der Prager Heilige war Schutzpatron der Dorfkirche, und für diesen, so hoffte der Pfarrer, dürfte das nötige Spendengeld wohl aufzubringen sein. „Später dann, wenn uns der Allmächtige hilft, vielleicht", Pfarrer Berghausen wagte es kaum auszusprechen, „könnten wir auch den Altarraum künstlerisch ausgestalten: Petrus und Paulus in Purpur." Ein verzückter Blick streifte den Künstler, der, vom Kunstsinn des Geistlichen angeregt, diesen fürs Größere zu gewinnen suchte. „Schaffen Sie ein Gesamtkunstwerk!" rief er schwungvoll dem entsetzten Seelsorger zu, der kleinlaut abwinkte: „Ich hab's mit Bauern zu tun." Und hätte sich doch die Engelchen auf den Simsen gut vorstellen können, jubelnd dem Erlöser zugekehrt und der Muttergottes zu Füßen.

Hirngespinste. Lerch fielen – wirklichkeitsnahe und zwingend – die Milchrechnung am Wochenende und die Ausgleichsschnäpse beim Plättenwirt ein, und das bewirkte was er am wenigsten mochte: er rechnete nach. Es ging um die Null unterm Strich, die, solange sie zu halten war, immerhin ein Mindestmaß an Eigenständigkeit ermöglichte. Das aber durfte es nicht sein, was ihn Mennich zutrieb. Es waren, redete er sich zu, schlichtweg die angesprochenen Motive, die ihn seit Mennichs Besuch nicht mehr los ließen: Sämann, Pflüger, der frisch aufgebrochene Acker, Mädchen bei der Weinlese. Das alles, freilich, gab es schon. In allen Stuben hingen die gefälligen Bilder aus dem Landleben, von Hausierern vertrieben und beliebig nachgeliefert aus Österreich und mehr noch aus dem Böhmischen. Folklore auf Glanzpapier, hinter Glas oder auch nur an die Küchenwand gepinnt.

Neue Gäste kamen an, lenkten das Gespann in den Kastanienschatten und machten die Siele los. Leichte Leiterwagen meist, aber auch schwere Karren mit Schweinekoben, Getreidesäcken oder gestapeltem Schäfflerzeug, mit Wollballen auch und anderen nützlichen Dingen, die auf den Wochenmärkten zu finden oder mit Gewinn an den Mann zu bringen waren. Die Fuhrleute begrüßten den Wirt und nickten auch weniger bekannten Gästen an den Tischen zu, die, hätte nicht jeder in seiner Sprache geredet, kaum voneinander zu unterscheiden gewesen wären. Sie waren gleich laut, aber tranken getrennt, obwohl nicht anzunehmen war, dass der gleiche

Schnaps auf der serbischen Zunge anders wirkte als auf der rumänischen. Jowan, der Wirt, schenkte jedenfalls aus der gleichen Flasche ein. Kam auch wieder zu Lerch herüber und füllte nach, gönnte sich selbst einen und prostete in die Runde. Die Serben begannen zu singen, und die Rumänen tänzelten über den Kies.

Ein weiterer Wagen näherte sich. Der Fuhrmann ließ die Pferde in Schritt fallen und grüßte, ohne anzuhalten, mit erhobenem Peitschenstock zu den Kastanien herüber. Lenkte zur Anlegestelle und schloss dort an den letzten Wagen an. Stieg ab, rückte das Pferdegeschirr zurecht, wechselte ein paar Worte mit seinem älteren Begleiter auf dem Kutschbock, tätschelte die Stute und fingerte einen Strohhalm aus der Mähne. Trat vor und pfiff zweimal durch die Finger zur Plätte hinüber, obwohl er doch wissen musste, dass sie, schneller als das Wasser sie trieb, nicht sein konnte.

„Schwaben." Jowan wusste, die kehren selten ein, und sie singen nie. Sie bleiben mit ihrer steifen Würde am liebsten hinterm Zaun. Auch wenn sie, schon mal mitgeschleppt, anstandslos ihre Zeche bezahlen – Gäste nach seinem Geschmack waren sie eher nicht. Zu genau achten sie auf den Kreuzer, und sie hätten, hörst du sie sagen, den besseren Schnaps im eigenen Keller liegen. „Sie verstehen nicht viel vom Trinken", wird ihnen nachgesagt, und ihre Blasmusik trällert wie aus einem Korsett.

Was Jowan hinsehen ließ, war das Pferd – eine dreijährige Grauschimmelstute mit schlanken Fesseln und nervösen Hufen. Jowan liebte den Übermut junger Pferde. Er näherte sich dem Gefährt und bot den Männern einen

Schluck aus der Flasche an, lobte die Stute und fragte nach ihrem Preis.
Lerch sah die beiden ablehnen, und der Jüngere legte der Stute die Hand auf die Kruppe, als gehe es darum, sie vor einem fremden Zugriff zu schützen. Jowan zeigte sich redegewandt und sprach die Bauern in ihrem Dialekt an, machte ein Angebot. Bares Geld auf die Hand. Nichts aber ist schwieriger, als einen schwäbischen Bauern zu einem Geschäft zu überreden, das er ausschließt. Vergeblich legte der Händler zu und vergeblich streckte er die Rechte zum Zuschlag hin. Das Nein war endgültig, und nichts ließ die Vermutung zu, es könnte morgen anders sein. Gesagt ist gesagt.
Es war dieses Endgültige, das Jowan den Schwaben übel nahm. Sie standen zu ihrem Wort auch dann, wenn es sich als voreilig und zum eigenen Schaden gegeben erwies. Ist aber das Absolute nicht jedem guten Geschäft zuwider und jeder echten Freude abträglich? „Sie denken nur geradeaus“, bemängelte er, „und halten sich das zugute, als wären sie dazu auserlesen. Sie sind...“, Jowan zog die Augenbrauen schräg, „...ja, was meinen die denn, wer sie sind im Lande, eigentlich und überhaupt?“
Lerch war es, als vernehme er ein inneres Signal, schlug den Skizzenblock auf und zeichnete. Sah den Alten auf dem Kutschbock, wie er nebenbei und der eigenen Sache gewiss den Handel verfolgte, den Blick schon auf die Plätte gerichtet die auf ihn zuhielt. Da war, könnte der Alte gedacht haben, heute noch dies und das im Hof zu tun. Vor Nacht noch. Und die Stute, wie gesehen, war noch zu fahrig im Geschirr. Sie wird sich fügen. Ein Leben

harter Arbeit lag vor ihr, und ein anderes gab es nicht. Lerch zeichnete.

*

Die Sommersonntage am Fluss gehörten den Wochenendgästen. Sie kamen mit der Bahn oder mit dem Rad, in ihren Kutschen oder auch im Anhänger eines Lanz-Bulldog, der polternd vor dem Plättenwirt vorfuhr. Ein lautes Völkchen, das kreischte und plantschte, sang, fotografierte, im Sand wühlte, Kopfsprünge vorführte und auch paarweise im Gebüsch verschwand. Die Sportlichen halfen ihren Schönen in die schlanken Sandolinen und paddelten sie den Fluss hinauf in verschwiegene Winkel, indessen Jakschis Außenbordmotor ums Eck knatterte und Gyuri seine Badegäste im selbstgezimmerten Kahn zum Badeplatz übersetzte: Mütter mit Kindern, Klosterschülerinnen, den Fußball-Club Lila-Weiß und den Kegelverein aus der Kreisstadt, Ruheständler und sämtliche Nichtschwimmer die eine Überfahrt wagten. Fresskörbe und Bücher zwischen den Beinen. Dazu Sonnenschirme, Musikinstrumente, Bälle, Reifen, Schaufeln und Blecheimerchen in allen Farben. Gyuri nahm alle und alles auf, qualmte und spuckte zwischendurch ins unergründliche Wasser, das Schäffelchen im Blick, in das jeder, der hinüber oder zurück wollte, eine Münze warf. Die Bauern hatten ihren eigenen Badeplatz vor der Schotterbank, auf der sie die Pferde ausspannten und für die nächsten Stunden den Knechten überließen. Sie

gönnten sich ein Bier, politisierten und schwitzten unter der prallen Mittagssonne. Die Knechte warfen alles vom Leib, zogen die blaue Halbschürze zwischen den Schenkeln durch und verknoteten sie im Bund zu einem Tarzan-Schurz, tunkten Leib und Schädel ins Wasser, prusteten und stemmten genießerisch den Rücken in die Strömung. Dann erst wurden die Pferde gebadet. Einzeln am Halfter geführt stapften sie über den Schotter, schnupperten, sabberten, wurden mit Zurufen und Puffen ins tiefere Wasser gedrängt, wieherten übermütig, versenkten den erhitzten Leib im Fluss, schüttelten die Mähne, wühlten Schlamm auf, spülten Schweiß und Eiter weg, den Staub aus dem Schweif und die lästigen Mücken von der Kruppe. Das Fell glänzte wie frische Bronze und die Hufe waren leicht, traten ins Leere. Die Knechte, nahezu nackt und in die Mähne gekrallt, trieben mit den Pferden stromab und nahmen sich aus wie griechische Heroen.
„Welch großartiges Bild!“ Andrasch betrachtete verzückt das Treiben der Knechte, deren ausufernde Lust auf das Ufer überzugreifen schien, wo musiziert und gesungen wurde, sogar getanzt, wie er zu sehen meinte. Schwächlich, wie er geraten war, bewunderte er die muskulösen Knechte und ihre frei zur Schau getragene Männlichkeit, verschanzte sich allerdings auch heute in ein Gehäuse von Schweigen und Verweigerung. Lerch gefiel diese innere Abschottung des Bruders nicht, zumal die Männer bei den Lerchs, soweit es zu überblicken war, aus anderem Holz geschnitten waren, was auch seine Mutter, wenn auch nur mit halbem Ernst, bestätigte. „Wüsste ich’s nicht

ganz sicher", pflegte sie zu sagen, „dass er von demselben Vater ist, könnte ich meinen, er sei ein Kuckucksei."

Und doch – was gab es nicht alles in dieser Familie! Offiziere und Pfarrer waren aufzuzählen, Kapellmeister, Sängerinnen und Schauspieler, Beamte, Versicherungsagenten, Buchdrucker, Kalendermacher und, zugegeben, auch der eine oder andere Nichtsnutz, der in Vergessenheit geraten oder aus dem Gedächtnis der Familie gestrichen worden war. Es sah so aus, als sei Andrasch eine Mischung aus sämtlichen familiären Vorzügen und Bedenklichkeiten, wobei das Künstlerische zu überwiegen schien, ohne dass es freilich über das Spielerische hinaus gewachsen wäre. Er verdiente sein eher kärgliches Brot als zweiter Buchhalter bei der ortsansässigen Raiffeisen-Bank, wohnte bei Mama und blieb sonntags am liebsten zu Hause, wo er, mehr zur eigenen Freude, Bucheinbände und Lampenschirme bastelte und hauchzarte Aquarelle auf Zigarettenpapier malte, die er zu Geburtstagen und anderen Gelegenheiten an ihm Nahestehende verschenkte. Vom Dorf wurde er existentiell übersehen. Er störte keinen und fiel nicht auf. Er war entbehrlich.
An diesem Sommersonntag hatte er sich mit Lerch in einen unzugänglichen und von den Badegästen gemiedenen Uferwinkel zurückgezogen, in dem der Fluss von der Sonne aufgeheizten heilkräftigen Schlamm ablagerte. Das „Schwäbische Volksblatt" hatte diesen erst kürzlich wieder als besonders heilkräftig, vor allem bei rheumatischen Beschwerden, empfohlen. Wie zwei Urgeschöpfe hockten die Brüder im Schlamm, trugen ihn auf Beine, Schul-

terpartien und Nacken auf und schmorten unter ihren gelben Strohhüten in der Sonne. „Der Schlamm muss auf der Haut festbacken“, war im Volksblatt zu lesen gewesen, und Andrasch, diesbezüglich vertrauensbereit, meinte bereits nach wenigen Minuten, eine wohlige Saugwirkung unter der Schlammkruste festzustellen. „Spürst, wie es das Übel aus den Gelenken zieht.“ Schloss die Augen, hörte dem Blubbern im Schlammloch zu und erlebte, wie alle Unruhe den Körper verließ, aus Füßen und Händen verströmte und selbst die Gedanken auszuwässern schien.

Gegenüber, in deutlicher Entfernung vom Bauernstrand und im Schatten des Uferwaldes, hielten zwei Kaleschen, deren Exklusivitätsanspruch nicht zu übersehen war. Während die Männer die Pferde versorgten, waren die Damen bemüht, aus dem, was den geflochtenen Weidenkörben an Braten, gefüllter Putenbrust, Eiern, Krenwürstchen und Salaten zu entnehmen war, ein allen Vorstellungen entsprechendes Jausenbrot zusammenzustellen. Teller und Becher wurden hin und her gerückt, Servietten gefaltet, Brot geschnitten, das Obst sortiert – und so dauerte es eine gute Weile, bis alles dem Zugriff zugänglich gemacht worden war. „Dr. Maticza genießt den Tag des Herrn“, bemerkte Andrasch mit Blick auf die Kaleschen, und es hörte sich so an, als sei dem nichts hinzuzufügen.
„Die einen feiern, die anderen sitzen im Dreck“, röchelte Lerch aus der warmen Pfütze. „Er hat, so ist zu hören, seinen Namen ändern lassen. Er heißt jetzt Matitzer…“

„Ach“, seufzte Andrasch und vermied es, den Kiefer dabei zu bewegen.
„... und läuft in Stiefeln rum.“
„Ach“, sabberte Andrasch wieder. „Mitten im Sommer?“
„Er ist eben ein echter Wikinger.“
„Aber die trugen doch keine Stiefel.“
„Was macht das schon.“
Lerch trug neuen Schlamm auf, verteilte ihn mit gespreizten Fingern über Nackenwirbel und Schulterblatt, sah dem Wasser zu, das kleine Wirbel bildete und wieder glättete. „Bis zuletzt ruht doch alles in sich selbst.“ Sagte es und vergaß es. Ein Saxophon dudelte und schallte zurück, improvisierte und blies dann, von einem Akkordeon begleitet, „Rosamunde“ in das Sonntagsvergnügen. Der Pfuhl kochte den Brüdern unter der Badehose. Andrasch verschnarchte die nächste Viertelstunde und enthob Lerch zusätzlicher Bemerkungen über den Vorzug von Namen mit der Endung auf ER im neuen germanischen Zeitalter. Seltsamerweise fiel ihm dazu Mennichs Tausender ein, und für einen kurzen Augenblick lang nahm es ihm den Atem. Er hatte den Geldschein beim Plättenwirt aufgewechselt. „Hast was geerbt?“ scherzte Jowan. „Gefunden“, entgegnete Lerch. Beide hatten darüber gelacht.

*

Ein Wort, leicht hingesagt, ist manchmal schon ein Wort zuviel. Es stolpert dir über die Lippen und verschallt nicht wie sonst am Ohr vorbei wie ein Glockenschlag zur halben Stunde. Es erstarrt schon im Hauch und bringst es nicht wieder weg. Lerch hatte für die nächsten drei Tage die Milch abgesagt. „Sonntag bin ich wieder zurück", versprach er, aber das war eine lange Zeit für ein Mädchen mit sechzehn. Lisi schaukelte mit der Milchkanne, rührte sich nicht vom Fleck und schwieg. „Am Sonntag wieder, Lisi." Es hörte sich schnoddrig an, und so meinte Lerch, es ausgleichen zu müssen. „Ich zahle natürlich für die ganze Woche."

Sie warf das Gartentürchen ins Schloss und ging. Nie wieder wird sie ihm die Milch bringen, und die paar Kreuzer zusätzlich, Herr Lerch, die erspar dir mal. Die Lust am Tag war hin, und auch die neue Freude am Pünktchenkleid war abhanden gekommen.

„Ist was, Kind ?" fragte ihre Mutter daheim, im Grunde zufrieden über den vollen Wochenbetrag, den der Maler zugesichert hatte. Natürlich wollte sie kein geschenktes Geld. „Nimmst als Ausgleich ein Stückchen Frischkäse mit", überlegte sie, verstimmt über Lisi, die nicht nur den Kopf dazu schüttelte, sondern mit dem ganzen jungen Körper ablehnend trotzte. „Da gibt's nichts drauf, Mama."

Musst ihr jetzt zureden, sagte sich diese. Wohin immer sich das Kind verstiegen haben mag – musst sie zurückholen in die Wirklichkeit. „Wir sind arme Leut", gab sie zu bedenken, „zu viel Stolz kann sich unsereins nicht leisten. Ich hab's früh genug erfahren müssen, und es hat mir geholfen."

Gyuri, nach Feierabend darauf angesprochen, wies solche

Befürchtungen als weibischen Unfug von sich. Lag auf dem Rücken und brauchte Ruhe. Es gelang schlecht. „Ich war auch mal sechzehn“, hörte er seine Frau sagen, unnötigerweise, wie er meinte. Die Welt bestand eben aus einem Oben und einem Unten, und wer unten war, blieb es. „Ich war auch mal sechzehn“, begann seine Frau von neuem und sprach dann nicht weiter, wartete auf ein kluges Wort von ihrem Mann. Hörte er noch zu? Lisi war ihr einziges Kind und zu schön, um bei anderen die Dielen zu schrubben. „Wir dürfen keinen Fehler machen“, überlegte sie laut und dachte an Dinge, die nicht auszusprechen waren. „Ein bisschen Glück steht schließlich jedem zu, und wir haben nichts, das wichtiger wäre als Lisis Glück. Du bist ihr Vater. Sag was dazu.“ Aber Gyuri lag auf dem wehen Rücken und kriegte den Mund nicht auf. So schnell kam der Schlaf.

*

Wer den Damm stromauf wandert, kann nach einer halben Wegstunde die vier Kirchtürme von Hochdorf hinter dem anderen Ufer sehen. Sie unterscheiden sich äußerlich nur wenig voneinander, als wäre ihnen daran gelegen, gemeinsam an den einen Gott zu mahnen, auf den man sich geeinigt hatte. Im Ritual hingegen suchte jede der Glaubensgemeinschaften in Hochdorf ihren eigenen Weg zur Seligkeit. Katholiken, Reformierte, Evangelische und Orthodoxe – werktags gute Nachbarn – grenzten sich gegenseitig am Sonntag aus, und von den

Türmen bimmelten die Glocken jeweils für sich selbst über die Dächer.
Lerch, den Rucksack geschultert, bog auf einen Fußpfad ab, der an Melonenstücken und Zwetschgengärten entlang den Weg ins Dorf verkürzte und zudem immer wieder den Blick auf den Fluss freigab. Auf Sandspitzen und Steilufer mit angeschwemmten oder abgestürzten Baumriesen, auf Brombeerhecken, Schilfinseln und versteckte Fischgründe. Er schritt gut aus und wollte, wenn ihn nichts aufhielt, gegen Mittag in Hochdorf sein. Das war eine gute Zeit für den Besuch in einem Bauernhaus, in dem pünktlich um zwölf die Suppe auf dem Tisch stand, an dem sich Herr und Gesinde gegenüber saßen über Tag und Jahr hin. Es wurde dabei nicht viel geredet, und so klapperten die Löffel, sich selbst genug, in die mundtote Mittagsküche. Nur die Hühner gackern, wenn ihnen Futter hingestreut wird.

Heckl, den Lerch zu besuchen sich vorgenommen hatte, wohnte in der Kirchengasse, und sein Hof gehörte zu den schönsten im Dorf. 1918, nachdem die italienische Front zusammengebrochen war, hatten sich beide die Drau hinunter durchgeschlagen, Wien zu und unverändert kaisertreu. In Laxenburg neu eingekleidet und unempfindlich noch für die Veränderung der Welt, meldeten sie sich zur Wache für den bereits abwesenden Habsburger. Schützten seinen Schatten im kaiserlichen Lustschloss und lernten verspätet, wie der Fahneneid nachträglich nichts weiter sein konnte als peinlich.
Heimgekehrt erlebten sie, wie ihr Dorf über Nacht und

unversehens, wie es ihnen vorkommen musste, den Rumänen zugefallen war. Geschlagen und aus dem Krieg ausgeschieden, holperten nun die neuen Landesherren auf Panjewagen in die neue Provinz, wechselten die Fahne aus und hatten eine verblüffend elastische Moral im Gepäck. Sie ließen zunächst alles beim Alten, als hätten sie nicht lange zu bleiben vor. Aber sie blieben und machten vor, wie ohne Bravour Staat zu machen ist.
Hochdorf hieß nun Suseni – nach wie vor aber teilten sich die Kirchtürme den gleichen Himmel auf die gleiche Weise, und die hier ansässigen Rumänen zeigten vorerst wenig Lust, es sich mit den begüterten Schwaben zu verderben, die in den großen Häusern saßen und im Übrigen die gleiche Mühe mit dem Fluss hatten, aus dem nun ein rumänischer geworden war. Nur auf der Landkarte hatte das Dorf einen anderen Platz erhalten und wirkte dort, dicht an die neue Grenze geschoben, wie verstoßen. Am besten, du schaust nicht hin.
Heckl lud seinen Besuch zum Essen ein. Er war fülliger geworden, behäbiger im Umgang. Ziviler. „Die Jahre haben uns verändert", lachte er. Rief nach seiner Frau, die aus der Küche kam, „'s Zusi" auf dem Arm. Ein vierjähriges Bauernmädchen im Kittel, das Haar hochgeknotet, in den Augen ein großes Staunen. Lerch betrachtete das Kind und brachte den Blick nicht wieder weg. Nahm es der Mutter vom Arm und stellte es auf den Flickenteppich, zeigte mit ausgestrecktem Finger auf das Mädchen.
„Ja", sagte er und noch einmal „Ja:" Er wusste jetzt, es wird nicht ein Sämann sein, mit dem er seine Bilderreihe

beginnt, nicht ein Bauer im Heu, kein heimkehrender Erntewagen. Es wird Heckls vierjährige Tochter sein, und er wird sie genau so malen wie er sie sah. Ein staunendes Kind auf dem Flickenteppich: 's Zusi.

*

Das Licht fiel schräg in die gute Stube, streifte das in der Ecke hoch aufgetürmte Bett, rieselte über den Schubladkasten zwischen den beiden Gassenfenstern und brach sich auf dem Glas des böhmischen Herrgotts im Winkel. Von der Decke hing die schwere Porzellanlampe über dem ausladenden, für die großen Festtage des Jahres bereitstehenden Familientisch. Sechs Stühle dazu gestellt. Dem gläsernen Herrgott gegenüber, rechts zur Tür, das Weihwasserkesselchen mit Palmzweig. Quer zum weiß gekalkten Lehmofen der in allen Farben gestreifte Flickenteppich, und auf ihm 's Zusi, wie zur Kirchweih herausgeputzt. Die Füße gefesselt in neuen, unbequemen Schuhen, auf den Hüften der schwere, abgespreizte Rock mit Schürze, die geblümte Sonntagsbluse hoch geschlossen, in den gekreuzten Händen das gestärkte Tüchel. Klaglos und freudlos ertrug es den geschäftigen fremden Mann, der zwischendurch das Gesicht verzog, mit den Fingern schnalzte und seinen bewegten Halbschatten auf die weiße Wand gegenüber warf. Lerch riss Gestalt und Raum an, rückte den Türrahmen ins Bild, verstärkte die Perspektive, die Rock und Schuhwerk noch schwerer sein ließen,

betonte die hohe Stirn über dem sittsamen Erwachsenengesicht, das zu mehr Zutraulichkeit nicht bereit war.
Er blieb einen Tag länger. Ging durchs Dorf, schaute in die Kirche und in volle Scheunen, begleitete den Kuhtrieb auf die Hutweide und hob am Abend, zur Überraschung seiner Gastgeber, einen ausgewachsenen Karpfen aus dem Fluss. Zum allgemeinen Plaisier in Heckls Brunnentrog geworfen, ruderte der Fisch gemessen hin und her, prahlte mit seinen goldenen Schuppen und hoffte, das Schlimmste überstanden zu haben. „Er gehört dir", sagte Lerch zu dem Kind, das vor Freude errötete und sich nicht vom Fleck rührte. Die Bauern in Hochdorf hielten sonst nicht viel vom Fischen, und so kam meist nur in der Karwoche ein Karpfen oder auch ein breitschnäuziger Wels auf den Tisch. Ihnen war das Schwein im Stall und in der Schüssel lieber. „Fisch ist etwas für die Kranken und die Walachen", hieß es. Ein Bauer könne sich nicht auf Zufälligkeiten wie den Fischfang einlassen. Nichts sei weniger berechenbar als das Wasser, und was drin ist, siehst du erst recht nicht.

*

Es mussten erst ein paar Tage verstreichen, bis es Lerch einfiel nach Lisi zu fragen, an deren Stelle nun ihre immer ein wenig geplagt wirkende Mutter das tägliche Milchkännchen zustellte. „Ist deine Tochter durchgebrannt?" scherzte er und meinte, es dabei belassen zu können.

„Auch in einem kleinen Haus ist viel zu tun“, sagte Lisis Mutter und ging. Ließ Lerch allein mit seinem Scherz und den im ganzen Zimmer verstreuten Skizzenblättern, die ihn offensichtlich mehr beschäftigten als das Ausbleiben des Milchmädchens. Denn nichts von den Vorlagen schien ihm malerisch umsetzbar. Lerch wollte 's Zusi erkennbar hineinstellen in die Zweckmäßigkeit des schwäbischen Bauernhauses, illusionslos und glückhaft zugleich. Zehrte eins das andere auf?
Auch tags darauf kam Lisis Mutter mit etwas verschleppter Regelmäßigkeit den Uferpfad herauf, pendelte bedrohlich nach beiden Seiten aus, den fülligen Leib ausgleichend gegen den leichten Anstieg vor Lerchs Anwesen geneigt. Lerch nahm ihr auf der Hausstufe die Kanne ab und war guter Dinge. Gedanklich sah er sein erstes Hochdorfer Bild vor sich – das Kind auf dem Flickenteppich, das Licht. Vor allem die Farben, die vor dem Kalkweiß der Wand aufblühten wie ein Garten im Sommer.
Lisis Mutter ließ sich auf der obersten Stufe nieder, atmete durch, winkte aber ab, als ihr Lerch einen Sessel zurechtrückte und ein zweites Mal nach Lisi fragen zu müssen meinte. Nur so und doch nicht ganz nebenbei. Für die Mütter aber ist nichts wichtiger als die Aufmerksamkeit, die ihre Töcher erregen, wenn es an der Zeit ist. „Es ist nicht die Arbeit, die sie zurückhält“, gab Lisis Mutter zwischen zwei Atemstößen Auskunft, „es ist ihr Alter. Wie die Mädchen so werden, wenn sie keine Kinder mehr sind. Kriegst keine Antwort und fragst dann nicht mehr. Lässt es sein wie's ist und kommen wie es will.“

„Da sagen Sie was“, nickte Lerch. „Kannst den Wind nicht aufhalten, wenn er zu stark wird, die Sonne nicht, wenn sie sengt.“
„Und ist doch was anderes, wenn's dich was angeht.“ Lisis Mutter strich die Schürze glatt. „Die jungen Leute machen heutzutage aus allem ein Problem. Auch unsereins, meine ich, war einmal jung, aber wir blieben im Geschirr. Das machte es einfacher. Nimm hin, sag ich drum, was dir zufällt, und wenn du klug bist, denkst du nicht lange drüber nach.“
Wollte sie etwas los werden? Ihm etwas gesagt haben, ohne es zu sagen? Lerch sah ihr nach, wie sie den Uferweg hinunterwatschelte und dabei das Aluminiumkännchen wie abweisend wegspreizte. Irgendwie war der schöne Tag hin. Lerch fand sich, allein geblieben, in seinen vier Wänden nicht zurecht und verhängte die Staffelei. Der Wind blies welkes Laub in den Garten, und von Westen her zogen Schleierwolken über den gelben Himmel. Ein Wetterumschwung kündigte sich an, aber was kümmerte ihn das. Er sah noch immer auf den Uferweg hinaus, und sah nichts weiter als ein Pünktchenkleid, das gar nicht da war. „Lisi.“ Er sagte es vor sich hin und sah noch immer nichts als das Pünktchenkleid. Wär's möglich, dass es für ihn nie mehr zu sehen sein wird?

Was tun? Lerch schwang sich aufs Rad und fuhr los. Da war kein Aufschub möglich. Er hielt auf's Plättenwirtshaus zu, zögerte, und fuhr dann doch vorbei, lenkte ins Dorf und hielt dort vor dem Schnittwarenladen. Zögerte, und stand dann verlegen der Verkäuferin gegenüber.

Ein Lächeln traf ihn über den Ladentisch hinweg. Er lächelte höflich zurück, ließ sich beraten und erstand ein buntseidenes Halstuch, das er zunächst vor der Welt, und vielleicht auch vor sich selbst, im Rucksack verbarg. Der Tag war noch groß, und so blieb ihm genügend Zeit, bei seiner Mutter vorbei zu sehen. Anders als die Bauernhäuser, die mit Giebel und Tür an den Gehsteig herandrängten und sich zeigen wollten, lag sein Elternhaus hinter Fliedersträuchern verborgen und kehrte, sich zusätzlich verweigernd, die Veranda dem Garten zu.

Schlag eins kam Andrasch dazu, so dass gleich für drei der Tisch zu decken war, sorgfältiger als wochentags üblich, als sollte an das gute Haus erinnert werden, aus dem die Brüder kamen, mit höheren Ansprüchen ausgestattet, mit „Kultur", wie ihre Mutter betonte. Sie brachte die Suppe und saß Lerch gegenüber, hatte die Schürze abgelegt und verströmte ihre mütterliche Güte. „Hast ja sonst niemanden, der dich verwöhnt."

Auf die Suppe folgte Hühnchen mit Reis. „Papa aß das besonders gern." Sie lächelte sinnverloren und ohne den Wehmutsschimmer zu verbergen, der sie geradezu rituell anfiel, wenn ihre glücklich geführte Ehe mit dem Notar ins Gespräch gebracht wurde. „Einmal die Woche musste es Hühnchen mit Reis sein. Wir einigten uns auf den Mittwoch, und so blieb es siebenunddreißig Jahre lang. Ich will das jetzt nicht mehr ändern."

Sie legte die Hände ergeben in den Schoß und wartete auf ein zustimmendes Wort. Fragte sich, was ihre Söhne so schweigsam sein ließ, und was das für eine Welt war, in der jeder nach neuen Lebensinhalten suchen zu müssen meinte, als wäre das, was die Welt bisher zusammengehalten hatte, nicht bewährt genug? „Dein Bruder Andrasch“, tastete sie sich vor, „findet Junges mit Reis gut. Er redet ja sonst nicht viel, das aber sagt er mir jeden Mittwoch, und mich freut's. Sonst wird er stiller und stiller. Und heiraten will er auch nicht. Ich sag dazu: Besser so als die Falsche nehmen. Denk auch du daran, dort draußen.“

Auf der Rückfahrt sang der Wind in den Radspeichen und wurde heftiger, je näher Lerch dem Damm kam. „Als hätte er etwas dagegen“, wetterte er und stemmte sich gegen den Wind. „Wie alternde Mütter, die das Beste wollen und es verschütten. Plötzlich wird, du weißt nicht wie, alles zum Hindernis. Hast das Tüchlein für Lisi in der Tasche, doch es macht dich nicht froh. Nichts macht dich froh, und so wär's gescheiter, du kehrst um und hast den Wind im Rücken. Wagst jedoch weder das eine noch das andere.“

Aber so war es nicht. Lerch wartete den Feierabend ab, auch wenn er sich so sicher nicht sein konnte, ob das eine gute Zeit für das Tüchlein war. Lisi, als er ihr Haus betrat, band die Küchenschürze ab, wich einen Schritt zurück und flog doch, wie es ihr vorkam, auf Lerch zu.

Gyuri, die müden Füße im angewärmten Wasser, hatte sich erhoben, denn es war so alltäglich nicht, dass einer wie Lerch ohne jeden Grund anklopfte. Im Schaff stehend sah er zu, wie Lerch das Tüchlein auseinander faltete und es Lisi um den schlanken Hals band. Eine andere Wirklichkeit stürzte in den frühen Abend und verwandelte die Küche des Sandaushebers in einen Vorgarten zum Paradies. Es war dann aber doch Gyuri, der an das Naheliegende dachte, aus dem Schaff stieg und Schnaps in die Stamperln füllte, während seine Frau auf den Küchenschemel niedersank, von einer Fügung überwältigt, die noch keine sein konnte. Es kam jetzt darauf an, die Tatsachen nicht aus dem Blick zu verlieren. Gyuri stieß an, kippte den Treber hinunter und sagte, was zu sagen ihm wichtig schien. „Jeder hat seine Rolle im Leben", sagte er. „Dabei wird es bleiben."

*

Für die Leute am Ufer war Lerch beinahe so etwas wie ein Herr. Einer von den vornehmen Leuten, denen es beschieden war, bei der Arbeit nicht zu schwitzen und ihren Feierabend selbst zu bestimmen. Für die Bauern im Dorf war er ein Narr, der meinte, sein Geld mit Dingen verdienen zu können, die keiner brauchte. Eine Madonna hinter Glas überm Ehebett war Kunst genug für ein ehrliches Haus. Alles darüber hinaus war entbehrlich, wenn nicht sogar störend. Kunst lenkt von den ernsten Dingen im Leben ab, und nur wenige Leute im Dorf wollten das anders sehen. Zu ihnen gehörten der Pfarrer und Mennich – beide aber hielten, was die Kunst betraf, nicht viel voneinander. Mennich lehnte die Kunst im Dienst der Kirche entschieden ab. „Die Kirche will keine Kämp-

fer", beanstandete er, „sie will den Kniefall." „Demut", verbesserte, darauf angesprochen, Pfarrer Berghausen. Man belächelte sich gegenseitig mit Nachsicht, und den Bauern war es ohnehin einerlei, solange die Muttergottes überm Ehebett ihren Platz behielt.
Auch das Wort von der engagierten Kunst machte die Runde – sie erst verleihe, war zu hören, dem Künstler seinen Platz in der Gesellschaft. Nur frei macht sie nicht, überlegte Lerch, denn die Freiheit des Künstlers geschieht ohne Vorankündigung und ist ohne große Geste. Sie ist immer eine Freiheit der Genügsamkeit. Jedes Engagement hebelt dich aus.

Draußen hob sich eine noch blasse Sonne in den Himmel, jagte die Krähen vor der Zeit aus den Nestern und baute schräge Schatten in Lerchs Garten. Er trat vors Haus, und es machte den jungen Tag noch schöner, als er Lisi, die Milchkanne in der Rechten, den Uferweg heraufkommen sah. Das Röckchen gerade mal knielang, das neue Seidentüchlein über den Ausschnitt der Bluse gebunden. Das Haar im Morgenwind lief sie ihm zu in halber Unschuld, war schön und jung und wischte ihm alle überzähligen Gedanken zur Freiheit der Kunst von der Stirn. Glück durchrieselte ihn, hob ihn gleichsam ab vom Flickenteppich aller Theorien. Es war kein Tag fürs Kluge. Er sagte irgendetwas, und sie entgegnete irgendetwas, goss die Milch in den irdenen Topf und zupfte das neue Tüchlein über den Ausschnitt der Bluse. „Schön, dass du wieder Zeit für mich hast", tschilpte Lerch, und sie flötete etwas zurück, das ebenso nebensächlich war wie von überwältigender Dringlichkeit. Er ergriff ihre Hand und hielt sie lange fest, zu lange vielleicht. Sie würde nun wieder jeden Tag die Milch bringen, stammelte sie, und Lerch nahm es entgegen wie eine große Botschaft. Sah in zwei strahlende Augen und ergab sich einer zärtlichen Verkrampfung der Finger, die alles versprach und alles einzulösen bereit war.

*

War es eine Flucht?
Lerch hatte sich erneut nach Hochdorf aufgemacht, wanderte das Ufer hinauf und dann quer über die Hutweide auf das Dorf zu, das mit blitzblauen Haussockeln auf sich aufmerksam zu machen suchte. Das Tor zu Heckls Hof stand offen, die Bäuerin, von Hühnern umgackert, streute Futter aus und verscheuchte die Wildtauben, die sich unter das Geflügel gemischt hatten und die Körner wegstahlen.
Sie wies dem Gast das Hinterstübchen zu. Bett, Tisch, Stuhl und Waschschüssel. Frisch geweißelt. Es war kühl und roch nach Erde. Lerch fand einen geeigneten Platz für die leichte Feldstaffelei, prüfte den Lichteinfall. Eine Spitzengardine filterte die einfallenden Sonnenstrahlen und fächerte sie auf. Es war gut. Ein paar Tage, eine Woche vielleicht wollte er in Hochdorf bleiben, wo nichts den Blick auf das Eigentliche verstellt. Mennich hatte es, übersteigert, die Kraft der Erde genannt: „Die Unerbittlichkeit, mit der sie bindet, ernährt und tötet."

Lerch hatte ihm am Vortag „'s Zusi", mit Rötel skizziert, vorgelegt. Ein Püppchen mit ernsten, prüfenden Augen. Gefügig. „Griffiger", tadelte Mennich mit Nachdruck und ballte die Fäuste. „Wir wollen keine Feierabendkunst. Zeig uns einen Knecht auf dem Acker, das Antlitz eines Bauern nach einer schlechten Ernte, seinen Zorn, seine Not, seine Schwielen! Erschaffe ihn", forderte er. „Male, was ihn groß macht und umbringt." Er stand mit steifem Nacken da wie ein Verkünder. Ein Visionär vielleicht, oder auch nur einer, dem nichts fremder sein mochte als das, worüber er sich ausließ.

Was, fragte sich Lerch, macht Bauern groß? Er kannte die Leute im Dorf bis ins dritte Glied zurück und nannte jeden beim Namen. Es war seine Welt. Seine Bauern sind sparsam und bedächtig, arbeiten hart und stehen zur Kirche. Leute vom Land eben. Landlose Knechte auch, die von Johanni bis Johanni in den Ställen schlafen und sich mit kleinen Träumen begnügen. Was macht sie groß? Die schönsten Pferde sind bei den serbischen Nachbarn zu finden, und die schönsten Mädchen – darauf schwören nicht nur die Fuhrleute beim Plättenwirt – in den Häusern der Walachen. Was den einen auszeichnet, nimmt dem anderen nichts weg, heißt es. Das aber wollte Mennich nicht unbesehen gelten lassen. „Es wächst nebeneinander, doch wächst jedes für sich", beharrte er. „Alle haben denselben Gott, aber jeder hört nur auf den eigenen Popen."

Ist, was groß macht, vielleicht nur der Wille, das Gewöhnliche anders zu sehen? Selbst die kleine Welt am

Fluss aber war so einschichtig nicht. Beim Plättenwirt zahlten alle in gleicher Münze und tranken den gleichen Fusel, den die einen Zuika, die anderen Raki und die dritten Slibowitz nannten und der allen, unabhängig vom jeweiligen Popen, im gleichen Maße die Würde ausdünnte. Und wohin, bitte schön, wäre Lisi einzuordnen mit ihrem rumänischen Vater, der ungarischen Mutter und dem schwäbischen Rufnamen, auf den die katholische Taufpatin bestanden hatte? Wohin die Zigeuner, die an den Markttagen beim Plättenwirt fiedelten und jedem zahlenden Gast seinen Csárdás, Kolo oder auf Wunsch auch den Radetzkymarsch mit kindlicher Unbekümmertheit und zur eitlen Freude eines jeden heruntergeigten. So einfach kann es sein, und ist es dann doch nicht. Zwar spielen die Zigeuner für jeden, doch mag, wer zahlt, nur das Eigene hören.
Heckl, mit dem er darüber sprach, hörte nur halb hin. Es gab Dringliches zu tun auf seinem Hof, und es blieb ihm allein überlassen, das voran zu bringen, was darauf wartete. „Ich hab keine Wahl, und so tu ich's mit Leib und Seel."

*

Pittje kam jeden Tag auf den Hof, spaltete Holz und schichtete es in der Scheune auf, besserte schadhafte Stellen im Zaun aus, raffte Fallobst auf, schirrte die Pferde ab und führte sie zur Tränke, legte den Hund an die Kette, fütterte das Vieh und sah nach den Bienen. Hundert

Dinge waren zu tun, und er wusste ohne Anweisung, was zwingend war und was warten konnte. Nach Feierabend saß er dem Bauern gegenüber am Tisch und gab seine Meinung ab zum Tagwerk und auch zu dem, was sich im Dorf zutrug. Seit fünfzig Jahren war er auf dem Hof, schon beim alten Heckl, mit dem er gemeinsam bei den 61ern gedient hatte, und der dahin gegangen war mitten im Schnitt. So etwas trifft das Haus und das ganze Dorf. Vergisst es nie, so lang es auch her sein mochte. Er war jetzt, nach all der Zeit, langsamer geworden, und man hatte ein Nachsehen, wenn er sich zwischendurch auf seinem Schemel niederließ, die Arme aufgestützt, die ganze Last auf die Erde übertragend. Alles war schwer geworden und war doch früher so ohne Gewicht. Von seinem Vater hatte er einen Kleegarten geerbt und darüber hinaus in all den Jahren nichts hinzuwirtschaften können. Obwohl die Zeiten so schlecht nicht waren, fand er aus seiner Spur nicht heraus. Bei den Heckls aber war er immer der erste Mann nach dem Bauern. Suchst nicht weiter, wenn's stimmt.

Er mochte Lerch, auch wenn dieser unnütz über den Hof lief wie ein fremder Hund. Nach drei Tagen sprach er ihn an. „Nimm's mir nicht übel", sagte er, „aber als ich so jung war – mich hätt', ohne was zu tun, die eigene Kraft umgehauen." Saß breitspurig auf seinem Schemel und betrachtete die Welt von unten.

So, sagte sich Lerch, will ich ihn malen. Und so, auf seinem Schemel, malte er ihn an drei aufeinander folgenden Tagen. Wie schon für „'s Zusi", wählte er die kahle Wand als Hintergrund, die Ecke einer bemalten Truhe ins Bild

gerückt. Lerch fasste die Gestalt perspektivisch in ein Dreieck – vom gespreizten Schuhwerk bis zum Scheitelpunkt des entblößten Hauptes, die Hände überbetont, der breitkrempige Hut auf den Boden abgelegt. Trotz auf der Stirn. Das Körperdreieck füllte die gesamte Fläche, so dass der obere Bildrand auf den kurzen Haarschnitt drückte, als wollte er dem Leib, sich aufzurichten, nicht zugestehen.
„Ihr habt mich gut getroffen", lobte Pittje den Maler, als das Bild fertig war. Er betrachtete es ausgiebig, nickte zustimmend und griff nach seinem Hut. Schon unter der Tür fragte er mit einer halben Drehung: „Trotzdem, wer braucht's?" Im Gehen dann: „Ich mein halt, nach so viel Müh'." Drei Tage bei voller Kost hatte der Tennmann Modell gesessen, in der kühlen Stube noch dazu. Er musste, anders war's nicht zu denken, auf dem Hof entbehrlich geworden sein. Überzählig.

„Wenn Ihr wollt, ist das Bild Euer", gab Lerch einem plötzlichen Einfall nach. Er hob es ins Licht.
„Ihr habt mich gut getroffen, Herr", wiederholte der Alte, „aber ich könnt's mir nicht Tag für Tag ansehen. Immer nur mich, und immer müd."

*

Wer wollte er sein oder doch gewesen sein? Immer häufiger wird der Tennmann Pittje auf dem Schemel Zuflucht suchen, der Sonne nachrücken, vor sich hinnicken im

Halbschlaf. Er war nur noch einer der da ist. Nicht ein Bauer, wie Mennich ihn wollte, nicht Herr auf seiner Scholle, nicht ein Überwinder. Nur einer, den die Erde aufgezehrt hatte wie einen alten Gaul, der die Ackerlängen nicht nachrechnete, den Hafer in der Krippe hinnahm und den Peitschenhieb nicht nachtrug. Pittje war ein Stück Wahrheit ohne jede Bravour. Tennmänner werden immer dem nachhängen, was nie sein wird.

Lerch wagte kein neues Bild. Der bäuerliche Fleiß bestimmte seinen Hochdorfer Alltag. Früh um fünf weckte ihn das Wagengerassel der ausfahrenden Gespanne, um sechs trieb der Kuhhalter die aufgestörten Jungrinder auf die Weide hinaus, um sieben läutete es zur Morgenandacht und zum Frühstück, das er in der Küche gemeinsam mit den Mägden und Kindern einnahm. Der Tennmann war schon auf dem Hof, der Bauer auf seinen Äckern. Die Sonne stand hoch.

Der Tag hatte in Hochdorf nur einen Namen: Arbeit. Sie wühlte Staub auf, hämmerte in der Scheune, riss die Brachen auf, saugte den Schweiß ins Hemd und den Speichel von der Zunge, machte das Schuhwerk schwer, stieß die Brunnenschwengel steil in den Himmel, kohlte unter der Herdplatte, zwang die Gäule ins Geschirr, lockte die Hennen vom Nest, warf Streu unter die Kühe, lockte die Bienen aus dem Korb, wehrte Wünsche ab und hielt die Gedanken im Griff. War Plage, Erfüllung, Gottes Lob und Strafe. Für andere Wahrheiten bot Hochdorf keinen Raum, und so fehlten sie nicht. Die Bäuerin sah in Haus und Garten nach dem Rechten, der Hofhund beugte den Nacken willig in die Kette, der Hahn krähte und blieb

auf dem Hof, und der Tennmann wunderte sich weiter über einen wie Lerch, der so, als gäbe es nichts zu tun, in den Tag hinaus gehen konnte.
Ist die Kunst wie Morgentau im Klee? Der Sauerteig im Brot? Hochdorf ließ jedenfalls nicht zu, dass Kunst sich feiert. Es hatte sein Maß auch für die schönen Dinge. Für das Lied und das Kopftuch der Bäuerin, für die Blumen auf den Gräbern und den blauen Haussockel vor den Akazien. Auch für die Lerche. „Sie hat zwei Flügel und keine Hände", sagte der Tennmann. „Sie tut was sie kann."

*

Lerch sah den Uferschwalben zu, die geschäftig drängelten, als gälte es mit letzter Gelegenheit einer Hungersnot vorzubeugen. Es müssen schwäbische Schwalben sein, witzelte Lerch, fand den Einfall treffend und blieb dabei. Streckte sich lang ins Gras, schloss die Augen und sah eine erschreckend weiße Leinwand über sich. Von einem bis ans andere Weltende reichte sie und war ohne Maß. „Hast zwei Hände, Lerch", hörte er den Tennmann sagen. „Mehr Hände brauchst du nicht." Lerch ärgerte das Geschwätz des Alten über den Fleiß, das nur eine Wahrheit für Gäule sein konnte, eine Erfahrung, die sonst nichts zuließ als den Schweiß. Er schlug die Augen auf und hatte die weiße Leinwand genau über sich. Eine Wolke nur, oder auch nicht. Sie nahm die Sonne von der Erde und warf ihr Licht ins All zurück. Weißt, es geht vorüber, und weißt es nicht. Brauchst deinen Gott, um es zu ertragen. Das, und nur das, ist unsere Wahrheit und zugleich unser Wahn. Auch der Fleiß ist nichts weiter als eine Verblendung. Der Versuch einer Rechtfertigung, die den Schwalben besser gelingt. Sie denken nicht und verhalten sich richtig. Sie legen sich nur zum Sterben ins Gras.

Lerch erhob sich und wartete auf ein Wunder. „Entweder es geschieht etwas", seufzte er, „oder Mama hat mich wieder."

Es geschah etwas. Ein ferner Ruf fiel wie ein Blatt vom Baum. Lerch meinte, den Schrei zu sehen. Wie der Flügelschatten eines großen Vogels strich er über ihn hinweg und kam volltönig wieder. Wild und landfremd. Lerch stand wie ein Wächter über der Steilwandkante, auf die drei, nein fünf Flöße zuhielten. Paarweise, die Beine gegrätscht, stemmten sich die Flößer gegen den Schub, rissen die klobig aus dem Stamm geschlagenen Ruder durchs Wasser, verfluchten den Fluss als Hure und umschmeichelten ihn zugleich als Schwester und Geliebte. Hielten die Flöße in der Strömung, erprobt wie römische Gladiatoren, gegürtet, das weiße Leinenhemd halblang über der Hose, lächerliche schwarze Hütchen auf dem Kopf.

Drei Kilometer Wasserweg hatten die Flößer noch bis zum Plättensand, auf dem sie, ihre Fracht vertäuten, in die Opanken schlüpften, frischen Maisbrei kochten und auch die Flasche rundum gehen ließen. Motzen aus dem

Waldgebirge, die vom Holz lebten, es fünf Tage lang den Fluss hinunter schwemmten für gutes Geld. Brenn- und Schnittholz, aber auch fertige Zuber und Heugabeln für die Bauern auf der Heide, die ihre Wälder gerodet und in Ackerland umgewandelt hatten. Nichts war ihnen wichtiger. Soweit das Auge reichte, zogen sich die fetten Äcker hin, und es gab nichts, was den Bauern das Herz höher hätte schlagen lassen als diese unverstellte baumlose Weite, in der die Dörfer wie Inseln lagen und mit den Kirchtürmen den Himmel zu stützen schienen.
Eine Woche würden die Flößer brauchen, um das Holz zu verhökern an Meistbietende oder einzutauschen gegen das begehrte Getreide der Ebene. Sie verwandelten den Plättensand in einen Jahrmarkt, zu dem sich Käufer aller Schichten einfanden, feilschten, radebrechten, lachten und fluchten, Hände schüttelten, Geld zählten. Allen voran Mennich, der neben seiner Mühle ein Holzdepot mit Sägewerk betrieb und auf dem Plättensand die Preise diktierte.

*

Lerch schritt zügig aus und gelangte diesmal, ohne längeres Verweilen vor pittoresken Uferpartien und festlichen Distelblüten auf den Brachen, schneller als üblich in den Schleusenwinkel, in dem sein Haus stand. Der Wind griff übermütig in die Pappeln und verschob den Herdrauch schräg in den Himmel. Das Blätterrauschen der Pappeln ließ ihn zu den seltsamsten Fragen finden. Es gab viele davon, und es war letzthin tröstlich, nicht auf jede eine vorgekaute Antwort parat zu haben. Bildest dir ein, hinter Hochdorf sei die Welt zu Ende. Dabei siehst du nur, was dir zu Füßen liegt. Es ist aber der Abstand, an dem wir wachsen.

*

Eine Flöte wimmerte in der Laubhütte der Motzen und hielt ihnen den Kummer vom Leib. Tagsüber wickelten sie ihre Geschäfte ab, abends aber stürzten sie den heißen Maisbrei auf's Brett, löffelten ihn gierig auf und rechneten einander vor, was den Handel ergiebiger machen könnte. Eingekesselt von Katholiken, die Brillen trugen und wirr durcheinander redeten, blieben sie nach Feierabend unter sich. Das flache Land hinter dem Damm war reich, aber ihm fehlte ein Rand, der, nach ihrem Sinn, einen Landstrich erst bewohnbar macht. Was fängst du an mit einer Ebene, in die der Wind von allen Seiten hinein bläst und die irgendwo unversehens ins Ungarische abgleitet?
Den Leuten am Fluss erschienen sie wie Wesen von einem anderen Stern, die kamen ohne zu bleiben und ohne etwas zu hinterlassen auf dem Plättensand, was das Wasser nicht weggespült hätte. Machst dir sonst keine Gedanken darüber. Wühlst dich in den Sand und wirfst ihn durchs Sieb für einen kargen, aber immerhin sicheren Taglohn. Hältst nichts von der Wanderfreiheit der Motzen, die nicht aus den Opanken heraus wachsen. Zündest, wenn

die Sonne weg ist, die Lampe an und schließt zur Nacht die Fensterläden. Selbst die Hühner stellen, wenn die Schatten länger werden, das Gackern ein. Und morgen wird es auch so sein.

Für Lisi war alles anders. Ihr Pünktchenkleid blühte im Abendlicht und hatte seine Not, das zu bedecken, was das Linnen spannte. Die gebräunten Arme schwenkten da und dort nach einer Feldblume aus, die sich aus einer Überfülle bunter Rispen, Kelche und Sternchen herandrängte und nicht übersehen werden wollte. Sie legte den Kopf in den Nacken und dehnte den Leib. Sang vor sich hin, und alles sang mit.
Lerch musste dieser Abend, an dem ihm Lisi auf der Dammkrone in die Arme lief, schicksalhaft vorgekommen sein. Es gab für den Augenblick nichts Vergleichbares zwischen Himmel und Erde. Das Abendrot glühte in ihrem Haar und brannte hinter dem Erdrand, indessen der Wind beharrlich das Pünktchenkleid übers Knie verschob. „Als hätte ich sie noch nie gesehen", staunte Lerch und fand aus dem schönen Staunen nicht wieder hinaus. Die Pappeln hinter dem Dammgraben versteinerten, endgültig wie es schien.
„Für dein Zimmer." Kornblumen und rote Wicken wechselten von einer Hand in die andere. Verschwitzt und Staub auf den Schuhen, Bartstoppeln im Gesicht und von mächtigen Gefühlen durchströmt versank Lerch in tiefste Willenlosigkeit. Lisi, in ihrer Frische knisternd, begleitete Lerch auf dem Heimweg, war neckisch und kicherte, schwenkte das Kleidchen, und Lerch kicherte mit.

Es war wie nie zuvor. Erst vor dem Gartentor versiegte Lisis Geplapper, weil im nächsten Augenblick alles weg zu schmelzen drohte. Sie wartete, duldete seine Lippen und auf dem Leibchen seine Hand.

Der Abend danach war lang. Wie immer, wenn Lerch nichts anzufangen wusste, setzte er sich an die Hausorgel, improvisierte, spielte aus dem Gedächtnis, erfand freche Variatíonen auf Kirchenlieder und zerhackte das „Gott erhalte“ auf den alten Kaiser in negroide Rhythmen. Als wollte er alle erstarrten Formen sprengen, verschränkte er schrille Tonfolgen, überforderte die Gelenkigkeit der Finger, versagte und war froh wie nie.
Die Mondsichel stand teilnahmslos im Fenster und löschte die Sterne aus. Was immer Lerch in dieser Nacht zu denken versuchte, zerfaserte. Die Flößer, der Tennmann, Heckls bedachtsame Ländlichkeit und sogar Mennichs großer Auftrag stürzten ins Bedeutungslose ab. Es war ihm so wichtig nicht, welche Hymne auf welchen König zu singen war, und auch nicht, was Mamas goldene Maximen anging. Die Welt hatte sich verändert, und sie würde nie wieder die von gestern sein.
Er wird diesmal nicht nach Hochdorf ausweichen. Er wird bleiben und ein ganz anderes Bild malen.

*

Mennich machte zwei Schritte auf die Staffelei zu. Stoppte. Rückte die Brille zurecht, schnaufte hörbar und trat

einen Schritt zurück. „Das ist es nicht“, gab er von sich und blieb unwidersprochen. Richtete den Blick wieder auf das noch unfertige Bild. Nur angedeutet der Abendhimmel, aus dem ein Mädchen – oder auch schon eine junge Frau – auf den Betrachter zukam und dabei aus dem Rahmen zu steigen schien. Der Wind entblößte das Bein bis hoch übers Knie, das Leibchen saß knapp. „Der Rock“, erläuterte Lerch, „betont den Schwung.“ „Und die Hüfte“, fügte Mennich hinzu.
Lerch verhängte die Staffelei und bemerkte abschließend, indem er seinem Besucher den Rücken zukehrte, dass der Entwurf nicht im Zusammenhang mit den bestellten Bauernbildern zu sehen sei und nicht zum Geschäft gehöre. „Eine Eingebung nur“, warf er hin. „Vielleicht auch nur eine Laune.“
„Für Launen“, rügte Mennich, „wird keine Zeit sein.“ Er riss ein Blatt aus dem Zeichenblock, heftete es an die Tür und malte „1.11.“ darauf. „Was am 1. November nicht vorliegt, kann zur Ausstellung nicht mehr zugelassen werden. Auch die Kunst braucht Disziplin. Von acht Bildern war die Rede, und acht müssten es dann auch sein.“
Lerch griff wortlos zur Flasche und schenkte ein. „Es spricht sich anders bei einem Gläschen“, schwächte er ab. „Das jedenfalls sagt der Plättenwirt, und er kennt die Welt.“
„Einen Teil von ihr“, berichtigte Mennich. „Es muss nicht unserer sein. Während wir pflügen, kauern die Motzen vor ihren Laubhütten am Ufer und flöten sich die Läuse weg. Schau sie dir an, und komm dann nicht wieder mit dem, was der Plättenwirt von sich gegeben hat.“

Lerch nahm einen Schluck und schwieg. Wartete, und nahm dann, während Mennich das Glas unberührt ließ, einen weiteren Schluck. „Ich stand auf dem Steilufer, als die Motzen auf den Flößen vorbeitrieben“, erinnerte er sich. „Sie machten ihre Sache gut.“
„Wilde Burschen sind's“ stimmte Mennich zu. Aber sie passen nicht zu dem, was wir vorhaben. Und wir haben Großes vor.“

*

„Unsere Kunst ist politisch, aber nicht gepanzert. Sie sucht und gewinnt ihre Kraft aus einer tief empfundenen Innerlichkeit.“ Mennich hatte seine Leitlinie. Überzeugt davon, dass mit Kunst mehr zu erreichen sei als im Marsch – der inzwischen auch in den Dörfern bereits geprobt wurde – strebte er die Eigenständigkeit seiner Landsleute in der kulturellen Selbstwahrnehmung an. Im Karl-Robert-Kastell der Kreisstadt sollte am 1.11. die große Kunstausstellung Auskunft geben über die deutsche Präsenz im neuen Vaterland Rumänien, dem man nach 1918 ungefragt zugeteilt worden war, und das man bis dahin im europäischen Vorhof jenseits der Karpaten kaum wahrgenommen hatte. Mensch und Vieh, Gräber und Äcker und alle anderen vermeintlich ewigen Besitztümer waren über Nacht auf die andere Seite der Grenze geraten. „Ein Schatten liegt auf dem Land, und wir wissen, es liegt nicht am Wetter“, erklärte er sein Anliegen. „Es liegt an uns, weil wir einen

Strich auf der Landkarte schicksalhaft auslegen. Dabei sind die Rumänen schon immer unsere Nachbarn gewesen."

Die von Mennich angestrebte Bekenntniskunst war freilich nur das elitäre Anliegen einer kleinen Gruppe Intellektueller, die in der Versetzung ihrer Heimat in einen anderen Herrschaftsbereich die Möglichkeit zur gesellschaftlichen Erneuerung erkennen wollten. Auf Kundgebungen und in den Zeitungen wurde geworben und gestritten, und bald schon hatte jeder genug davon, so dass man meinte, die Dinge am besten sich selbst zu überlassen.

Die Leute in Hochdorf nahmen den Wandel gelassen hin. Er veränderte nichts, was zählte. „Wir lagen schon immer am anderen Ufer", scherzte Heckl. „Irgendwie ist der Fluss unsere eigentliche Grenze. Die Bahn kommt nicht her, die Zeitungen erreichen uns einen Tag später, und die Sommergewitter haben drüben genug zu tun. Mittags aber läuten bei uns die Glocken wie sonst."

Den Tennmann erreichten solche Nöte erst recht nicht, wenn die Rösser auf dem Hof blieben, der Weizen gedieh und die Säue warfen. „Es stört weiter nicht", war sein Urteil, „und schwitzen musst du sowieso, wenn's was werden soll."

War die Einigelung ins Gegebene das Beste, was sich tun ließ? Zu verharren klüger als zu stürmen? Die Anpassung wichtiger als das Signal? Lerch meinte, die Antworten am ehesten in einem Dorf wie Hochdorf zu finden, wo sich das Neue verspätete und das Gewohnte nicht gleich aus dem Gleis sprang. Lerch wollte dieses Verharren in sich selbst in seinen Bildern sichtbar machen, es sich neu zueignen und sinnfällig überhöhen. Mochte Wien die alte Herrlichkeit aufpolieren, Berlin sich im Stechschritt üben, Jackschi den Blitz auf die Platte bannen und Mennich seine Vision aufzäumen – Lerch wollte ein Tennmann an der Staffelei sein, für den der Himmel nicht weiter war als das Kreisen der Störche reichte und die ganze Welt auf der Innenseite des Hoftores lag. Lerch erkannte es als seine Stunde. „Ja“, kritzelte er in den Hofsand und nahm es hin, als die Schriftzüge von den Hühnern zertrippelt wurden.

*

Es sollte ein Bild sein, das aus sich selbst wächst. Im Vordergrund die kräftige Bauerngestalt – die eigentliche Mitte jedoch der Setzling, umklammert vom Griff des Siedlers, brüchig noch, und doch schon das vom Spaten aufgebrochene Erdreich erschließend, auf dem die Hofstelle ihren Platz behauptet. Noch nicht Heimat, noch nicht Wurzel. Land und Siedler stehen einander eigenwillig gegenüber.
Lerch nahm sich Zeit für das Bild und brauchte sie. Eine Synthese aus Erde und Mühsal sollte es sein, gewachsen wie in großen Sommern an einem Ort, wo Fluch und Segen einander begegnen. Lerch sah das Bild vor sich, übertrug es auf die Leinwand, ergänzte, übermalte, wechselte das Format und riss es in Stücke. Schloss sich ein, lief auf den Acker hinaus und dem Pflug hinterher, schwitzte, litt. Schwieg. Versagte. Fand das Bild mit geborgten Symbolen überfrachtet, die sich

der gängigen Vorstellung einer poetisierten Bauernethik anzudienen verdächtig machten. Sein „Siedler“ war ohne Herzschlag. Eine Erfindung. Lerch aber wollte ein Bild, das keine Phrase zuließ und ohne Pathos auskam. Eine nicht abweisbare Realität ohne Auftrag, die nicht zulässt, was nicht hingehört, und nichts weglässt, was sie ausmacht. Einen Bauern ohne Ahnengalerie. Einen wie Heckl.

*

„Nein!“ widersetzte er sich dem Ansinnen des Freundes, und es lag so viel Bestimmtheit in seiner Ablehnung, dass Lerch zunächst weiteres Zureden, Heckl zu malen, unterließ. Er schlug vor, den Freund zunächst eine Woche lang und den ganzen Tag hindurch begleiten zu dürfen, vom ersten Hahnenschrei bis zum Abendbrot, auf den Acker, zum Wochenmarkt und zum Frisör, zum Hufschmied und zum Schnapskessel, zum Kegelabend, in die Mühle und in den Obstgarten, ins Heu.
„Verdirbst mir den Tag“, wehrte Heckl ab. Es sei ein Befehl, konterte Lerch, und so sonderbar es auch sein mochte, es bewirkte, zwischen Gelächter und halber Pose, das Einlenken des Bauern. „Vorausgesetzt, wir duzen uns weiterhin“, schränkte er scherzend ein, was der nun immerhin schon in die Jahre gekommene Fähnrich a.D. mit einem Handschlag gewährte.
Der Tag begann um halb fünf mit dem blechernen

Geklapper der Melkeimer, das , noch vor dem ersten Hahnenschrei, den letzten Rest an Nachtruhe verjagte, indessen die ersten Sonnenstrahlen im Tau erstickten. Wortkarg die Leute. Zurufe und Flüche geisterten über den Hof und scheuchten alles auf, was den Tag voran zu bringen sich vorgenommen hatte.
Der Arbeitstag, so lang er auch war, ließ für das Gespräch wenig Zeit. Auf der Heimfahrt aber, wenn die Gäule ihren müden Trab in den Staub klopften, in der Warteschleife vor der Mühle auch oder im Weingarten, in dem Zigeunerinnen kicherten und mit flinken Fingern falsche Triebe ausgeizten, ergaben sich zwischendurch Momente, um Erinnerungen aufzufrischen, Bedenken zu äußern oder auch zotige Bemerkungen los zu werden. Das Dorf, in dem nichts geschah, war eigener Neuigkeiten und alter Ereignisse randvoll. Jeder im Dorf kannte jeden und alles, was sich drei Generationen zurück auf den Höfen ereignet hatte. Es gab nichts, was verborgen geblieben und nichts, was nicht zugetragen worden wäre. „Gehörst dazu und wirst gewogen“, resümierte Heckl. „Das Dorf trägt dich und vernichtet dich. Bis in ihm geborgen und ihm zugleich ausgeliefert.“

Unvergessen das große Feuer. Die Scheune beim Jungmatz brannte, und mit ihr die eingefahrene Ernte. Es brannte wie Stroh brennt. Schüttest Wasser drauf und weißt, es ist die Müh’ nicht wert. Als die Feuerwehr anrückte, war’s schon vorbei. Er war selber bei der Feuerwehr, der Jungmatz, und öfter als einmal hat er das Feuer im Dorf gelöscht. Sich selber konnte er nicht helfen. Es blieb ihm das angekohlte Haus und etwas Vieh. Aber es war kein Futter da, und so hat er alles, bis auf ein Pferd, abschaffen müssen. Er warf dann die Asche durchs Sieb – die Asche von zwölf Joch Frucht. Siebte und hustete, und hustete immer schlimmer. Zwei Wochen oder auch drei hat er die verkohlten Körner aus der Asche gesiebt und abgelagert. Fürs Geflügel, wie er meinte. „Das pickt ja alles auf." Er wurde den Husten nicht wieder los. Hustete sich ins Grab, der Jungmatz, und hat seine Leute unversorgt hinterlassen. Bitter war's, denn es kennt dich keiner mehr, wenn du nichts hast. In der Not bist allein, und unser Herrgott hat andere Sorgen.

Zu Heckls Hof gehörten 22 Joch Ackerland und der Weingarten. Gern hätte er den Besitz auf einen ganzen Grund abgerundet, auf 32 Joch – fürs Zusi. „Da zieht jeder den Hut." Freilich, das kostet Schweiß, und sparen musst du obendrein, hart sparen. „Wir essen und trinken gut, wir kleiden uns, aber sonst gönnen wir uns nicht viel. Genauer gesagt, wir gönnen uns sonst nichts." Heckl konnte dazu lachen. „Wir meinen nicht, dass uns was fehlt. Es sei denn der Verstand."
„Der Sinn", verbesserte Lerch und wusste nicht recht, ob es das treffende Wort für etwas war, wofür, nachträglich besehen, kaum Bedarf bestand. Seit dem verlorenen Krieg hatte die Sinnfrage in seinem Leben Schaden genommen. Es ging, wie zu sehen war, auch anders rum. Der Fluss hatte deswegen nicht die Richtung geändert, und die Krähen hatten nichts von ihrer Gier eingebüßt. Eine Frage nach dem Sinn ergab sich daraus nicht. Dieser

war, meinte er nachträglich zu wissen, nie vorhanden gewesen. Er war ein Ritual, handlich und handelbar und bis zuletzt auch austauschbar. Wie viel Sinn hatte der Besitz eines ganzen Grundes? Welchen die Hoftreue des Tennmanns? Was konnten seine Bilder heute fest machen ohne morgen überholt zu wirken? „Sinn, das ist zu absolut“, befand er. „Wir rechtfertigen damit das, was wir tun, erreichen oder auch verhindern wollen. Er hält uns in der Spur.“

Lerch sah das unauffällige Glück des Freundes, dessen Tag von Dingen bestimmt wurde, die keinen Aufschub zuließen. Das hält Kopf und Herz frei. Abends weißt du, wie der Tag war und auch, wie er morgen sein wird. Das Jahr hat seinen Lauf, und das Leben hat seine Zeit. Fleiß und Beharrlichkeit, Gewinn und Verzicht aufeinander gestapelt, haben ein zählbares Ergebnis und verhelfen zu jener guten Ermüdung, mit der Heckl nachts in einen traumlosen Schlaf fällt.

*

„Nach Feierabend“, hatte Heckl schließlich nachgegeben. Lerch fügte sich. Der Bauer hatte das kurze Haar aus der Stirn gewischt und war aus den schweren Ackerstiefeln geschlüpft. Lerch malte sie wieder ins Bild und schob ihnen den aufgepflügten Acker unter die Sohlen, stellte eine Eiche an den Bildrand und verschlankte sie. Gab ihr Zeit zu wachsen. Dem Acker ließ er mehr Bildfläche, hob ihn in den Gesichtskreis. Schicksalhaft. Er ernährt

den Landmann und verbraucht ihn zugleich von einem Herbst zum andern. Er ist fruchtbar und herzlos.
„Bei uns drüben", berichtete Lerch ohne die Arbeit zu unterbrechen, „bringt Mennich das Dorf durcheinander. Er will alles erneuern, aber niemand weiß, warum das Alte nicht gut genug sein soll."
Heckl griff den Gedanken auf. „Es ist wie mit seiner Walzmühle – sie war plötzlich da, und nun laufen alle hin. Ohne Not, denn auch wer schneller mahlt, erhält nur Mehl. Hältst ihn aber nicht auf, den Fortschritt."
„Ist nicht die Distel ohne Fortschritt? Und was kümmert die Krähe auf dem Dach mein Vaterland? Treibt nicht das Eis in jedem Winter den Fluss hinunter und immer nur hinunter?" Lerch redete über den Freund hinweg und legte die flache Hand auf die Brust. „Ich kann sein wie das Eis und wie die Distel. Ich male die Welt, die ich sehe, und ich male sie über den Verstand hinaus. Ich kann dem Esel Hörner aufsetzen und in den Apfelbaum Nüsse malen. Und manchmal habe ich den Eindruck, gerade das tun zu müssen."

*

In den Hausgärten und selbst auf der Dorfstraße war sie nicht geduldet. Wo eine Distel aufzukommen versuchte, waren die Hausleute schnell dabei, sie aus der Wurzel zu reißen. Selbst am Feldrain gelang es ihr nur selten, ein paar Sommerwochen hindurch schön zu sein, nie hingegen auch zu gefallen. Die Bauern schleiften an

den Kehren achtlos Pflüge und Eggen übers blühende Unkraut, das ins Korn auszugreifen drohte. Sie duldeten nichts was nichts brachte. Am Flussufer aber, ins Strandgras gestreut, trieb die Distel mannshohe Stauden, setzte sich Purpurkronen auf und streute Samenkörner in den Wind. Gab sich der Sonne hin wie im Rausch.
Lerch befragte die Distel, benannte sie neu, rief sie an und überhöhte sie. Versetzte sie bildhaft in ein neues Universum, in dem Distelbäume, vom Sommerwind getragen, in eine Welt ohne Pflug entschwebten und Heckls Drang nach einem ganzen Grund zurückstuften. Waren es Bilder über die Rückkehr der Wildnis? Die Vorstellung von einer Welt danach? Von einer anderen Gerechtigkeit?

*

Am Abend winkte ihm der Tennmann zu: „Wie kommst voran, Lerch?"
„Schnell und langsam. Wie man's misst."
Der Alte hielt an. Das machte das Nachdenken leichter.
„Na dann Gückauf, Lerch."

*

„Matitzer bitte, und nicht wie bisher Maticza. Das muss bis gestern noch ein Hörfehler gewesen sein. Matitzer, Jörg Matitzer, mit TZ geschrieben." Jakschi ließ sich den

Widersinn der Dorfneuigkeit anmerken. „Da wird, um in die Stiefel zu passen, rückwirkend ein Böhme ausgemerzt. Weggeschabt wie Krätze."
Den Maler an der Seite, wanderte er aufs Kloster Mongrad zu – eine serbisch-orthodoxe Gründung aus dem Mittelalter, im 18. Jahrhundert von den Österreichern mit einer zweitürmigen Kirche versehen und inzwischen halb verfallen. Die wenigen verarmten Mönche hatten alle Mühe, zumindest am heiligen Osterfest eine Handvoll Gläubige zur Auferstehungsfeier zu versammeln. Ein weitläufiges Ried schnitt die Klosterinsel von der höher gelegenen Landmasse ab. Es schützte und machte einsam. Aus allen Winkeln flötete, schnarrte und quakte es, lockte und warb, und ließ Jakschi auf ungewöhnliche, wenn nicht sogar sensationelle Aufnahmen hoffen. Er verbarg sich im Weidengestrüpp, einer offenen Wasserstelle gegenüber, in die ein Schwarm Wildenten mit lautem Gezeter einfiel. „Wichtigtuer", schimpfte Jakschi und drückte auf den Auslöser.
Lerch folgte dem mit gebrannten Ziegelsteinen ausgelegten Weg zum Klosterhof, skizzierte auf dem Friedhof die halbverwitterten Sandstein- und Holzkreuze, entzifferte die kyrillischen Schriftzeichen. Umschritt das Gemäuer und betrat den halb im Wasser versunkenen Gemüsegarten. „Es kommt eine Zeit danach", ging es ihm durch den Sinn. Die Urwelt holt sich alles wieder, und da zählt es nicht, wie viel Ackerfläche auf deinen Hof eingetragen ist, und noch weniger, wenn einer den böhmischen Großvater korrigiert und den Gleichschritt legitimiert. Den Marsch der Kolonnen, in den Maticza-Matitzer

sein Dorf einzureihen sich verpflichtet wähnte – Männer, Frauen und Kinder. Ein Volk im Aufbruch! „Niemand und nichts wird uns aufhalten!“ schrie er den Jungbauern zu, die sich strafften, den Blick geradeaus und nur geradeaus. Matitzer lebte sein neues Bekenntnis vor, indem er dem ausgetauschten Namensschild an seiner Kanzlei den Zusatz „Deutscher Rechtsanwalt“ hinzu fügte. Er hatte in allen Zeitungen inseriert und darauf hingewiesen, dass auch für Rumänen, Ungarn und Serben niemand sonst vertrauenswürdiger sein könne als ein deutscher Anwalt. „Ich stehe dafür mit meinem Namen“, hieß es im letzten Satz. Ein Storchenpaar kreiste über dem Kloster, friedfertig und doch auf Nahrung aus. Den verschluckten Frosch noch im Kropf. Gott lässt es geschehen, denn eines lebt vom anderen, und so hat auch jeder, der zum Anwalt läuft, weniger das Recht als den eigenen Vorteil im Sinn – gegen den Nachbarn, das Finanzamt und selbst gegen das eigene Kind. „Dieser deutsche Anwalt“, fluchte Jakschi vor sich hin, „vertritt seit fünf Jahren meine Interessen, und ich weiß bis heute nicht, welche das sind. Er schickt mir die Rechnungen zu und bastelt an einem Ausgleich, den weder ich noch meine ehemalige Frau, die Ilonka, haben wollen.“

Das Storchenpaar ruhte auf den Schwingen, schwebte gestreckt vorbei und kam wieder, verschwendete keinen Flügelschlag und kostete es aus, unerreichbar zu sein. Jakschi, erdgebunden neben Kröten, Molchen und Würmern, hätte gern selbst die Flügel gespreizt, um zu sehen, wie die Welt von dort oben aussah. „Flausen“, redete er den Gedanken gleich wieder weg, doch es gelang ihm

schlecht, denn der Mensch, sagte er sich, hebt sich von den anderen Geschöpfen durch seine Träume ab.
Den Mönchen in Mongrad lagen solche Anwandlungen fern. Sie hatten ihr Arrangement mit dem Himmel, und da passte sonst nichts zwischen die Buchdeckel. Vier Klosterbrüder noch waren auf der Insel bemüht, die Botschaft des Herrn weiter zu geben, denn er wird kommen am Ende unserer Tage und prüfen, ob wir vorbereitet sind. Bruder Nikolaj blickte seine eher ungewöhnlichen Besucher aus wasserhellen Augen an. Ihm liefen Tag und Jahr nicht davon, denn alles Irdische hat nur ein Ziel, und du erreichst es nicht eher und nicht später, als es vorgeschrieben ist.
Er stieg die Stufen zum Obergeschoss voran und öffnete die Tür zur Bibliothek, zählte die Bestände auf – lateinische und altslawische Folianten, deutschsprachige Bücher aus dem 18. Jahrhundert. Vergilbte Historie, abgegriffene statistische Angaben und wassertechnische Vermessungen, auf die noch zurück zu greifen sein werde, wie Bruder Nikolaj zu wissen meinte. Denn der eigentliche Feind des Landes sei das Wasser, das offene und das versteckte. Der Teufel stecke darin. Die fetten Äcker in den Niederungen schwimmen auf einer Wasserblase, und wer zu tief pflügt, reißt sie an. Der Fluss schlüpft unter dem Damm hindurch, kreist die Dörfer ein und spült die Gärten aus. Bist ratlos und bittest den Herrn um Gnade.
Jakschi hörte zu und behielt seine Zweifel für sich. Er vertraute weniger auf den Herrn als auf seine Kamera. Sie widersetzte sich dem Geist, und was kein Bild hergab, war für ihn nicht da. Noch nicht.

*

Es war nicht zu übersehen. Abend für Abend schwirrte Lisi auf den Damm, und jeder am Fluss wusste, dass dort zu dieser Stunde der Maler auf und ab lief. Ohne Grund, wie man bisher zu wissen glaubte. „Das ist nicht klug“, warnte er immerhin und sprach es aus, und war dann doch enttäuscht, wenn Lisi einmal ausblieb.
„Wo warst du gestern“, warf er ihr vor.
„Ich hatte keine Lust.“
„Aber ich hatte Zeit. Das ist nicht immer so.“
„Du gehst, wenn ich da bin, neben mir her und sagst kein Wort.“
„Ich denke nach, und ich kann’s besser wenn du da bist.“
„Das ist mir zu dumm.“
„Es ist nicht dumm. Es ist wie das tägliche Brot.“
„Auch meine Eltern schweigen aneinander vorbei. Ich finde es entsetzlich, wenn so getan wird, als wäre der andere nicht da.“
„Ich kann nicht mit dir über meine Kunst reden. Ich rede mit niemanden darüber.“
„Wir können über anderes reden. Über den neuen Laden im Dorf, über den Plättenwirt, der nun auch seine zweite Frau aus dem Haus gejagt hat. Dabei fanden sie alle Leute so nett.“
„Ich kann dazu nichts sagen.“
„Ich spür’s wie einen Schnitt ins Fleisch.“
Sie vertrat ihm den Weg. Ließ ihn auf sich zukommen, lehnte sich an, und nichts war dazwischen als die glatte Seide ihrer Bluse.

„Nicht alles was uns wichtig vorkommt, ist es auch", entschied er.
„Was aber ist wichtig?"
Ihm fiel nichts ein, was dazu hätte gesagt werden müssen an Angelesenem, Gehörtem, oder auch Erlebtem. Schon gar nicht vor Sonnenuntergang, wenn der Tag in die Vergangenheit hinüber gleitet und alles gestrig wird. Er erwähnte, wieder nach Hochdorf zu wollen. Ihm kämen dort die besten Einfälle, und keiner rede ihm drein. „Sie haben zu tun und stellen keine Fragen. Sie wissen besser, was wichtig ist."
„Machst mir Angst, Lerch."

*

In der Dorfschule hing ein Porträt des Prinzen Eugen von Savoyen, der in siegreichen Schlachten gegen die Türken das Land für den Kaiser erobert hatte. Der „edle Ritter" blickte geharnischt über die Schulter, die Oberlippe aufgeworfen, ein Generalissimus in Positur, entrückt und zugleich fest eingeprägt ins bäuerliche Geschichtsbild. Er gehörte zu dem, was das Land über sich selbst wusste und in den eigenen Horizont passte. Man kam gut mit dem zurecht, was überliefert worden war und begab sich nicht auf die Suche nach neuen Legenden.
Es war nachträglich weniger von Belang, wie viele das Sumpffieber hinwegraffte, das Heimweh verzehrte oder an der Unwirtlichkeit des fremden Landes verdarben. Aus der Pfalz und dem Elsass, vom Hunsrück und aus anderen

deutschen Winkeln hatten sie die Reise gewagt, die Donau hinunter bis ans Ende des Abendlandes, wo es freies Land in Fülle geben sollte. Man wird nicht sagen können, dass die ansässigen Raitzen und Walachen erfreut über die neuen, geradlinigen Dörfer und die ebenso wirkende Lebensart der deutschen Siedler gewesen wären. Ihre Strenge schien den Wanderhirten unerträglich. Aufsässig trieben sie ihre Herden über die frische Wintersaat der Ackerbürger und blieben gegenüber den Verordnungen der neuen Landesbehörde unempfindlich. Sie wichen aus und verlegten sich aufs Warten. Sie waren geübt darin und wussten aus Erfahrung, dass die Geschichte nicht an einem Tag geschrieben wird.

Pfarrer Berghausen hatte, begleitet von Lerch, einen Rundgang über den Dorffriedhof unternommen. „Zu meiner Gemeinde gehören ebenso die Dahingegangenen", begründete er sein Anliegen, in dem Lerch eine Annäherung an den aufkommenden Ahnenkult sehen wollte. Aber der Pfarrer legte es anders aus. „Meine Politik, lieber Lerch, ist das Evangelium."

Eine von ansehnlichen Grabstätten gesäumte Lindenallee führte zur Kapelle, von der aus der Weg nach zwei Richtungen aufschloss zu den Gräberfeldern für diejenigen, die für mehr als den Namen auf dem Kreuz nicht aufkommen mochten oder konnten. Was den Pfarrer vor allem zu bewegen schien, war das halbe Dutzend Sandsteinkreuze im Rücken der Kapelle, halb schon im Boden versunken und aus dem Gedächtnis der Gemeinde gestrichen. „Matthias Schaffbinder aus Merzig an der Saar", entzifferte er eine Inschrift. „Gestorben im Jahre des Herrn

1733, 42 Jahre alt.“ Daneben ein kleinerer, herzförmiger Stein: „Barbara Wirth. Gestorben 1742. Acht Jahre alt.“ Der Pfarrer zählte weiter auf: Papillon aus Lothringen, Griesmüller aus der Pfalz. Namen, die in der Gemeinde nicht mehr vorkamen. Ihre Träger waren in den ersten Notjahren ausgestorben. Nur die alten Kreuze erinnerten noch an sie. „Mir nagt das an meinem christlichen Gewissen“, ereiferte sich der Geistliche. „Wir brauchen, meine ich, mehr Erinnerung. Sie schützt vor zu viel Eigenliebe und macht demütig. Das kriege ich mit predigen allein nicht hin. Ich denke an ein großes Deckenfresco in unserer Kirche, das an die Siedler der ersten Generation erinnert. Ein Bild, das uns einbindet, uns zusammenführt im Gebet. Irgendwann, lieber Lerch, vielleicht eher als gedacht, werden wir uns dieses gottgefällige Werk leisten können. Und Sie werden es ausführen.“

*

Lerch hatte diesmal den Feldweg nach Hochdorf gewählt, der Äcker und Zwetschgengärten entlang schnürte, Hufabdrucke der Ackergäule im Schlamm, zuweilen eine grüne Kante, die der Pflug beim Wenden nicht erreicht hatte, und in die sich Kornraden, Wicken und wilder Mohn vorgewagt hatten, als gäbe es weit und breit keinen besseren Platz um zu blühen und zu vergehen. Lerch fielen die Sandsteinkreuze hinter der Friedhofskapelle ein. Auf Anweisung des Pfarrers hatte sie Jakschi fotografiert, teilnahmslos, wie er versicherte „Ein Wind wehte dich her oder Gott weiß was sonst, und nun hältst du ausgerechnet diesen Platz für den schönsten auf der ganzen Welt."

Auf einer Brache trieb mit lauten Zurufen ein Bauer sein Gespann an. Das volle Körpergewicht auf die Pflughörner gestützt, schritt er in der Furche, ohne Blick für die Welt hinter dem eigenen Acker. Alle sind wie Heckl, dachte Lerch. Die Bauern in Hochdorf träumen nicht. Sie feiern ausgiebig ihre Feste, aber richtig lachen hörst du sie selten.

Lerch hätte in diesem Sommer dennoch sein wollen wie der Mann hinter dem Pflug, hingegeben an das, was zu verrichten war. Die Schar riss den Boden auf, der dem Pflüger entgegen atmete und fruchtbar sein wollte für ihn und diejenigen, die nach ihm den Pflug führen werden. So hätte es Mennich, gehoben, ausgedrückt. Ein Bauer hätte gesagt: Damit wir unser Auskommen haben.

Wo dazwischen sucht die Kunst ihren Standort?

Lerch skizzierte, ließ die Pferde weg, brachte nur den Pflüger ins Bild, dem Acker zugeneigt, untertänig auf seiner Scholle. Umriss das Gespann auf zwei weiteren Blättern und kehrte zum ersten Entwurf zurück, brachte den Pflüger frontal in den Vordergrund und wusste, dass ihn dieses Motiv nicht loslassen würde.

Er vermied die Abendgesellschaft bei Heckl und ließ sich am Tag darauf das Frühstück aufs Zimmer bringen. Riegelte sich ein. Er entschied sich für ein Format, das die Darstellung des Pflügers in Lebensgröße ermöglichte. Schon bald jedoch rollte er die Leinwand wieder ein. Es durfte nicht monumental wirken, kein Hohelied sein

und keine Sendung enthalten. Sein Pflüger war ohne Botschaft. Er schafft.
Lerch verringerte das Format. Fasste es enger. Die Fäuste auf den Pflughörnern berührten nun die Außenkante der Bildfläche. Der schreitende Fuß nur noch angedacht. Arme und Schultern, zu einem Bogen geschwungen, gaben den Schub vor, der sich ins Erdreich übertrug und keinen anderen Gedanken zuließ.

*

Eine Regenfront schob sich über das Land, warf strichweise ein paar Tropfen in die Dörfer und wartete auf den Sturmwind. Das Geflügel kratzte aufgebracht im Hofsand, die Hunde rissen an ihren Ketten, der Tennmann kippte seinen Ruheschemel auf den Kopf. Die Wörter klebten auf der Zunge.
Heckls Haus litt an sich selbst, schwitzte in den Stampflehm der Wände und klappte die Fensterläden zu. Das Kleinhaus buckelte vor der Scheune, die Sommerküche nahm die verängstigten Küken auf, indessen die ungebetenen Nager Stall, Haus und Scheune von allen Seiten anfielen und sich durchfraßen.
Es war kein Tag fürs pflügen und keiner fürs Malen. Heckl sah nach dem Vieh, verschloss den Keller und stützte vorsorglich die unteren Äste des Apfelbaumes ab. Vom Kirchturm wimmerte die Glocke, als gälte es, das Unwetter umzulenken auf einen anderen, vielleicht sündhafteren Landstrich. Gott schützt die Seinen.

Das Dorf hatte für Wind und Regen Platz. Die großen Hausgärten sogen gierig auf, was an Wasser auf sie zukam, und die Akazienreihen auf der Straße hielten dem Sturm abweisend die Stacheln hin. Es machte ihnen nicht viel aus, wenn er sie halbseits anfiel. Ihr dünnes Laub brachte den Wind, wie immer er kam, aus der Puste. Ausgewachsen markierte der harte Stamm als Stützgabel für den Schöpfbrunnen den Mittelpunkt der Hofstelle, den Schwengel am Kipppunkt in die Baumgabel gepasst, meisterlich vermessen und beschwert.

Zum Feierabend luden die Gassenbänke unter die Akazien ein. Die Bäume, bis unter den Kronenansatz geweißt, liefen in Doppelreihen auf die Kirche zu und dann weiter, an immer kleineren Höfen vorbei auf die geschotterte Landstraße hinaus, die von Maulbeerbaumreihen auf Linie gehalten wurde. Uralte Bäume, einst auf Anordnung der Landesadministration zur Förderung der Seidenraupenzucht gepflanzt. Sie brachte nichts. Geblieben sind ein wirtschaftshistorischer Negativvermerk und diese seltsamen Alleen entlang der Landstraßen, aus denen die Leute im Sommer die fest gestielten schwarzen, roten und weißen Beeren schütteln, um daraus einen landläufigen Billigschnaps zu brennen, fernab jeder Erinnerung an alte Seidenträume.

*

Schon war zu sehen, wie der Regen hinter dem Ufer gegenüber schräg aus dem Gewölk fiel. Er donnerte auf

Hochdorf zu. Mütter riefen nach ihren Kindern, und selbst die stolzen Pferde verzagten vor der Krippe.
Der Szapáry reitet!
Lerch fiel eine Sage aus seiner Kindheit ein, an die immer dann erinnert wurde, wenn ein Unwetter hereinbrach. Die Szapárys, eine ungarische Magnatenfamilie, besaß vor langer Zeit ein Landgut in Sanktpeter drüben. Jeder harmlose Wind, hieß es, konnte in Sanktpeter zum Sturm geraten, der das Obst von den Bäumen riss, Tore aus den Angeln brach und Scheunen abdeckte. Niemand hatte eine Erklärung dafür, und so blieb alles am Grafen Szapáry haften. Ein wüster Zecher soll er gewesen sein, und ein Gotteslästerer dazu. Zu Fronleichnam einmal, wurde erzählt, sei er mit seinen Jagdkumpanen über die bestellten Felder galoppiert und hätte dabei die zur Flurweihe aufgebrochene Prozession samt Pfaffen, Ministranten und Kirchenchor vor sich her und in den Sumpf gejagt. Im Winter darauf brannte das Gutshaus, und seitdem geistert der Graf bei Unwetter auf seinem Rappen übers Land und hinterlässt seine unheilvolle Spur.
Lerch hatte die letzten Häuser hinter sich gelassen. Das platte Land dahinter war schmucklos und fruchtbar. Äcker, Viehweiden, Gärten. Überall in den Dörfern Akazien und Brunnenschwengel im Hof. Findest dich leicht zurecht und bleibst am liebsten wo du bist. In der Not rufst du den zuständigen Heiligen an, auch wenn er dich dreimal nacheinander im Stich gelassen hat. Denkst nur eine Ackerlänge weit, und das ist nicht zu kurz gedacht. Die Welt dahinter ist nichts weiter als die Fortsetzung

der Ackerlänge. Behältst alles im Blick, und jedes hat sein bäuerliches Maß, abgezählt und nachgezählt von Vätern und Großvätern und den Kindern hinterlassen als Erbgut auf Zeit.
Was davon, fragte sich Lerch, wissen Leute wie Matitzer, und was ein kluger Pfarrherr, frisch aus dem Seminar hereingeweht in ein Dorf, das seine Vorfahren begraben und vergessen hatte, so wie diese ihre Väter in der Pfalz und im Hunsrück nicht in Erinnerung zu bewahren in der Lage gewesen sind.
Denn das Gedenken reicht nur so weit zurück, wie es das Auge erfasst, und manchmal ist es nur ein Augenblick, der zurückbleibt, ein Zwischenspiel nur, das nicht weitergedacht wird. Niemand wusste das besser als die Schlösserin, der so und auch anders nicht zu helfen war in ihrer Kümmernis. Denn das war geschehen. Drei gesunde Buben hatte sie zur Welt gebracht, und sie dachte, als sie wieder ein Kind erwartete, einen Wunsch frei zu haben: ein Mädchen. Es war ein Mädchen, und das Glück hätte größer nicht sein können. Schön wie ein Engel war es, und Maria Helene, nach Mutter und Vormutter, sollte es heißen. Aber es ging mit einem Wimmern und ohne Augenaufschlag aus der Welt, erzählte die Schlösserin. Noch in derselben Nacht. Sie legten den toten Engel in einen weißen Sarg und spürten, wie die Ewigkeit auseinander riss. Vor Tag noch kam der Totengräber und nahm Maria Helene mit. Die Kirche hatte dem ungetauften Kind die Beisetzung in geweihter Erde verweigert. Alles Weitere hat der Totengräber für sich behalten.
Es war nur eine Randgeschichte von nebenan, aber sie

kam Lerch immer wieder in den Sinn, so als müsste der Schlösserin lange Jahre danach noch beizustehen sein, gegen das Gesetz und doch in Gottes Namen. Auf dem von Pfarrer Berghausen angedachten überzeitlichen Fresco im Kirchengewölbe würde es keiner verwehren können, Maria Helene der Schlösserin wieder in den Arm zu legen und einen Engel beim Namen zu rufen.

*

Lerch wählte für seinen Pflüger Ocker als Grundton, legte einen Stahlschimmer auf den Sterz, mischte Tuchblau in die aufgesteckte Schürze des Bauern und schwächte es dann doch ins Erdbraun zurück, wie es aus der Scholle brach. Erde und Mensch als eine Einheit, denn das Land ist so viel wert, wie der Pflug ihm abfordert. Das macht den Bauern stark und geradlinig im Denken. Seine Schläue verbraucht er auf den Jahrmärkten und beim Kartenspiel – beim Pflügen helfen keine Tricks. Es gilt das Innerste.

Lerchs Pflüger brauchte Fäuste, und er brauchte ein Gesicht. Seine Zugehörigkeit erwies sich als Gewissensfrage, denn alle pflügten das Land. Für die Serben aber mochte der Handel wichtiger sein, die Rumänen waren von Natur aus Hirten, die Ungarn zogen den schönsten Paprika. Die einen schwatzten, die anderen träumten, die dritten prahlten. Lerchs Pflüger aber verrichtet wortlos sein Tagwerk, wie einer, für den die Arbeit an sich der

Zweck ist. Das macht nicht beliebt, denn er ist weniger gesellig und nur begrenzt großzügig. Er gilt als zuverlässig und wenig gewitzt. Er ist gutmütig und stört dennoch. Er ist um eine Ecke herum zu tüchtig. Schwäbisch.
Lerch entwarf und verwarf, sah alte Fotos durch, lief den Wochenmarkt ab und skizzierte sonntags die Männer in den Kirchenbänken. Zeichnete aus der Erinnerung. Schlief schlecht, alterte. Saß in der eigenen Falle. Im Halbschlaf hingedämmert meinte er ein Gesicht zu sehen, kannte es und erkannte es nicht. Aufgewacht war das Gesicht noch immer da. Zögerlich übertrug er es auf die Leinwand, strich den Haaransatz tiefer in die Stirn, verstärkte Kinn und Jochbein. „Wer bist du?", fragte Lerch. „Wer willst du sein? Was hält dich in der Furche?" Ein bekannter Unbekannter sollte sein Pflüger sein. Gewinner und Verlierer, ergeben und störrisch.
Wie von ungefähr war ihm die Kinnfalte seines Vaters ins Bild geraten, eine sich nach unten krümmende Linie, aus der sich das Kinn vorwölbt, unerbittlich gegen sich selbst und gegen andere. Denn vor dem Herzen stand das Gesetz und ließ Gefälligkeiten nicht zu. Mitgefühl war in der Notariatversordnung des Vaters nicht vorgesehen, der in den zwei letzten Kriegsjahren mit dem Titel eines Kommissars und einer Pistole ausgestattet worden war. Er war kriegswichtig geworden. Das Vaterland baute auf seinesgleichen.
Lerch überpinselte die Kinnfalte. Zu groß schien ihm die Ferne zu seinem Vater, dessen Unbedingtheit aus der Zeit gefallen war wie eine taube Nuss. Mit den Vätern erlischt ihre Zeit.

*

„Er lässt die Kinder aufmarschieren und dumme Lieder singen." Mennich empörte die anmaßende Befehlsgewalt, die sich Dr. Matitzer ungefragt zugelegt hatte, und die auszuführen ihm unwidersprochen nicht überlassen werden durfte. „Die Bewegung", Mennich gab dem Wort einen sakralen Unterton, „die Bewegung geschieht nicht auf Kommando – sie wächst nur dort, wo der Boden vorbereitet wurde. Matitzer lässt die Fanfaren blasen, wo es um das Heidenröslein geht."
Lerch hörte hin und hörte weg. Seinen „Pflüger" berührte das nicht, und die Milch machte es auch nicht sauer, wie der Sandausheber Gyuri dazu bemerkte. Mennich hingegen, aufgebracht, wetterte jeden Samstag im „Volksblatt" gegen die Fanfaren, mit denen neuerdings die Schuljungen wie im Kasernenhof unter der Fahne antraten. Dem Dorf schien das so wichtig nicht, zumal auch sonst nicht alles beim Alten geblieben war. Die bestechlichen Beamten der neuen Herrschaft überfielen wie eine Heuschreckenplage das Land, und König Carol II. von Rumänien verordnete vergeblich einen monarchischen Patriotismus zum Schutz der Krone. In der großen Welt draußen war einiges aus den Fugen geraten. Österreich gab es nicht mehr. Als Ostmark dem Deutschen Reich angegliedert, war es von der Landkarte verschwunden und über Nacht aus der Welt gefallen. „Wie soll das weitergehen?", fragte sich Lerch. Die meisten fragten nicht.

Zum Sonntag war ein Sportfest angesagt. Die Blasmusik spielte. Metzger und Lebzelter hatten ihre Buden aufgestellt, Pantoffelmacher und Bürstenbinder legten ihre Waren aus, und auch der Scherenschleifer erhoffte sich, bei dem Zulauf, etwas Kleingeld zu verdienen. Von den Fahnenstangen wehte neben den blau-gelb-roten Landesfarben die Hakenkreuzfahne. Trommeln und Fanfaren waren zu hören, und in Dreierreihen schwenkten die Kolonnen auf den Sportplatz zu. Voran der Musikzug, im Gleichschritt dann die Jungen, gefolgt von Mädchen in weißen Kniestrümpfen. Dr. Matitzer, gestiefelt, nahm mit erhobener Rechten die Meldung entgegen, ließ rühren und schritt zum Rednerpult.

Die meisten Schaulustigen, zog es eher zum Würstchenstand, der gleichfalls Fahne zeigte, und sei es nur, um einen Preisaufschlag zu rechtfertigen. Mennich war nicht zu sehen, auch die Männer des Kirchenrats fehlten und mancher Bauer, der seiner Kartenpartie den Vorzug gab. Lisi wollte sich das Sportfest nicht entgehen lassen, und Lerch begleitete sie, als die Fanfaren schließlich abzogen, zum heiligen Wendelin, dem Feld- und Vieheiligen auf dem Kirchplatz, wo eine Bank im Baumschatten stand und sich nichts vor dem Herrn und vor der Gemeinde hätte verbergen lassen. Niemand aus Lerchs Familie hatte jemals hier Platz genommen, und weder Gyuri noch seiner Frau wäre es eingefallen, sich sonntags auf der Wendelinibank der Öffentlichkeit zu präsentieren. Es gab Dinge, die hatten eine ungeschriebene und zugleich unangefochtene Gültigkeit. Nur einer wie Lerch, der seinen Platz in der Gesellschaft nicht auszumachen in der Lage war, konnte sich außerhalb dieser Gesetzmäßigkeit wähnen, oder ahnungslose Mädchen mit sechzehn, die mit einem Augenaufschlag die Gravitation auszuhebeln meinen. So geschah es, dass nicht Dr. Matitzers Sportfest das Wochengespräch bestimmte, sondern das unpassende Pärchen auf der Wendelinibank, das von allen beäugt worden war und nun genüsslich im Gespräch gehalten wurde als das Neueste und Aufregendste – als das eben, was keiner vorauszusagen gewagt hätte. Da hatte sich das Töchterchen des Sandaushebers arg nach oben vergriffen, auch wenn man diesen Maler dem eigenen Kind auszureden gewusst hätte, der, trotz bester Abkunft, nicht mehr zu bieten hatte als eine Hütte am Wasser und einen schwächelnden Bruder in der Hinterhand. Der alte Herr Notär, gäbe es ihn noch, hätte die Sache mit einem einzigen Wink aus dem Daumenwinkel wieder ins Lot gebracht. Denn alles hat seinen Platz in der Welt – der Vogel in der Luft, der Wurm in der Erde, bitte schön. Und so weiter, wie eben die Welt gebaut ist.

*

Fortan stellte Gyuri die Milch zu. Pünktlich und stets in Eile kippte er den Inhalt der Kanne in den bereitgestellten Tonkrug, sagte was zum Wetter und hetzte wieder zum Gartentor hinaus. Die Woche ging hin, ohne dass es Lerch zum Malen oder auch nur zum Angeln gedrängt hätte. Wie stets, wenn gegen einen inneren Zwiespalt anzugehen war, nahm er sich das Schwemmholz vor und schlug den Spaltkeil in den Wurzelstock. Trieb einen zweiten Keil hinterher. Schwitzte, fluchte und hätte den in sich verknoteten Strunk am liebsten ins Wasser zurückgeworfen. „Holz reißt wo es will“, hätte Gyuri dazu gesagt.

Das war zumindest ein Nachdenken wert, und so lag der Klotz noch unbewältigt im Vorhof als Andrasch kam. Für einen Familienbesuch aus dem Dorf war es eine recht ungewöhnliche Zeit. „Es wird ja nicht wegen Mama sein.“ Aber es war so, auch wenn es ihr, wie Andrasch vorweg mitteilte, vom Ärger abgesehen, gut ging. Das Gerede im Dorf ertrug sie allerdings schlecht. „Sag jetzt einfach, dass nichts an der Sache ist, und Mama kann wieder ruhig schlafen.“

Lerch entrang sich einen Seufzer. „Alle wollen mehr darüber wissen, als ich selbst wissen kann.“

„Das soll vorkommen“, stimmte Andrasch zu. „Und es ist auch schon vorgekommen, dass die Anderen Recht hatten.“

„Baust dir ein Haus am Rande der Welt, schweigst mit den Fischen und kommst doch nicht los von der Welt. Als hätte deine Mutter dich nicht abgenabelt.“

„Papa sagte immer, alles hat seine Ordnung.“

„Papa handelte nach Vorschrift. Alles blieb in der Spur. Mir gelingt das nicht.“

„Sein Rat heute wäre: Lass es sein und male.“

„Papa ist tot. Auch für dich ist er tot.“

*

Schippe für Schippe warf Gyuri den Schotter durchs Sieb, im Schwung nachwippend und mit Maß, denn der Arbeitstag ist lang und das Leben noch viel länger. Kies und Sand, nach vorgeschriebener Körnung sortiert, werden am Abend gemessen, oder auch nur geschätzt. Samstag ist Zahltag, bar auf die Hand. Samstag für Samstag – wenn der Rücken durchhält. Sand wird immer gebraucht, und der Fluss wirft ihn dir vor die Füße, beinahe auf die Schippe. Räumst ihn weg ein ganzes Leben lang, kippst ihn in die Lore und siehst ihn dann überall wieder, verbaut in Häuser, Brücken und Straßen, zu Fliesen vermengt, in den Straßenbelag gegossen. Das alles ist auf die Laune des Wassers angewiesen, das ausgerechnet vor dem Plättenwirtshaus die schönste Sandbank aufwirft. Es ist, weiß Gott, nichts Aufregendes ein Sandausheber zu sein, aber er hat seinen Platz in der Welt wie jeder andere. Brauchst kein Latein dazu, brauchst nichts als die Schippe und einen gesunden Rücken. Stiehlst weder dem Herrgott den Tag noch dem Pfarrer sein Latein. Hältst deine Familie aus der Not raus und bist auf kein Almosen angewiesen. Hast eine Tochter, und sie ist ein fröhliches Kind. Siebzehn ist sie nun bald, und das verändert sie.

Nach Feierabend redete er darüber mit seiner Frau. Alle Mädchen, sagte sie, sind mit siebzehn verändert. Das mochte so sein, aber er blieb dabei: Schuld daran ist der Maler. Gyuri nahm sich vor, mit ihm darüber zu reden. Herr, wird er ihm sagen, wir kennen uns ausreichend und können einander gut leiden. Ich wünsche, dass wir Freunde bleiben, gute Freunde. Hier am Fluss braucht einer den anderen, und so ich bin immer für dich da. Aber ich habe eine Tochter, Herr. Eine einzige Tochter, und das Beste, was ich ihr ins Leben mitgeben kann, ist ein guter Ruf. Wir sind zu arm, um nicht darauf angewiesen zu sein. Heirate eine aus dem Dorf, Lerch. Heirate bald.

*

Das Harmonium gab nichts mehr her. Ohnehin sei es nicht zur Belustigung gedacht, hatte ihm der alte Kantorlehrer im Musikunterricht beigebracht, sondern zur Erbauung, zur Hinwendung ans Höhere, nicht zur Ablenkung, sondern zur Verinnerlichung. Es sei mit leichter Hand zu spielen, denn selbst das Fortissimo hätte nichts mit Brutalität zu tun, ebenso wenig wie das Largo mit Trägheit. Die Musik, so der Kantor, sei das Fünkchen Genialität im Menschen.
„Ich bin ein Stümper", sagte sich Lerch gleich dreimal vor und meinte damit nicht allein seine konzertante Unbeholfenheit, sondern gleich alles, was zu tun und zu bewältigen war, angefangen vom Wurzelstrunk in seinem Hof bis hin zu seinen Bauernbildern. Mennich hatte sie gelobt, und genau das war es, was den Maler verunsicherte, denn Mennich beurteilte nicht die Kunst an sich, sondern die erhoffte Wirkung, die von ihr auszugehen hätte. Von einer Besinnung auf die eigenen Werte

sprach er, von einer großen Volksgemeinschaft, in die heim zu finden sei. „Dazu braucht es kein Braunhemd, wie es andere wissen wollen. Mir geht es ums Herz, nicht um das Hemd darüber. Um den Blick nach innen, nicht auf die Fahne."

„Meine Bauern", wagte Lerch einzuwenden, „sind einfache Leute, aber sie haben ein Gespür fürs Echte. Sie haben ihren festen Platz in der Welt, und der ist hinterm Pflug. Ich meine, wir sollten ihnen das nicht ausreden."

Mennich maß den Maler mit einem prüfenden Blick. „Sie und ich sind mitverantwortlich für das, was gedacht wird. Und was heute gedacht wird, geschieht morgen. Wir sind nicht frei, Lerch. Wir sind in der Verantwortung."

„Male ich was ich denke oder denke ich was ich male? Sehe ich die Welt wie sie ist oder nur so, wie ich sie wahrnehme? Wenn ich aber sehe, was andere nicht sehen, denke ich dann was andere nicht denken?"

„So umständlich, lieber Lerch, sollten wir's uns selbst und den anderen nicht machen. Wo Sie suchen, mag Ihre Sache bleiben, aber was Sie dabei finden, ist Ihre Sache nicht allein. Um es anders zu sagen – mich kümmert's wenig, hinter welchem Rock Sie her sind, aber sehr, wenn Sie das verändert."

„Das Mädchen, das Sie meinen – und Sie meinen doch das Mädchen, das ich meine – ist ein Mensch von nebenan. Sie spricht mit jedem in seiner Sprache. Sie gehört hierhin wie ihr Vater, und es hat bisher noch keinen gekümmert, in welcher Sprache er beim Sandausheben flucht."

„Sie aber können sich nicht die Lebensklugheit des Sandaushebers Gyuri zu eigen machen wollen“, mahnte Mennich.

*

Wer Ärger hatte, etwas plante, ein Geschäft abgeschlossen hatte, trauerte oder feierte, Freunde treffen wollte oder auch nichts vor hatte, ließ sich beim Plättenwirt an einem der langen Holztische nieder. Es waren an den Markttagen recht viele und an den gewöhnlichen Tagen nicht eben wenige, die einkehrten und Gesellschaft suchten bei Gleichgesinnten, die sich von Jowan mit dem jeweils passenden Getränk versorgen ließen: Doppeltgebrannten Treber für die schweren Fälle, milden Slibowitz für das unterhaltsame Gespräch und Maulbeerschnaps bei mittlerer Verdrossenheit. Meist waren Jowan nicht nur seine Gäste, sondern auch ihre alten, neuen und sogar die kommenden Nöte bekannt, so dass der sich daraus entwickelnde Gedankenaustausch eine beachtliche Kontinuität aufweisen konnte.
Wenn einer wie Lerch sich in die hinterste Ecke zurückzog und einen Zoll Treber für sich allein über die Zunge spülte – den Blick in die Ferne gerichtet, obwohl es eine solche gar nicht gab, und die Mütze in die Stirn gekippt, obwohl er die Sonne im Rücken hatte – so war das ein Zeichen schwerer Verstimmung ohne erkennbare Ursache. Es waren meist jüngere Männer, die darunter litten, weil sie es nicht fertig brachten, etwas los zu lassen

was nicht festzuhalten war. Sie verstanden sich nicht aufs Warten und Abwarten, und hatten doch noch das ganze lange Leben vor sich.
Lerch saß also da wie einer, der nirgends hingehörte, und das musste auch den Wirt verstimmen. Drei Dinge nur konnten einen erwachsenen Mann in eine solche Lage bringen: Zahnweh, Geldnot oder ein Weib. Jedes für sich kann den stärksten Mann umwerfen, indessen gibt es, wie Jowans Großvater es in der Familie weiter gegeben hatte, für alles ein Mittelchen: den faulen Zahn lässt du reißen, die Armut macht Raki erträglicher, und wenn du ein Mädchen nicht haben kannst, schau seine Mutter an, und du weißt, wie es dreißig Jahre später sein wird. Auch wenn es – bis auf den Raki – nicht erwiesen ist, ob sich Jowans Großvater an diese Weisheiten gehalten hat, lässt sich ihr Sinn nicht bestreiten. Ein Künstler, überlegte Jowan, ist noch um einiges schwieriger als ein normaler Säufer, und überdies neigen die Deutschen dazu, alles was geschieht, unterbleibt oder zu erwarten sein könnte ins Unermessliche zu steigern. „Sie wissen alles besser und machen alles falsch“, hieß es bei Serben und Rumänen. Das befreite von der Versuchung, wie sie sein zu wollen, und verkleinerte den Neid über die Güterhäufung der sparsamen schwäbischen Bauern.
Jowan sah in dem Maler mehr als nur einen Gast. Er war sein Nachbar, und noch dazu einer mit Manieren. Unaufgefordert setzte er Lerch ein zweites Zoll Raki vor, aus derselben Flasche nachgegossen bis zum Strich, nahm ihm gegenüber Platz, die Arme aufgestützt, schenkte sich selbst ein und trank ihm zu.

„Willst allein sein, Lerch?“
„Ich weiß es nicht.“
„Willst was los werden?“
„Ich weiß es nicht.“
„Mein Großvater – er ruhe in Frieden – sagte immer: Jowan, sagte er, die Menschen sind voller Fehler, aber mit dem Pferd kannst du nicht reden. Das hat zwar zwei große Ohren, doch nur der liebe Gott weiß warum. Wenn du nicht mit den Menschen redest, reden sie über dich.“
„Sie reden über mich.“
„Das muss nicht schlimm sein. Der Alte sagte: Es ist wie das Hochwasser im Sommer – es kommt und geht und legt dir das Winterholz vor die Tür.“

*

Lerch vermied zunächst jede Begegnung mit dem drängelnden Mennich, ließ die Staffelei verhängt und verzichtete auf das Skizzenbuch, wenn es ihn aus dem Haus trieb, den Damm hinauf und hinunter oder auch auf entlegene Märkte, wo er nicht auf Bekannte zu stoßen hoffte. Er brauchte Zeit und hatte zugleich zuviel davon. Häufiger als üblich wanderte er mit Jakschi landeinwärts über die Heide, die Sandhöcker vor die fetten Äcker schob und zugleich das Ried in den Senken mit Wasser versorgte und so dem Zugriff der Pflüge entzog.
Sie gingen alten Wasserläufen nach, die in flachen Mulden vernetzten, sich zwischen Baumgruppen und einzelnen Höfen auf ferne Kirchtürme zu krümmten,

Binsen und Butterblümchen aus dem Grund trieben und in weiträumige, mit Röhricht bestandene Kessel verströmten. „Meinst, du stehst auf festem Boden, dabei ist nur eine Lage Sand drüber gestreut. Nur eine trügerische Deckschicht, wie unser Bruder Nikolaj wissen will.“ Jakschi stampfte den Fuß auf. „Spürst, wie die Erde drunter wippt. Hast unter den Sohlen nichts als Schlamm, und wenn der Mönch in Mongrad Recht hat, ruht in ihm das ganze Gedächtnis des Landes. Was in den alten Matrikeln steht, ist nichts weiter als ein marginaler Vermerk über unsere Kurzlebigkeit. Jeder Blutegel hat eine längere Geschichte, und jede Kaulquappe weiß, dass alles Leben aus dem Wasser kommt. Wir aber schnüren es in Dämme und meinen, es regulieren zu müssen ohne die Kaulquappe zu fragen.“
Sie rasteten gegen Mittag unter zwei schiefen Bäumen, vor denen zur Zeit der Landvermessung ein Grenzstein versenkt worden war. Nichts verstellte den Blick, und hoch droben fuhr die Sonne unbehindert ihren großen Bogen über den Himmel.
„So ist unsere Heide, sie zeigt sich wie sie ist.“
„Dennoch stellt sich gerade dort, wo es nach nichts aussieht, die Frage, was sie verbirgt.“
„Ein Schatz!“ witzelte Lerch. „Ein echter Goldschatz!“ Lachte aus vollem Halse und schnitt Speckwürfel von der Schwarte auf den Brotkanten, der bis zum Abend vorhalten musste. Jakschi lachte mit, schraubte den Verschluss von der Feldflasche, nahm einen Zug und reichte sie an Lerch weiter. Setzte sie wieder an. Wischte Speichel und Spaß weg. Denn es gab den Schatz. „Jeder weiß es, aber

alle graben an der falschen Stelle. Es könnte hier, uns zu Füßen sein, gegenüber auch, oder weiter westlich, noch weiter westwärts. Ich grabe nicht – ich denke, fotografiere und trage, was sich mir erschließt, in die Karte ein. Dabei ist das Wasser am wichtigsten, der Schlamm unter den alten Wasserläufen. Wer hier sucht, erfährt mehr als in den Büchern steht. Was wissen sie schon über die alten Völker? Sie plünderten und hurten, schreiben die Historiker, kamen und verschwanden. Wohin? Sie bestatteten mit großem Aufwand die toten Könige. Aber wo? Auch den größten, den es gab."

„Attila?" Lerch, sonst durchaus zugänglich für das Übersinnliche, fand die immer wieder aufkeimende Spurensuche nach dem Grab des Hunnenkönig wenig aufregend. Die Legende, nach der Attila während der Völkerwanderung in einer gefluteten pannonischen Senke mit kostbaren Grabbeigaben beigesetzt worden sei, und diese möglicherweise ganz in der Nähe auffindbar sein könnte, überforderte seinen Sinn fürs Außergewöhnliche.

„Unglaublich", beharrte Jakschi, „sind die Dinge nur, bis sie geschehen. Mich reizt nicht der mögliche Fund an sich – aber ihn zu finden, Lerch, da gäbe ich was drum."

Randvoll von schrägen Gedanken, wie Lerch sie nannte, streckte er sich lang ins Gras und gab sich ihnen genüsslich hin. War nicht alles so ungewöhnlich wie gewöhnlich? Das Leben, das Sterben und das gesamte Lamento drum herum. Der Ruhm und die Schmach und das, was die Geschichte, je nach Gebrauch, daraus zu machen versteht. Kleine und größere Schäbigkeiten, die wie Motten im Purpur wühlen und ihn aufzehren. Dabei trifft es gleichermaßen die Mächtigen wie die gewöhnlich Sterblichen. Es macht keinen Unterschied, ob du dein Reich oder deine Scheune verlierst. Meinte nicht auch er selbst, die Sonne hätte sich verdunkelt, als ihn Ilonka verließ? Er hatte die Nacht hindurch auf sie gewartet, und alle weiteren Nächte die Woche hindurch. Noch ruhte der Duft ihres Haars auf dem Kissen, und das Laken zeigte noch den Schwung ihrer Hüfte, die Falten des Vorhangs hatten ihre Hände gerafft, und in der Vase waren die von ihr geschnittenen Blumen noch frisch. Kriegst es allein mit dem Verstand nicht hin. Sie packte sich weg und fehlte. Ihr Fleisch und ihr Leichtsinn fehlten, ihr Lachen und ihre Migräne. Die Leute halten dich für einen Narren, und bist es. Hast dich unnütz verschwendet, aber was du nicht zur Zeit verschwendest verdirbt ohnehin.

Der Tag rieselte im Stundenglas des lieben Gottes.

Er sprach den Freund darauf an. „Ich versteh mich nicht aufs Verschwenden“, sagte Lerch.

„Ich meine, was dahin ist, kehrt nicht wieder, und was kommt, macht dich nicht neu. Da ist nicht ein neues Lebensgefühl – es ist eher keines. Weichst auf Dinge aus, die sonst nicht zählen. Wartest auf den Blitz oder auf das Flüstern im Ried. Bist immer für dich allein und siehst irgendwann die mongolischen Reiter. Siehst alles ganz genau – Stieleichen und Eschen, Jurten am Wasser, Weiber und Hunde, Feuerstellen. Hörst sie singen, und es macht dich krank. Kann es sein, dass alles weg

ist? Verstümmeln wir nicht die Erde mit unserem Fleiß? Mit ihren Pflügen haben unsere schwäbischen Bauern das Land mehr verändert als sämtliche Eiszeiten und hunnischen Plünderungen zusammengenommen."
„Ist's eine Untat?"
Jakschi schob die Frage weg. Sein Maßstab war nicht die Moral. Er peilte über alle Historie hinweg das Ereignis im Jahre 453 an, das Sterbejahr des großen und schrecklichen Attila.
Lerch winkte ab. „Es gibt keine zuverlässigen Unterlagen dazu."
„Es gibt das gespeicherte Gedächtnis, und es gibt den Dr. Mertz. Im Krieg hatte er die Deppen von den Simulanten zu separieren und entdeckte dabei das Gedächtnis der Welt, das nicht allein in den Archiven ruht, sondern auch im menschlichen Unterbewusstsein vorhanden ist, und darauf wartet, dass es abgerufen wird. Er heilte mit Hilfe der Hypnose, wobei er den im Schützengraben erlittenen Traumata unversehrte Erinnerungen und Empfindungen entgegen stellte. Dr. Mertz geht davon aus, dass sich über Hypnose ereignisgebundene Erscheinungen auch über zeitlich entfernte Räume nachordnen lassen."
„Hokuspokus."
„Man kann es so und anders sehen. Immerhin behandelt Dr. Mertz seit längerem ein Mädchen. Einundzwanzig ist sie gerade mal, und schwindsüchtig. Ihr hilft kein Hokuspokus und auch sonst nichts. Sie besitzt keine historischen Kenntnisse, ist also diesbezüglich sauber und somit ein ideales Medium. In die Trance versetzt, vermag sie aufregende lokalhistorische Einzelheiten über einen

Landstrich zu ermitteln und zu sehen, wie sich dieser verändert darstellt."

„Wasser, Röhricht und Störche drüber – mehr kann sie nicht gesehen haben."

„Wir vergleichen ihre Visionen mit den Ergebnissen der Archäologen."

„Die nicht immer einer Meinung sind."

„Auch die Chroniken und Karten weichen voneinander ab. Was du siehst, hängt davon ab, von wo aus du es siehst."

„Das ist wissenschaftlich eindeutig falsch."

„Optisch zumindest bleibt es eine vertretbare Feststellung. Unser Medium sieht, was die Historiker bestenfalls vermuten. Ich zeichne es wortgetreu auf und stelle eine Abschrift Professor Magura ins Regionalmuseum zu."

„Er wird sich hüten, das ernst zu nehmen."

„Wo Handfestes fehlt, greift auch die Wissenschaft nach jedem Strohhalm."

*

Es war dann doch nicht vordergründig der Hunnenschatz, der Professor Magura veranlasste, den Maler am Fluss aufzusuchen. Das Regionalmuseum, dem er vorstand, setzte sich in der Hauptsache aus den unterschiedlichen Beständen von Sammlern zusammen, die eher aus Liebhaberei als mit wissenschaftlicher Akribie ebenso Bleibendes wie Entbehrliches geborgen und geordnet hatten. Es war der persönliche Ehrgeiz des Professors, das

Vorhandene so zu sichten und zu präsentieren, dass es zumindest als Grundstock für einen sachkundigen Ausbau des Museums dienen konnte. Manches würde sich dabei in Darstellung und Interpretation verändern oder doch von der Zuordnung her verlagern – sei es auch nur aus der vormalig großungarischen Sicht in die nun großrumänische Selbstwahrnehmung. Ins neue Patrimonium also, das zu beachten er sich bei aller wissenschaftlicher Objektivität verpflichtet sah. Was auf der neuen Landkarte Europas zu sehen war – nämlich die rumänische Faust neben dem kümmerlichen Rumpfungarn – sollte auch in seinem erneuerten und erweiterten Museum als wissenschaftliche Rechtfertigung vollzogener politischer Ansprüche nicht zu übersehen sein. Schließlich waren die Rumänen schon immer am zahlreichsten im Banat, wenn auch ihre Kontinuität im Lande von den Ungarn bestritten wird. Zuverlässiges dazu ist freilich nicht überliefert, und so ist mit dem zu leben, was man nicht weiß.

Professor Magura hatte Auto und Fahrer vor dem Plättenwirtshaus zurückgelassen und schritt rüstig auf dem Fußpfad aus, der zwischen den weiß gekalkten Behausungen der Sandausheber und ihren von Schilfrohr umzäunten Gemüsegärtchen hinlief, in denen zu wachsen wagte, was zwischen zwei Hochwassern zu reifen in der Lage war. Hut, Gehrock und Gamaschen unterstrichen die stattliche Erscheinung und erregten einiges Aufsehen. Ähnlich auffällige Besucher waren zu selten um übersehen oder gar im Gespräch übergangen zu werden. Noch nie – da war man sich sicher – wurde ein Museumsdirek-

tor an diesem Flussufer gesehen, hergefahren noch dazu in einem schwarzlackierten Chevrolet.
Er war nicht angemeldet. Wer hier anreiste, traf üblicherweise, wen er suchte, an oder ließ ihn herbeirufen und wartete. Die Zeit am Fluss hatte ein anderes Maß, aber sie ließ geschehen, was geschehen sollte.
Lerch, freudig überrascht, komplimentierte den Professor ins Haus und geriet in Verlegenheit, weil sich sein dürftiges Rumänisch für ein längeres Gespräch als nicht ausreichend erwies. Die Deutschkenntnisse des Besuchers überspielten indessen den Mangel. Gern sah er sich in der Rolle des mitteleuropäischen Bildungsbürgers, der sich nicht nur sprachlich als ebenbürtig erwies. Bald brachte er das Gespräch auf das Museum. Eines seiner, wie er betonte, ganz persönlichen Anliegen war, die Kunstabteilung des Museums auf neue Grundlagen zu stellen, also die bisher gepflegte Genremalerei in die Moderne hin auszuweiten, insofern diese in der Region Fuß fassen würde. „Woran nicht zu zweifeln ist", gab er sich selbstsicher. Er lud Lerch ein, am Großen Herbstsalon teilzunehmen, mit dem Professor Magura der Kunst im Banat einen Anschub zu geben hoffte. „Wir binden kulturell an das an, was wir vorfinden, bewegen uns aber auf neue Horizonte zu. Ich denke dabei an die nächsten zwanzig Jahre, in denen sich, vor allem in den Städten, viel verändern wird. Eine völlig neue Architektur wird das Stadtbild prägen, und überhaupt wird in allen Bereichen, eine andere Mentalität zu spüren sein. Es werden viele Rumänen zuziehen. Sehr viele. Wir sind eine expandierende Nation, und die Zeit ist günstig."

Lerch, vom Zukunfstoptimismus des Rumänen weniger überzeugt und zugleich von der Aufforderung zur Teilnahme an einer repräsentativen Ausstellung angetan, legte ihm sein Skizzenbuch vor, ging auf die Bauernbilder ein und beschrieb seine damit verbundenen Erkundungen in Hochdorf. Dem Professor kam die Symbolik der Bilder etwas zu betont vor, lobte aber ihre Unmittelbarkeit sowie die Positionierung der Gestalten. Vor allem aber sagten ihm die Skizzenblätter zum „Flößer“ zu, die er „frei und frisch“ fand. Überzeugend. Gern hätte er den fertigen „Flößer“ in der Sammlung des Museums gesehen, jedoch fehlten für den Ankauf die Mittel. „Wir bessern das Dach aus, erneuern die Leitungen und die Fußböden“, klagte er, und konnte nur noch einmal seine ganze Zuversicht auf die kommenden zwanzig Jahre richten. Ob Lerch den „Flößer“ vorerst als Leihgabe dem Museum überlassen könnte?

„Spitzbube!“ dachte der Maler, und war nahe daran, seinen Respekt vor dem sich als Bittsteller entblößenden Professor zu verlieren. Andererseits näherte die offen erklärte Hilflosigkeit der leeren Kasse auf gewisse Weise an und hielt eine vorgefasste Ungleichheit in der Schwebe, der jede Kontur abhanden gekommen schien.

„Ich denke dabei an die Stirnwand im ersten Saal.“ Emphatisch breitete der Professor die Arme aus. „Er führt die Besucher in unsere Gegenwartskunst ein. Sie werden in meiner Ausstellung nicht schon beim Betreten des Hauses ins Mittelalter zurück gestoßen – nein, sie erleben schon im ersten Saal sich selbst als Gegenstand der Kunst. Und genau dahin gehört Ihr ‚Flößer‘. Sie können nur gewinnen, Lerch.“

Einladend und zugleich herausfordernd hielt Magura dem Maler die Hand hin. Er schlug ein.

*

Dennoch hatte der Besuch von Professor Magura den Maler eher unschlüssig zurück gelassen. Ihm waren die begleitenden Umstände immer schon wichtiger gewesen als die Bestellung an sich. Wiederholt waren seine Bilder in Veranstaltungen einbezogen worden, die im Beliebigen verwässerten oder verschleiert zu einer dem Künstler fremden Radikalität herausforderten. Dennoch suchte er den öffentlichen Raum. Lieber als die guten Stuben, wo seine Bilder, üppig gerahmt, mehr oder weniger den Hausrat ergänzten und bestenfalls dafür gedacht waren, das Ansehen des Besitzers im Bekanntenkreis zu festigen, waren ihm Schulen, Ämter, Wartezimmer und jede andere Art von öffentlich zugänglichen Räumen, in denen möglichst viele Menschen verkehrten. Selbst in Bahnhöfe oder Gasthäuser hätte er sich seine Bilder hineindenken können, auch auf die Gefahr einer unsachgemäßen Aufbewahrung hin. „Immer noch besser, als im klimatisierten Depot eine Bild-Mumie zu sein.“ Er war nicht auf die Ewigkeit aus. Er wollte den Tag begleiten und künstlerisch nachklingen lassen. Mitreden wollte er, dabei sein auf seine Weise.
Hatte Magura nicht von einem Zwang zur Veränderung gesprochen? Nicht von neuen Horizonten und einer expandierenden Nation? Und hörte es sich nicht an, als

wäre, unerkannt noch und konträr, eine zweite Marschkolonne in Bewegung gesetzt worden?

Unterlag jedoch nicht selbst die Kirche einem Programm? Hatte Pfarrer Berghausen nicht vor, es ins Gewölbe malen zu lassen, was ein Wegblicken ausschloss? Gott aber marschiert nicht, redete sich Lerch zu. Und er steht nicht zur Diskussion. Er ist. Bist getauft nach dem Willen der Eltern und Paten, damit alles so bleibt wie es war.
Lerch kam es vor, als würde sich Pfarrer Berghausens Auftrag zur Ausmalung der alten Dorfkirche geradezu erlösend anbieten. Zwei Jahre zumindest, überschlug er den Arbeitsaufwand, hätte er mit den Heiligen zu tun. Immerhin eine Zeitspanne, die, so war zu hoffen, bei Bauern und vermeintlichen Erneuerern ausreichend sein könnte, ins Gegebene zurück zu finden.
Auf beiden Ufern waren die Gotteshäuser im 18. Jahrhundert nach Plänen Wiener Architekten errichtet worden, die meisten mit einer barocken Turmhaube versehen. Ihre bauliche Einheitlichkeit trug dazu bei, Katholiken, Orthodoxe, Lutheraner und Reformierte zumindest äußerlich im Glauben einander anzugleichen. Die Kirchtürme standen einander konkurrenzlos gegenüber, und es sah so aus, als hätte der liebe Gott Gefallen daran gefunden.
Was bisher in sich ruhte und gut aufgehoben schien, war es jedoch nicht mehr. Noch sang der Pfarrer die Messe lateinisch, aber hatte er nicht, ohne Zögern, den alten Kantor mit einem jüngeren ersetzt, als hätte es unserem Herrgott was ausgemacht, dass der alte dreißig Jahre

hindurch auf dieselbe Weise improvisierte? Noch wurden die Höfe an die Kinder weiter gegeben, aber die alten, der Bibel entliehenen Taufnamen, wurden mit neuen, kaum nachsprechbaren ausgetauscht. Die Welt, neu verfugt, gefiel sich nicht mehr, wie sie war, und es änderte nicht viel, dass im Kern alles unverändert schien. Es zählte der Putz. Seiner Sorge über die neue Leichtgläubigkeit der Welt stellte Lerch die bäuerliche Zögerlichkeit entgegen, die Langsamkeit gegen die Torheit. Die Angst, alles zu verlieren irgendwann, wenn Gott wegsieht.
In Gedanken maß er das Kirchengewölbe aus und sparte drei unterschiedlich große Flächen für eine Botschaft aus, die herkömmlicher nicht sein konnte: der beschützende Gott Vater im Chorraum, der von Kindern umringte Christus im mittleren Oval, Sankt Nepomuk mit Kreuz und Hüftknick vor der Orgelempore. Ihm zur Seite die sich im Gebet wiederfindende Gemeinde, die Kraft nicht nur erbittet, sondern diese sich auch zumutet.

*

Sie starb mitten am Tag. Griff sich ans Herz und sank auf den Küchenstuhl, die Lippen geöffnet, ein halbes Wort noch auf der Zunge. Wie konnte es sein, dass ein Mensch mit einem Atemzug weg blieb, die Augen noch offen, die Hände noch warm? „Mami!“ Lisi schrie, und es war das blanke Entsetzen, das aufschrie. Herbeieilende Nachbarn schleppten den leblosen Leib zum Bett, andere liefen auf den Sand hinaus, wo Gyuri den Kies durchs

Sieb warf und nichts anzufangen wusste mit dem, was die Nachbarn ihm zuriefen. „Dein Weib, Gyuri", riefen sie, und einer schob sich vor den anderen, Schrecken in Blick und Gebärde. „Dein Weib liegt da und rührt sich nicht." Sie begleiteten ihn, stützten ihn, schoben ihn über die Türschwelle. Jemand betete. Er nahm ihre Hand und spürte sie nicht. War zum Weinen nicht fähig. „Lass mich nicht allein", bat er. „ Hast es mir versprochen. Hast Ja gesagt, immer hast du Ja gesagt."

Es war das Nötige zu tun auf Ämtern und Pfarramt, beim Totengräber und den Singmädchen, beim Gärtner und Schreiner. Nein – es konnte ihr nichts Übles nachgeredet werden. Gutmütig war sie und unermüdlich. Zufrieden mit dem, was ihr zugefallen war, und ganz gewiss eine gute Mutter, wie jeder wusste. Sie hatte sich den leichten Tod verdient. Gott sei der armen Seele gnädig.

Von Haus zu Haus wurde weiter gesagt, was zu sagen war, über den Zaun hinweg, durchs Küchenfenster und beim Plättenwirt. Lerch erfuhr es vor der Staffelei. Er arbeitete an einer bestellten Flusslandschaft – sommerlich heiter, so hatte es der Auftraggeber gewünscht. Gefällig und nicht zu teuer. In seiner sich selbst verordneten Zwischenzeit kam ihm der Auftrag nicht ungelegen. Aus dem Stand zu aquarellieren, empfand er jedes Mal wie ein kleines Abenteuer, als Erholung auch vom großen Format und den prahlerischen Ölen, von denen Tiefgründiges erwartet wurde. „Vielleicht mit einer Schiffsmühle drauf", hatte der Auftraggeber Lerch zugelächelt. Der hatte es mit einem unverpflichtenden „Soso" beantwortet und war jetzt gerade dabei, das triefende Mühlrad unter eine überhängende Weide zu zaubern. Es war, ließe sich sagen, ein vergnüglicher Vormittag bis zu dem Augenblick, als ihm Jowan die Neuigkeit zurief: „Gyuris Weib ist gestorben. Tot umgefallen ist sie!"

Wie kann das sein? Gestern noch ... Und Lisi? Lerch schlüpfte aus dem Kittel, betrachtete die Sommerlandschaft auf der Staffelei und sah sie nicht, war besorgt, fröstelte. War allein. Die Sonne stand noch hoch am Himmel, die Vögel sangen in den Bäumen, der Fluss schäumte und mahnte eine Flut an. Ein Tag wie jeder andere und doch verlogen wie noch nie. Alles nahm seinen Lauf, fügte sich aneinander und ineinander und war entleert. Das aber war die Wahrheit: Fällst, wenn die Zeit kommt, wie ein Blatt vom Baum.

Zwei Kerzen brannten am Sarg. Die Nachbarinnen beteten halblaut den Rosenkranz, die Männer im Hof draußen nahmen einen Schluck aus der Flasche zu sich und ließen der Welt ihren Lauf. Gyuri, am Kopfende des Sarges versteinert, kämpfte die Rückenschmerzen nieder. Umschluchzt und umflort von Mitgefühl zählte er gedanklich die Woche durch. Zwei Tage bestenfalls, dann würde alles wieder sein wie sonst: die Kiesgrube, die Schiffsmühlen, der Plättenwirt. In der Küche nur, im Garten und irgendwo im Herzen blieb eine Öde zurück, eine Ratlosigkeit über das Unabänderliche, das dich stumm macht und dem Kind die Träume stiehlt. Lisi kauerte an seiner Seite, umklammerte seinen Arm, das ausgeliehene schwarze Kleid auf die Hüfte geschnürt. Kindhaft. Ohne Blick auch für Lerch, als er den Tannenzweig aus dem

Weihwasserbecken hob und dazu lautlos den Segen sprach.

Er mischte sich unter die Männer draußen, die zu den Tagesereignissen übergegangen waren und sich schwatzhaft über das bevorstehende Hochwasser, die fallenden Löhne und die Hakenkreuzfahne unterhielten, die Dr. Matitzer an seinem Haus herausgehängt hatte. „Der Herr gebe ihr die ewige Ruhe." Er reichte die Flasche weiter. Die Männer nickten ihr Amen, sagten der Toten sämtliche bekannten und auch übersehenen Vorzüge nach und bedauerten vor allem das Kind. „Ja, das Kind." Sämtliche Augenpaare richteten sich prüfend auf Lerch, erwarteten ein Wort, einen Wink, ein Kopfnicken zumindest.

„Das Kind muss heiraten", sagte einer, „und der Alte vielleicht auch." Mit siebzehn, hieß es in der Runde, bringst du ein Mädchen noch gut an den Mann. Ist sie einmal drüber, kriegt sie bestenfalls einen Witwer mit Kindern.

*

Es war wenig feierlich, als sie Gyuris Weib aus dem Haus trugen. Die aus den Sandgruben herbei geeilten Männer senkten ihre entblößten Häupter, die Frauen weinten in ihre Schürzen, hielten die verstörten Kinder an der Hand. Es geschah, was nötig war, ohne Aufwand. Der Plättenwirt hatte seinen Leiterwagen zur Überführung des Sarges auf den Dorffriedhof angeboten und das Gespann in Gyuris Obhut gegeben. Ein zweites Gefährt mit nahen Verwandten folgte. Gyuri fuhr Schritt und wich den Schlaglöchern aus. Mehr ließ sich für die Tote nicht tun. „Sie hat einen schönen letzten Tag“, sagte er und meinte das Wetter. Lisi ging nicht darauf ein. Es ist der Schmerz, sagte sich Gyuri, und wusste keinen Trost. Bauern kamen vorbei, hielten an und nahmen die Hüte ab. Im dünnen Schatten der Akazien standen reglose Rinder.

Der Kirchturm kam auf Gyuri zu. Verstellte als Mahnung oder auch als Verheißung den Weg. Die Totengräber übernahmen den Sarg und hoben ihn behutsam in den Leichenwagen, der, mit vier silbernen Engelchen obenauf, um eine letzte Würde bemüht war. Der Pfarrer und zwei Ministranten schritten dem Wagen voran. Die Glocken klagten. Am Friedhofstor schlossen sich ein paar Leute dem kleinen Geleit an – Gyuris Arbeitgeber, Lerch, Kleinhäusler vom Dorfrand. Zögerlich. Auf Abstand bedacht.

Am Ende der Hauptallee riegelte die Kapelle den Weg ab und lenkte den Zug vor die offene Grube im seitlichen Gräberfeld. Pfarrer Berghausen sprach seinen Segen, löffelte Weihrauch in die Glut und zeigte Erbarmen mit dem Taglöhner und seinem Kind. „Der Herr sei unserer verstorbenen Schwester gnädig“, betete er und fügte ein paar Worte über die Gnade hinzu, auf die, bei guter Führung, zu hoffen sei. „Es zählt, was du auf Erden tust, und nichts sonst!“

Lerch verzog den Mund und sah den Schwalben nach, die über den Gräbern jagten.

*

Mit vier Rappen war der Kranmichl vorgefahren. Auf dem Zaumzeug glänzte das Silber und rasselte hell ins Getrappel der Pferde. Die Rappen waren sein ganzer Stolz. Keiner im Dorf hatte ein schöneres Gespann im Stall stehen. Als reiches Einzelkind hatte er reich geheiratet, gut gewirtschaftet und den Besitz zielstrebig gemehrt, so dass ihm nun alle Türen offen standen und jeder den Hut vor ihm zog. Er genoss seinen Besitz und verlieh mit seiner Anwesenheit – und Spende – jedem festlichen Ereignis die besondere Note. Nahezu kniefällig hatte ihn Pfarrer Berghausen angefleht, zum Empfang des Bischofs mit den Rappen vorzufahren, ohne die der Einzug Seiner Exzellenz zum Fest der heiligen Firmung weniger würdig gewesen wäre. „Beten Sie für schönes Wetter", hatte Kranmichl zustimmend gelacht, „den Rest besorge ich."

Nun war er unter den Bahnhofsplatanen vorgefahren, an seiner Seite die Bäuerin in Seide, die Rückbank der Kutsche mit gelbem Samt ausgekleidet, überwölbt mit einer vom Katholischen Frauenverein gestifteten Blütengirlande. Seine Exzellenz lächelte väterlich, indessen Pfarrer Berghausen den Tag pries und dem Himmel innig für den Sonnenschein dankte, der auf seine Gläubigen herniederstrahlte, auf das Dorf und die fruchtbare Flur. An der großen Kreuzgasse passierte das Gespann ein mit Tannenreis und Weizenähren geschmücktes Tor, von dem aus Jakschi Bischof und Rappen gleichermaßen vor die Linse bekam, dazu Kinder und Frauen,

Hüte schwenkende Männer, schwitzende Musikanten und die Kranmichels auf dem Kutschbock – mittendrin.
Vor der Kirche standen die Firmlinge mit ihren Paten Spalier. In Erwartung erhitzte Kindergesichter, zu Kränzen aufgesteckte Zöpfe, in den ersten langen Hosen sich verirrende Knabenbeine – und über allem das Fortissimo des neuen Kantors auf der Orgel, das aus der Kirche heraus und Seiner Exzellenz entgegen dröhnte.
Welch ein Tag!
Ein milder Lufthauch verjagte die letzten Wölkchen und gab den Blick frei in einen tiefblauen Himmel, der sich wie der schützende Mantel der Muttergottes übers Land breitete. Der hohe Gast griff das Bild auf und baute es als Gleichnis in den Anfang seiner Predigt ein. Es lag viel fromme Zuversicht in seiner Verkündigung des Lichts, das, der Gnaden voll, auf alle fällt, die guten Willens sind, und an diesem Tag in besonderer Weise auf dieses Dorf und seine gottesfürchtigen Kinder.
Lerch gehörte zu den wenigen, mit Sorgfalt ausgesuchten Gästen, die zum Festessen ins Pfarrhaus eingeladen waren. Er saß am unteren Ende der Tafel neben dem alten und dem neuen Kantorlehrer und der Hebamme des Dorfes – immerhin jedoch Seiner Exzellenz gegenüber, die Brot und Braten segnete, Kranmichl zur Rechten und den orthodoxen Popen zur Linken. Schweißperlen auf der Stirn. Artigkeit mit Tunke.
Lerch neigte sich dem alten Kantorlehrer zu: „Wäre das nicht eine gute Vorlage für das Deckenfresko in unserer Kirche?“

„In der Tat", flüsterte der zurück. „Hier findet sich alles, was dazu gehört, wenn es realistisch sein dürfte."
Wie viel Wahrheit aber erträgt die Wirklichkeit? Wie viel Illusion benötigt sie, um moralisch zu sein? Ist das, was als die Wahrheit gilt, vielleicht nur eine Auslegung der eigenen Befindlichkeit?

*

„Die Wahrheit ruht in Gott." Pfarrer Berghausen hatte nach der Mittagstafel zur geschlossenen Beratung ins Arbeitszimmer gebeten, an der, neben den geistlichen Herren und Lerch die Kranmichls teilnahmen. „Was aber im Herrn ruht", fügte der Bischof hinzu, „lässt sich nicht ergründen." Er wies, gelegentlich dieser Auslegung, auf seine Kindheit in einer Familie kleiner Bauern hin. „Meine Eltern erforschten nicht die göttliche Wahrheit. Sie spürten sie jeden Tag und lebten in ihr. Ich glaube, dass dafür nichts wichtiger ist als Demut."
„Es ist wie Exzellenz sagen", pflichtete Kranmichl bei und senkte den Blick. Die Rappen aber, lästerte Lerch für sich, gehören freilich dazu, und sie verhelfen – in aller Demut – zu einem Platz zur Rechten des Bischofs, in dessen elterlichem Stall solch edle Tiere nicht untergebracht waren, wie Exzellenz eben der Kaffeerunde verrieten. „Die mussten vor den Pflug, lieber Kranmichl, auch sonntags, wenn's drauf ankam."
„Jeder verdient sein Brot wie es Gott gefällt", räusperte sich Kranmichls Weib. Sie faltete die Hände und erhob

den Blick zum hohen Gast, der mit einem halben Nicken des ehrwürdigen Hauptes zustimmte.
Pfarrer Berghausen schien der Augenblick günstig, sein für diesen Festtag aufgespartes Anliegen vorzubringen. In vorangegangenen Gesprächen, Beratungen, Darlegungen und mit Hilfe des Allmächtigen war es ihm gelungen, sowohl die Diözese wie den Gemeinderat für die künstlerische Ausmalung seiner Kirche zu gewinnen. „Zur Ehre Gottes und zur frommen Erbauung aller – der Bauern und Handwerker, Mütter, Kinder und Jungmänner." Die Herrlichkeit Gottes vor Augen würde, so legte er dar, seine Kirchengemeinde festigen gegen die neue Realität des Jahrhunderts, das mit weniger Gott auszukommen sich anmaßte. Dankbar breitete er die Arme aus und war in diesem Augenblick ein glücklicher Mensch, der im kärglichen, eher nur angedeuteten Barock der alten Kirche die ganze Herrlichkeit des Himmels neu aufleuchten sah. Gottes Ehre jedoch verursachte Kosten, die der Zustimmung des Bischofs bedurften und im Vorfeld mit einer entsprechenden Kollekte der Gemeinde abzusichern waren, die Kranmichl zusagte, „wenn die Ernte gut ausfällt und das Unglück mein Haus verschont". „Wir beten für sie", sicherte der Bischof den Eheleuten zu, was eine Minute der Besinnung auslöste.
„Glauben Sie jetzt nur nicht", wandte sich Kranmichl an Lerch, der zu handwerklichen und künstlerischen Details befragt wurde, „dass der Geldhahn aufgedreht ist für etwas, das ich nur nachträglich zu sehen bekomme."
„Ihr Vertrauen ehrt mich.", Lerch hatte sich erhoben,

und so stehend überkam ihn die Anwandlung eines herausgeforderten Eigengefühls. „Ich denke darüber nach", hörte er sich sagen.
Kranmichl brachte das aus der Fassung. „Also, was gibt's denn da noch zu überlegen?"
„Es ist wie mit den Rappen", entgegnete der Maler. „Sie gehen gut im Geschirr und möchten doch am liebsten raus."

*

„Die möchten ein Paradies mit Kirchturm. So etwas wie einen Regenbogen mit Nepomuk." Die Brüder taten sich wieder einmal in dem von der Sommerhitze aufgeheizten Schlammloch wohl, rekelten behaglich die Glieder und ließen den Gedanken an einen sorglosen Herbst freien Lauf. „Es bringt immerhin eine schöne Stange Geld", gab Andrasch zu bedenken. „Und im ganzen Landkreis wird jeder wissen: das war der Lerch."
„... und sein Bruder Andrasch", fügte dieser hinzu, als wäre alles bereits ausgemacht und die bekannte Entscheidungsträgheit des Bruders überspielt. Ihm lägen, zierte sich Andrasch, eher die kleinen Sachen. „Fünf Pinselstriche, wenn sie gelingen – mehr braucht's nicht. Mich ängstigen die großen Flächen, und Wölbungen bringen mich perspektivisch völlig durcheinander."
Lerch wühlte sich tiefer in den heißen Schlamm, und ging nicht auf den Einwand des Bruders ein. „Alles Teufelszeug", lästerte er. „Schlamm oder Weihwasser

– weißt nicht, was drin ist, Segen oder die Pest. Oder beides zugleich."
„Das Wunder greift, wo es will. Und wann es will."
„Du denkst in Ewigkeiten, dabei wischen wir nur den Schimmel aus den Winkeln."
„Amen", pflichtete Andrasch bei und sah den Schwalben zu, wie sie in die Mückenschwärme stießen, von unstillbarer Gier getrieben den Magen vorstülpten. „Sie sind uns irgendwie ähnlich und kleben vielleicht deshalb so frech ihre Erdnester unter die Dachtraufe. Sie kommen sich als was Besonderes vor mit ihrem Fleiß, dabei verlassen sie uns, wenn's Winter wird und ihre Jungen durchgefüttert sind."
„Nimmst, was dir zufällt an, und das ist's dann." Lerch richtete den noch halb im Schlamm versunkenen Leib auf und fühlte sich übergangsweise als weniger sittenverpflichteter Mensch. Spuckte aus und ließ den Zweifel zu. Denn alles andere, überlegte er – abgesehen von den Fischen, die dumm auf jeden Köder hereinfallen –. alles andere war dem Schöpfer besser gelungen als sein Adam. Schwerfällig stapfte er in die Strömung und spülte den Lehm vom Leib, aus dem ja alles entstanden sein soll – Fleisch und Blut, Verstand und Gefühl, Lust und Sünde. Was von alldem könnte das Leitmotiv für den bischöflichen Auftrag sein? Die Bauern meinen, sich durch Fleiß und halbe Reue ein Anrecht auf die Güte des Herrn zu erwerben. Wer aber kennt ihn schon?
Und wer darf ihn zeigen? In der alten Kirche war Maria in der Grotte das wichtigste Stück. Eine blau gewandete Gipsfigur, den zierlichen Fuß auf der Schlange und

weit weg von jeder verkappten Häresie. Lerch hatte vorgeschlagen, die Figur unter den Flieder im Garten zu versetzen, aber Pfarrer Berghausen wollte das lieber nicht wagen. „Was die Andacht begünstigt, bleibt wie es ist“, entschied er. Für den Glauben sei es nicht wichtig, wie echt der Gips ist.

*

„Nicht kneifen!“ Ungehalten darüber, wie Lerch alle möglichen Einwände seiner Auftraggeber für die Ausmalung der Kirche schon im Vorfeld zu berücksichtigen suchte, mahnte Jakschi mehr Bodenständigkeit an, eine „erdgebundene Gläubigkeit, die über das Vaterunser nicht hinausreicht und mit einem Gott auskommen muss, der den Fluss nicht zu zähmen versteht, die Ernte verhageln lässt und zwischendurch auch eine abgebrannte Scheune hin nimmt. Unsere Bauern wissen, dass Beten allein nicht satt macht, und dem lieben Gott sind sie ohne Latein am liebsten.“

Lerch hatte den Aufriss des Kirchenschiffs vor sich, das, zum Chor hin, von den Aufbauten der Seitenaltäre verengt wurde und den etwas zu mächtig geratenen Schalldeckel der Kanzel mit einiger Mühe in der südlichen Wand verankerte. Ein verblassender Sternenhimmel überspannte das flache Deckengewölbe, den radikal zu übermalen zögerte Lerch. „Das entfremdet den Leuten ihre Kirche. Sie wollen über sich den Himmel sehen und keine Kunst.“

„Bist nicht ihr Pfarrer, Lerch, sei ihr Unwetter“. Jakschi

deckte seine Pranke über den Bauernhimmel. „Genau hier, mittig und nicht zu schüchtern, musst du das Dorf versammeln. Klobige Männer und ihre fülligen Weiber, verschwitzt und kraftvoll, begierig und gebärfreudig, gottgefällig meinetwegen, aber unmissverständlich irdisch. Kein Apostelantlitz bitteschön, sondern Gesichter, die jeder kennt und in denen sich jeder wieder findet, keinen See Genezareth im Hintergrund, einen Acker bloß und vielleicht noch einen müden Gaul." Er kippte einen Stapel vergilbter Fotos auf die Tischplatte und reihte sie, wie sie fielen, aneinander. „Männer, Frauen, Kinder, Greise, Kranke, Brautpaare, Bauern, Metzger, Taglöhner, Krüppel und Soldaten, unberührte und gefallene Mädchen, Lehrer und Kapellmeister, Handwerker und Gastwirte. Nachbarn, Sünder, Samariter und Schinder – alle längst zerfallen zu Asche und Staub. Sie haben mir ihre Gesichter hinterlassen. Gib du sie dem Dorf wieder, Lerch, und du musst keinem dazu was erklären."

Lerch betrachtete die Bilder, hob mitunter eines ins Licht, nannte Namen und manchmal auch die dazugehörige Hausnummer in der Kirchengasse oder am Graben. Vergessenes ging ihm durch den Sinn, lebte auf in der Erinnerung, glückhaft das eine und beklemmend ein anderes. „Ich glaube nicht, dass ich das kann. Mir steht eine solche Selektion nicht zu."

„Es erfordert eine künstlerische Auslese, nicht eine nach Verdiensten." Jakschi raffte sich zu einem verbindlichen Lächeln auf. „Bis hinauf nach Maria Radna hat's mich getrieben, bis zu den Holzfällern und Köhlern, auf jeder

Kirchweih habe ich getanzt, die Zecher beim Plättenwirt habe ich fotografiert und alles was über unsere Jahrmärkte läuft – ein Panorama von Schwindlern, Säufern, kleinen und großen Betrügern, von Geprellten, Schürzenjägern und so genannten ehrenhaften Leuten. Sie alle und noch etliches mehr habe ich in meinen Bildern fest gehalten. Sie warten darauf, uns wieder ihr Gesicht zukehren zu können. Sie warten auf einen wie dich, Lerch."

„Das könnte auch unser Dr. Matitzer gesagt haben. Oder doch so ähnlich", schwächte dieser ab, befürchtend, mit der gedankenlosen Gleichstellung ein Aufbrausen des Freundes herauszufordern. Der aber nahm es gelassen hin. „Dann hätte er eben Recht", entgegnete er. „Ausnahmsweise."

*

Es war aber ganz anders. Dr. Matitzer empfand die Ausmalung der Kirche als unzeitgemäß und sprach in diesem Zusammenhang von einem entwürdigenden Kniefall eines deutschen Künstlers, der die Zeichen der Zeit nicht erkannt hätte. „Wir werden ein wachsames Auge dafür haben, was die Pfaffen unternehmen und mit wem", postulierte er gelegentlich einer Kundgebung auf dem Sportplatz. Wer jetzt noch von einem jüdischen Gott die Erlösung erwarte, dem sei nicht zu helfen.

Es waren freilich nur wenige Jungbauern zur Kundgebung erschienen, dazu ein halbes Dutzend Handwerker und, gewissermaßen im Vorübergehen, der Wachtmeis-

ter des örtlichen Gendarmeriepostens, der, vorwiegend auf jede sich anbietende Aufbesserung seiner schmalen Bezüge bedacht, seinem Überwachungsauftrag sonst mit nur mäßiger Gewissenhaftigkeit nachkam. Matitzers aufreizende Aufmärsche aber waren ihm mehr als zuwider. Er beobachtete sie mit zunehmendem Unbehagen und der inneren Überzeugung, dass dieser teutonische Gleichschritt im Königreich Rumänien nicht lange hingenommen werden könne. Er ging auf Mennich zu, der sich im dünnen Schatten einer Akazie aufhielt, von wo aus er, ohne dabei zu sein, den Vorgang auf dem Sportplatz verfolgen konnte.
„Was sagen Sie dazu, lieber Herr Mennich?"
„Ich schweige, wenn mir was nicht gefällt."
„Sie mögen diese Aufmärsche nicht besonders."
„Gar nicht, Herr Wachtmeister. Wenn Sie gestatten – auch nicht ein bisschen. Aber besorgt bin ich deswegen nicht. Ich kenne unsere Bauern, die fügen sich und wollen in Ruhe gelassen werden."
„Wollen Sie damit sagen, dieser Dr. Matitzer sei weniger fügsam?"
„Er verdirbt sich's gerade mit der Kirche und ahnt nicht, worauf er sich da einlässt."
„Er wirbelt Staub auf, nichts weiter. Oder sehen Sie das anders?"
„Ich weiß nicht, was ich dazu sagen soll."
„Meinen Sie, ich sollte einschreiten?"
„Ich meine, er sollte damit aufhören."
„Wir Rumänen sagen: Der Winter kommt, der Winter geht. Ich halte das für ein kluges Wort."

„Ich ebenso, Herr Wachtmeister. Wer könnte widersprechen?"
„Wissen Sie, mein teurer Herr, vor meiner Versetzung in Ihr Dorf versah ich meinen Dienst in Miculeni – das liegt vor den Donausümpfen und auch schon mittendrin. Steigt das Wasser nur ein bisschen, hast du's schon im Garten. So ist das dort. Keine Bahn fährt hin, und sonntags ist's wie werktags, nur dass die Männer sich besaufen. Ich kam, muss ich sagen, gut zurecht mit den Leuten dort. Mein Wort zählte, auch wenn sich keiner daran hielt. Ich war eine Respektsperson. Das vermisse ich ein wenig in Ihrem schönen und reichen Dorf."
„Das sehe ich anders, Herr Wachtmeister."
„Schweigen Sie. Ich weiß, Sie halten mich für bestechlich. Alle hier halten mich für bestechlich, nur weil ich mal einen Sack Mehl oder eine gestopfte Gans annehme fürs Wegsehen. Ich bin schon immer der Ansicht gewesen, dass zwischen den Paragraphen Platz fürs Menschliche sein muss. Ich hoffe, Sie verstehen mich nicht falsch. Meine Gesinnung ist nämlich nicht käuflich. Ich bin ein Patriot. Das hier ist mein Land. Und nun frage ich Sie, was für ein Patriot dieser Dr. Matitzer sein kann, der die Bauernlümmel vom Kirchgang abhält, die Kinder drillt und, anstatt den Hut zu ziehen, den Arm hochreißt?"
Der Wachtmeister enthob Mennich einer Antwort, grüßte mit der Rechten am Mützenschirm und kehrte Matitzers Kundgebung den Rücken.

*

Zehn großformatige Gemälde hatte Lerch aneinander gereiht und sie, auf ihre Gesamtwirkung bedacht, in den Halbschatten des Zimmers gerückt. „Pflüger“ und „Tennmann“, „Heckl“ und „s’Zusi“ aus der Hochdorfer Bauernwelt, Ackerstiefel und Schnallenschuhe auf dem Flickenteppich, die Schnittfläche frischgebackenen Hausbrotes auf dem Küchenbrett. „Lisi“ und den „Flößer“ auch, die, wie er sich ausdrückte, „die Sonne zuließen“.

Mennich zeigte sich überwältigt. „Ich nehme alle.“ Er ließ die Bilder einzeln auf sich wirken und richtete dann den Finger auf den Flößer: „Den vielleicht doch lieber nicht. Sie müssen einsehen, Lerch, dass meine Ausstellung nicht für alle offen sein kann. Sie soll den kulturpolitischen Auftrag unsere Anwesenheit in diesem Landstrich künstlerisch kenntlich machen. Unsere Eigenart herausstellen. Das, was uns auszeichnet und von den anderen unterscheidet.“

Sein Finger wanderte auf das Mädchenbildnis, das sich farbenfroh vom Ocker der übrigen Gemälde abhob. „So schön das Bild auch ist, und so viel es Ihnen selbst möglicherweise bedeuten mag – hier gehört’s nicht hin. Wir wollen uns nicht verniedlichen.“

Lerch spürte Mennichs Finger wie einen Stich. Er wollte sagen, was dazu zu sagen ist, angehen gegen die anämischen Argumente so genannter Amtswalter und selbsternannter Erneuerer, gegen ihren fatalen Drang, jeden Kuhdreck völkisch zu sortieren. Er sah Mennich die Bilderfolge neu ordnen, wie er den „Pflüger“ vor den „Sämann“ stellte, den „Tennmann“ hinter den „Siedler“, „’s Zusi“ an die Seite des „Altbauern“ und umgekehrt. Den „Flößer“ stieß er in die Ecke, während er das Mädchenbildnis mit dem Gesicht zur Wand drehte, „um nichts zu verwässern“.

„Acht Gemälde wie aus einem Guss.“ Mennich hob es aus den Schuhen. „Ja, so sind wir – markig und treu. Und sagen Sie jetzt nicht, lediglich einfache Bauern gemalt zu haben. Die Maler denken oft nur bis an den Bilderrahmen – für mich gilt die Idee. Unser Ziel ist allerdings die Besinnung und nicht der Drill, das Erbe und nicht der Streit. Die Matitzers wollen die Welt verändern, wir wollen sie erhalten.“

Erwartungsvoll sah er Lerch an, suchte, der Zustimmung gewiss, seinen Blick. Der aber verlor sich, fern jedes Rituals, in eine nicht näher bestimmbare Leere. Schweigen unterkühlte den Raum. „Ich möchte gern wissen“, Mennich klang ungehalten, „woran Sie jetzt denken?“

Lerch nahm sich zusammen. „Es gibt Tage, an denen mir nichts einfallen will.“

*

Lerch verriegelte sich nach innen und außen, umgab sich mit einer Wand von Abwesenheit, verbrachte einen Tag und noch einen zweiten im Haus, eine ganze Woche schließlich. Hörte die Krähenschwärme übers Dach

streichen. Ihr Flügelschlag fiel in die Stille und rauhte sie auf. Erst ein stürmischer Wind, der einen Umsturz der Wetterlage ankündigte, holte den Maler wieder zurück in die kleine Verantwortlichkeit des Alltäglichen.
Lerch trat vors Haus und nahm die Welt wieder an. Fand sie unzulänglich und mit entbehrlichen Nebensächlichkeiten überfrachtet. Sah den alten Dorfschullehrer hinter der Buhne die Angel ins Karpfenloch auswerfen und den Schwimmer überwachen, der unbewegt wie eine träge Kröte auf dem Wasser lag. Die Plätte dahinter hing schräg am Seil, und die Fuhrwerke schleppten sich die Hochdorfer Rampe hinauf, zielstrebig, als läge ein Schlaraffenland dahinter verborgen. Aber das Land blieb gewöhnlich und bestenfalls von heiterer Genügsamkeit. War das sein eigentlicher Schatz, dass es nicht glänzte und nicht aus den Angeln sprang?
Am besten, du störst es nicht, sagte er sich und sagte es dann laut vor sich hin. Schrieb es, als ihm das nicht genug schien, ins Skizzenheft und dann in grünen Lettern auf den weißen Kalkputz auf der Stromseite seines Hauses: LASS ALLES WIE ES IST. Für die Flößer und Köhler gedacht, für die Bauern und Sandausheber, die Säufer und Pferdehändler, für die Fische auch und die Krähen, für Katholiken und Orthodoxe und für sich selbst. Vor allem für sich selbst. Als Schild gegen die Irrläufer jeder Art, die fremde Sprüche auf der Zunge wälzten. Mennich und Matitzer, der Pfarrer und Direktor Magura, Kranmichl und selbst der schüchterne Andrasch argumentierten, sortierten, marschierten, und meinten, Unerhörtes wagen zu müssen. Das zu wollen, was nicht

ist. Einer neuen Großspurigkeit zu verfallen, die schon das alte Rom ausgehebelt hat. Mennich klitterte an der Verklärung überholter Traditionen, indessen Matitzer den opferbereiten Volksgenossen anstrebte, Professor Magura einen nicht vorhandenen Patriotismus aus dem Erdreich einer okkupierten Provinz auszubuddeln sich abmühte, und der Wachtmeister seine ohnehin nicht vorhandene Autorität verhökerte.
Das aufziehende Gewitter schickte einen ersten Windschwall voraus, der im Vorgriff die Uferpappeln erschauern ließ. Ausgerechnet dort, wo der Fluss westlich abdrehte und alles Land der friedlichen Heide überließ, brach der Sturm los und jagte in die Windschneise zwischen Damm und Steilufer.

*

Das drohende Unwetter vertrieb die Bauern verfrüht aus den Fluren, hetzte die Gäule im Gespann heimwärts, schenkte den Sandaushebern einen frühen Feierabend und unterbrach die Überfahrten der Plätte. Wer jetzt noch ankam, zog das Fuhrwerk beim Plättenwirt rechts und fand sich mit der zufälligen Geselligkeit bei Jowan ab. Lerch improvisierte wieder einmal auf dem Harmonium, spielte Volksweisen an, verlor sich in schwäbischen und ungarischen Rhythmen, zog die Register zum festlichen „Laudeamus“ gegen den Sturm draußen und auch gegen die eigene Unrast. Gegen das Rieseln der Zeit hinter dem Kalkputz, der schmucklos das Zimmergeviert umschloss.

Kein Bild an der Wand, kein Kruzifix. Nur ein vom letzten Hochwasser angetriebenes Wurzelstück, das er von Zeit zu Zeit aus einer in die andere Ecke versetzte. Seine Bilder hatte er in einem hölzernen Verschlag in der Türecke abgestellt, der alles aufzunehmen genötigt war was als abgeschlossen galt. Lerch korrigierte ungern. Das Beste, meinte er zu wissen, gelang ihm eruptiv, wenn jede Vorsätzlichkeit ausfiel, verdrängt wurde von einem unabweisbaren und beglückenden gestalterischen Zwang, wie er ihn beim Malen der „Flößer" erlebt hatte oder, deutlicher noch, bei Lisis Porträt.
Er holte es aus dem Verschlag, wollte es sehen, nacherleben, die Erinnerung an einen hellen Sommertag aufbrechen, unbeschwert von Aufträgen und halbherzigen Zugeständnissen. Etwas Unnennbares hinderte ihn daran, es wieder in den Verschlag zurück zu stellen. Ein Gedanke kam auf – herausfordernd, geradezu rebellierend gegen alle Ängste, Rücksichten und gegen jeden Kleinmut. Ein einziger Platz nur war denkbar für das Bild – Lisis Kämmerchen. Lerch verstand den Gedanken als Signal. Was immer ihn im Vorgewitter des sommerlichen Nachmittags bewegt oder versperrt haben mochte, er spielte es erleichtert und mit unverhohlener innerer Fröhlichkeit durch.
Ein Wetterleuchten warf sein kaltes Feuer in den schwarzen Himmel, als Lerch Gyuris Küche betrat. Erfreut winkte ihm der Alte zu, die nackten Füße, wie stets nach Feierabend, in einem Bottich mit heißem Wasser, verlegen über den unerwarteten Besuch und noch mehr, als Lerch das Bild wie einen Blumenstrauß aus der Um-

hüllung wickelte und, nun seinerseits verlegen, fragte, ob er es in Lisis Kämmerchen anbringen dürfe, einstweilen oder auch für immer.

„Wie du meinst." Gyuri suchte nach dem richtigen Wort zwischen Freude und Besorgnis. Ohne Erfahrung für solche Momente besann er sich auf das, was der nächste Tag zu bringen vorhaben könnte. „Das wird sich herumsprechen", gab er zu bedenken. Er wollte seinen Frieden mit den Nachbarn und der Welt, und nichts stört den nachhaltiger als einer, der aus der Rolle fällt.

Schon aber war Lisi leichtfüßig in die Nebenkammer geeilt und mit Hammer und Nägeln zurückgekehrt. Gyuri versenkte die Füße wieder im Bottich, schlug die Augen nieder und überließ sich dem Wohlgefühl, das den ganzen Körper durchströmte. „Schließlich handelt es sich nur um ein Bild", redete er sich zu, und wusste, es war mehr. Er hörte das Hämmern aus dem Nebenzimmer, wo die beiden das Bild anbrachten und es, jeder für sich und auch gemeinsam, für gut befanden.

Draußen war das Gewitter losgebrochen. „Du kannst jetzt unmöglich wieder weg." Lisi triumphierte. „Hast keine Wahl."

*

Pünktlich zum Schnitt lagen der behördliche und kirchliche Zuschlag zur Renovierung und Ausmalung der Kirche vor und fiel somit in eine Zeit, in der die Bauern dem sonntäglichen Kirchgang ohnehin nicht nachzukommen in der Lage waren und die Schuljugend, in die großen Sommerferien entlassen, sich einer eher als lästig empfundenen Verpflichtung enthoben sah. Pfarrer Berghausen ließ die Kirche ausräumen, Fahnen, Heiligenbilder und den Kronleuchter abhängen, die Teppiche einrollen und die Kirchenbänke mit schützenden Planen überdecken. Der Gottesdienst wurde vorübergehend in ein Klassenzimmer der Knabenschule verlegt, dessen engen Bänke sich für die meisten Besucher als unbenutzbar erwiesen. Sie halfen sich mit eigenen Stühlen und Schemeln aus, mit denen sie an den Sonntagen auf dem Weg zur heiligen Messe zu sehen waren und sich Matitzers Spott auslieferten, der sie als Betschemelbauern lächerlich zu machen sich nicht scheute. Verkrümmte Großmütter meist und Altbauern, von denen nicht wenige den sonst erst nach dem Hochamt üblichen Gang ins benachbarte Große Wirtshaus kurzerhand nach vorn verlegten. Das verlängerte die Zeit für den wöchentlichen Disput über Gott und die Welt aufs Angenehmste, zumal mit der Renovierung der Kirche ein neues strittiges Thema vorgegeben war. Ein mit hohen Kosten verbundenes künstlerisch ausgeschmücktes Gotteshaus lief der religiösen Genügsamkeit der Bauern zuwider. Ihnen waren zusätzliche Heilige auf dem Gewölbe entbehrlich, und was an aufgetragenem Dekor für den Altarraum vorgesehen war, lehnten sie als pure Verschwendung ab. Die vorhandenen bunten Glasscheiben in den Rundfenstern entsprachen dem Geschmack der Bauern und genügten, wie sie fanden, vollends der sakralen Herausstellung des Raumes. Darüber war man sich nicht nur beim sonntäglichen Frühschoppen einig, und so verlief der Meinungsaustausch im Großen Wirtshaus, auch nach dem dritten Treber und entgegen der Lautstärke, mit der er geführt wurde, erstaunlich friedlich. Man stand ja durchaus zu seiner Kirche und zierte sich nicht lange, wenn der Herr Bischof zu empfangen oder mal ein Fuhrwerk zu stellen war. Da fragte keiner nach dem Lohn. Es gab Dinge, die man sich selbst schuldig war und für ein Vergelt's Gott ableistete, und es gab andere, die bei Leuten, die geradeaus zu denken gewohnt waren, Fragen und auch Zweifel auslösten.

Der neue Putz für die alte Kirche war eine solche Frage und brachte Dr. Matitzer Zulauf, der sich neuerdings der sonntäglichen Bauernrunde im Großen Wirtshaus beimengte, eifrig mitredete und auch mitschrie, weil es, wie er wissen ließ, in der anbrechenden neuen Zeit vor allem auf den Bauernstand ankommen würde. Das hörte dieser gern, wenngleich Matitzer nur von Standfestigkeit, Bodenhaftung und Opfergeist redete, die praktisch denkenden schwäbischen Bauern jedoch recht gern darüber informiert gewesen wären, was ihnen die neue Zeit an fiskalischer Erleichterung und guten Weizenpreisen zu versprechen hätte. Man müsse, so Matitzer, erst den Anfang wagen, sich bewegen und in Bewegung bleiben, in einer starken Gemeinschaft überwinden was hinderlich sei. Hart sein. Das Knie beugen bringe nicht voran, wetterte er, denn auch dem, der sich dreimal bekreuzige, würde nichts erlassen oder gar geschenkt.

Das mochte vor allem den älteren Bauern weniger gefallen haben, sie hielten hingegen ihre Einwände zurück, als der Doktor in die Runde fragte, wem – abgesehen vom Pfaffen – die Ausmalung der Kirche was brächte? „Dem Lerch!“ schrie einer und hatte damit Matitzer ein neues Stichwort gegeben, der nun exemplarisch die nicht hinzunehmende Doppelläufigkeit des Künstlers herausstellte, der es fertig brachte, zugleich völkisch und kirchlich zu malen und nichts dabei fand, zwischendurch sogar mal einen Motzen abzubilden, ganz so, als gehöre jedes zu jedem und alles zusammen.“

„Wie Sonne und Wolken, Regen und Wind, wie Beten und Arbeiten!“ Mennich, im Männergedränge bisher kaum aufgefallen, hatte sich erhoben und mit seinem Zuruf das von Matitzer ausgelöste Stimmengewirr der Bauern übertönt. Die Kunst müsse glaubwürdig bleiben, forderte Mennich, wobei er das Wort „glaub-würdig“ in seine Vokabeln zerlegte, um es zu erhöhen und verständlich zu machen, dass die Kunst, wie er sich ausdrückte, „nicht in Stiefeln daherkommt“.

„Wäre es Ihnen lieber, sie käme in Opanken?“

„Wir dürfen“, wehrte Mennich die Lacher an Matizers Tisch ab „unsere Nachbarschaften nicht aufkündigen. Sie liegen unter demselben Horizont, und den haben nicht wir bestimmt.“

„Noch nicht!“ meinte Matitzer verbessern zu müssen.

*

Jakschi riet entschieden von einem betont zeitgeschichtlichen Hintergrund in der Ausmalung des Kirchengewöl-

bes – wie überhaupt in der Kunst – ab, weil ein solcher anders gar nicht sein könne als oberflächlich vordergründig und sich somit bestenfalls für die Fotografie eigne, nicht hingegen für die Malerei, die nicht das zeige was ist, sondern wie es ist. „Dein ‚Tennmann'", erläuterte er dem Freund, „der ‚Flößer' – die stehen für sich und pfeifen auf jedes zuweisendes Etikett."
Es war ihm die Lust anzumerken, mit der er jetzt, wie kleine Bauernlümmel, durch die Finger pfiff, schrill, und dann noch einmal hinterher. Einen Nepomuk, Jakschi gab sich großmütig, den wolle er, unter Berücksichtigung des historischen Hintergrunds, zwischendurch schon mal zugestehen, zumal er Pfarrer Berghausens kulturgeschichtliches Interesse, wenn auch auf das Religiöse beschränkt, als nutzbringend einschätze für ein Dorf, das über sich selbst kaum etwas wisse. Es sei bedrückend zu sehen, dass kaum einer in der Lage sei, den Herkunftsort oder auch nur den Landkreis zu nennen, aus dem seine Vorfahren zugewandert waren. 250 Jahre oder, umgerechnet, sieben Generationen hätten ausgereicht, um die eigene Herkunft aus dem Gedächtnis zu wischen. Wichtiger war stets die Ernte, der Hof und eine vorteilhafte Heirat.
„Das Überleben, um es anders zu nennen."
„Gehört die Vergangenheit nicht dazu? Wir schweigen uns weg und sind über uns selbst nicht auskunftsfähig. Da lobe ich mir die Geschwätzigkeit der Rumänen, die zumindest im Weitersagen als zuverlässig gelten, im festen Glauben daran, dass sie schon immer da gewesen sind."

„Auch sie bewahren nur das, was sie bewahren wollen. Über den Attila erfährst du von ihnen nichts, obwohl sie doch schon immer da gewesen sein wollen. Hier bist du völlig auf deine Marie im Trance angewiesen."
„Das geschieht auf einer anderen Ebene. Marie ist nicht ein Glied in der Erinnerungskette. Sie erinnert sich nicht. Sie sieht Bäume, die nicht mehr stehen, Heerlager, von denen wir nichts mehr wissen, alte Flussläufe, die versandet oder auch überbaut worden sind. Sie hört Gesänge, schaut fremden Reitern ins Gesicht und spricht fremde Laute nach. Ihre Angaben sind so genau, dass es möglich sein müsste, ganze Landstriche historisch nachzuzeichnen. Du aber vertrödelst deine Zeit mit dem heiligen Nepomuk, von dem wir nur wissen, dass er uns, Gott hab ihn selig, nicht weiter hilft."
Lerch überging Jakschis Bemerkung über die fragwürdige Sinnfälligkeit künstlerischer Motive. „Nimm mich doch mal mit zu Deiner Hellseherin."
„Dr. Mertz wird's nicht zulassen. Sie stirbt mit jedem Tag ein bisschen weg. Kommst zu spät, Lerch, und es wird nicht wieder gut zu machen sein."
Am Tag darauf begleitete er dennoch den Freund die Kirchengasse hinauf und hinaus, an der Sandkaul vorbei, wo das Dorf zu Ende war und nur noch vereinzelte kleine Gehöfte die Straße säumten. Ein Bildstock, schon halb auf den Hotter hinausgerückt, mahnte an das Leid und die Hoffnung der Welt und sah auf das dumme Federvieh herab, das ihm zu Füßen im Gras scharrte und sich dem nahen Ende zufütterte.
Jakschi ließ Lerch den Vortritt, in die Küche zunächst,

wo er ein unterwegs besorgtes Körbchen mit Wein und Räucherschinken Maries Mutter übergab. In die Stube dann, die mit zwei Fenstern auf den Bildstock hinaussah und ins offene Land dahinter. Marie lehnte auf dem Diwan, den schmalen Kopf ins Kissen gestützt, die Finger teilnahmslos auf der karierten Decke. Lerch war ihr nicht unbekannt, und so meinte Jakschi, sich mit einer Bemerkung auf das ausgeprägte historische Interesse des Künstlers begnügen zu dürfen.

Im Grunde, schränkte Lerch ein, reiche sein Wissen über den Kaiser Franz Josef nicht hinaus, und selbst den habe er höchst persönlich nie gesehen, obwohl er als blutjunger Kadett gelegentlich zur Parade für den Kaiser abkommandiert worden war. „Wir sahen stur gerade aus und sahen nichts, was aber der Ehre als nicht abträglich empfunden worden ist." Marie durchdrang Lerch mit ihrem rätselhaften Blick, und es kam ihm vor, als sähe sie durch ihn hindurch und mitten hinein in den Schönbrunner Prunksaal, der in ihrer Vorstellung noch weitaus prächtiger gewesen sein mochte, als er den Architekten gelungen war. Sie schien verklärt, und Lerch überkam die Sorge, mit seiner eher respektlosen Bemerkung über das Gloria um den alten Kaiser ihre Empfindsamkeit bedenklich in Aufruhr gebracht zu haben. Es war das Sterben selbst, das ihn ansah, wie es ihm ergreifender selbst an der italienischen Front nicht begegnet war.

*

Der nur mäßig besetzte Sonntagszug zur Stadt brauchte siebzig Minuten für eine Strecke von knapp vierzig Kilometern, auf der er sechs, den Dörfern weit vorgelagerte Bahnhöfe anlief. Links schnürten Damm und Wald die Sicht ab, indessen sich zur rechten Seite fette Äcker breit machten und mit der Schwarzerde prahlten, die in der Begehrlichkeit der Bauern ihren Preis von Jahr zu Jahr steigerte. Die bereits abgeernteten Getreideschläge warteten auf den Pflug, während der Mais die Augustsonne in den Körnern speicherte, krauses Seidenhaar in den Lieschenspitzen, schamhaft und zugleich von Begierde strotzend. Mitunter auch ein Schlag Sonnenblumen oder eine Rübenecke. Dahinter Kleingärten und Kirchtürme, den barocken Wulst um die schlanke Hüfte.
Lisi saß am Fenster und ließ sich das Glück anmerken, das aus ihren braunen Augen blitzte. Der Zug fuhr in einen herrlichen Tag ohne Ende, mit Lerch an ihrer Seite als wären sie eins. Die Sonne schien verschwenderisch auf das flache Land, und der Zug paffte vergnügt seinen Ruß in den Himmel. Er brachte die Stadt näher, die ihre stählerne Brücke über den Fluss schlug, Depots und Werkhallen ans Gleis heran schob, abgestellte Waggons, gestapeltes Holz, Landmaschinen und versiegelte Kisten mit dem aufgemalten Bestimmungsort in unbekannten Fernen. Lisi stieg auf die Schlacke des Gleiskörpers hinunter und hob den Kopf in den Nacken. „Arad, Endstation!"
Der Tag war noch nie so schön. In der hochgewölbten

Bahnhofshalle durchmischten sich die Stimmen und Gerüche der Welt. Leute und Leute. Motzen aus dem Bergland, Ungarn aus dem Alföld, städtische Herren den Hund an der Leine, Damen mit zierlichen Schirmen, grüne Infanteristen, blaue Beamte der Bahn. Dazwischen fliegende Händler – Zuckerstangen und Halawitschka im Bauchladen neben Spiegeln, Kämmen und Broschen. Bettelnde Krüppel, barfüßige Zigeunerinnen, schüchterne Nonnen, Kinder, Pärchen, qualmende Ruheständler, lärmende Zechbrüder, Kofferträger, Zeitungsverkäufer. Die Welt, die große Welt – schillernd, zudringlich, vielzüngig und verwirrend. Lisi stand, die Schuhe eng beieinander, regungslos in der Menge und wurde von ihr zum Ausgang gedrängelt, hinter dessen doppeltem Rundbogen die Kutschen warteten.
Die Bauern fuhren nur selten in die Stadt. Auf ein Amt, wenn's anders nicht ging, auf den Markt oder auch nur zum Umsteigen in einen der Züge zu den Weindörfern vor dem Waldgebirge, das zwei Burgruinen vorschob in die Ebene, als käme aus ihrer flachen Tiefe alle Bedrohlichkeit der Welt. Die wohlhabenden Bauern blieben am liebsten daheim und hüteten ihren Geldsack. Nur einer wie dieser Lerch, einer ohne festen Stand und ohne Besitz, konnte die Tür hinter sich schließen, die Bahn nach Arad nehmen und auf dem Bahnhofsvorplatz großspurig einen Fiaker heranwinken, so als hätte er nicht zwei gesunde Füße und als wäre seine junge Begleiterin nicht das Laufen gewöhnt.
„Tesék parancsolni." Der Kutscher öffnete den Wagenschlag und komplimentierte die Gäste auf den Rücksitz,

auf Ungarisch, das in den vornehmen Kreisen noch immer mit Vorliebe gesprochen wurde, obwohl doch die Bodenreform die alten Magnaten entmachtet hatte, und auf den Ämtern nur noch Rumänisch geredet wurde. „Városba“, zur Stadt, wünschte Lerch, in die weiche Polsterung der Kutsche versinkend, die auf gelb glasierten Pflastersteinen in die Hauptstraße einschwenkte und die beiden Fahrgäste einander zuschob. Eine Turmglocke schlug – hält denn keiner die Zeit an? Gilt für das Glück nicht ein anderes Maß? Küchengerüche wehten in die Straße, unter den Kastanien an der Ecke fidelten Zigeuner, Radfahrer schwenkten die Mützen. Zu schnell schon war man am Ziel angelangt. Der Kutscher zog den Hut und zeigte sich beeindruckt von der Großzügigkeit, mit der Lerch ihn entlohnte.

An Eisverkäufern und Blumenständen vorbei und die lange Promenade hinauf schlenderten Lisi und Lerch, das Rathaus zur Linken, die prächtigen Bankhäuser entlang und durch die schattigen Sommergärten am Flussufer. Kellner umschwirrten wie jagende Uferschwalben die weißen Gartentischchen, Offiziere präsentierten sich selbst und die Damen an ihrem Arm, alte Herren krümmten sich übers Schachbrett oder versanken hinter den Seiten der Sonntagszeitung.

Eingeklemmt in die monumentale Häuserfront des Boulevards schob die Kathedrale ihre Stufen auf den Gehsteig hinaus, die Pforte sperrangelweit geöffnet. Lisi stockte der Schritt und hatte schon den Fuß auf der untersten Stufe, zögerlich noch, von Lerchs Hand gehemmt aber nicht verhindert, eine Sünderin vor dem Herrn, auf Gnade

angewiesen, im Glück vielleicht noch mehr als in der häuslichen Erbärmlichkeit des Sandaushebers.
Lerch folgte ihr in die sich gewaltig aufwölbende Kathedrale, die alle verfügbaren steinernen Heiligen vorrätig zu haben schien und als Fürbitter zur Schau stellte. Vor so viel Himmelsnähe sank Lisi auf die Knie und meinte zu sehen, wie die Heiligen ihr zulächelten, als könnten sie erraten, dass dies der schönste Tag war, den die Stadt Arad zu vergeben hatte. Lerch griffs ans Herz. Unterwürfig blickte er hinauf zu den Engeln, Märtyrern und Seligen. „Sie ahnen Schlimmes", dachte der Schelm in ihm und zählte mit den Fingerspitzen den in der Brusttasche verborgenen Vorschuss von Pfarrer Berghausen für die Ausmalung der Dorfkirche nach, von dem der Maler seine sonntägliche Großzügigkeit sich gönnen zu dürfen meinte. „Ausnahmsweise, Herr", stammelte er hinter Lisis Rücken und zeigte keine Reue.

*

Nichts, was geschieht, bleibt verborgen, erst recht nicht, was verborgen bleiben möchte. Es sind nicht zuletzt die Dörfer, die in der unterschwelligen Weitergabe von Neuigkeiten Triumphe feiern und im Ausschmücken des eben Gehörten kaum zu überbieten sind. Die nachbarschaftliche Nähe eines jeden zu jedem fördert die Neugier über das, was geschieht oder auch unterbleibt, und leistet einer Wachsamkeit Vorschub, die eine vorgegebene Sittlichkeit aufrecht zu erhalten bemüht ist. Auch wenn diese als lästig empfunden und von fragwürdiger Wirksamkeit sein mag, bleibt sie ebenso regulativ wie nicht abwendbar. Lerchs Sonntagsausflug mit Lisi in die Stadt Arad hatte sich bald herumgesprochen und sorgte, angereichert durch weitere Beobachtungen und Vermutungen, für den lebhaftesten Dorfklatsch. Alle Heiligen des Arader Doms hatten es nicht verhindern können, oder es zu verhindern nicht gewollt, dass die beiden – das „Pärchen", wie man sich hinter vorgehaltener Hand zuflüsterte – in der Kutsche gesehen worden waren, die als Hochzeitskutsche zu bespötteln man sich nicht scheute. „Das unschuldige Kind", wie es die einen sahen, während für andere eher der Ehrenmann aus bestem Hause ins Garn weiblicher Verführungskünste geraten war.

„Lass die Finger von der Kleinen", riet Jakschi mit warnendem Unterton. Er spürte die gesellschaftliche Unverträglichkeit einer solchen Verbindung im Bauch, der untrüglich signalisierte, wenn ihm was unverdaulich vorkam. „Das geht einfach nicht." Ein Befund wie dieser musste nicht erst begründet werden, er stand für sich und war gesellschaftlich nicht ausräumbar. „Tu's dir nicht an", setzte er hinzu und sprach aus leidvoller eigener Vergangenheit. „Es wirft dich aus der Welt und blutet das Herz aus."

Lerch widersetzte sich jedem Vergleich. Und am Gerede der Leute sei ohnehin nichts dran, jedenfalls nicht das, was sie zu wissen meinten oder gesehen haben wollten. Rein gar nichts. Oder doch?

„Lass die Finger von dem Kind!" schleuderte ihm auch

seine Mutter entgegen. Hoch aufgerichtet hatte sie sich im Wohnzimmer aufgebaut, vor dem Bild ihres verstorbenen Gatten, der, lebte er noch, es an seinem Machtwort nicht hätte fehlen lassen. Es drohte der Niedergang der Familie. Was waren das für Söhne? Andrasch kraftlos, und nun das! „Bringst den guten Ruf der Lerchs ins Gerede!" Seit Generationen waren diese als Lehrer, Pfarrherren und Notare angesehen und geschätzt. Leute, vor denen alle den Hut zogen. „Die Tochter eines Taglöhners in unserer Familie brächte mich ins Grab."

„Lass die Finger davon." Mennich zeigte sich ohne Verständnis für Lerchs Entgleisung, wie er es nannte. „Du gehörst zur Elite. Alle schauen auf dich, und was du vorlebst zählt. Deine Botschaft muss eine andere sein." Was für eine Botschaft das sein könne, konterte Lerch. Er male zur Zeit den böhmischen Nepomuk in der Dorfkirche, überlebensgroß. Dazu Engelchen auf himmlischem Gewölk. „Ich male keine Botschaften", ereiferte er sich. „Ich male Bilder, nichts als Bilder!"

Pfarrer Berghausen sah das zwar anders, stellte es jedoch in keinen Zusammenhang mit Lerchs Sonntagsfahrt in die Stadt Arad, zumal es ihm zugetragen worden war, dass die beiden im Dom gewesen sind, und das ließ, was immer sie hingeführt haben mochte, einen christlichen Hoffnungsschimmer erkennen, auf den es ihm ankam. Er sah keine Notwendigkeit, den Künstler diesbezüglich zu rügen und wies es von sich, in dem einen oder anderen Sinn auf ihn einzuwirken. Lerchs aufgebrachter Mutter und ihrer Angst, unüberlegte Entscheidungen hinnehmen zu müssen, hielt er ein Wort aus dem Zweiten

Korintherbrief entgegen: „Denn sind wir von Sinnen gewesen, so war es für Gott."
Lerchs besorgte Mutter verzichtete auf die nähere Auslegung des Bibelzitats, das, wie sie fand, eher verwirre als weiterhelfe und für den vorliegenden Fall ohnehin nicht anwendbar sei.

*

Später wird er von diesem Sommer sagen, er wäre einer der schönsten gewesen, obwohl er die meiste Zeit auf dem Gerüst zubrachte, auf Du und Du mit seinen Heiligen, mit denen er sich allerdings, was nahe lag, vornehmlich über weltliche Dinge unterhielt. Über die Farbe von Sankt Josefs Überwurf oder über den paradiesischen Bildhintergrund – ein Hauch von Palästina durfte nicht fehlen und ebenso ein Zipfel Banater Abendhimmel hinter mediterranen Zypressen.
Für die Arbeitswochen im Kirchenraum hatte ihm seine Mutter im Elternhaus ein Zimmer hergerichtet, froh darüber, ihn wieder einmal ganz für sich zu haben und zugleich hoffend, ihn wieder einbinden zu können ins „Normale", wie sie zu sagen pflegte. Umsichtiger als es Lerch lieb sein konnte, bereitete sie die Mahlzeiten vor, zu denen sie seine Lieblingsgerichte auftischte, im kostbaren Familienporzellan serviert, standesgemäß eben und im gewollten Gegensatz zur betonten Schlichtheit, der sich Lerch, zu ihrem Leidwesen, in seiner Waldeinsamkeit ausgesetzt hatte. Andrasch – er hatte sich für die Zeit der

Ausmalung der Kirche beurlauben lassen – leistete ihm dabei Gesellschaft, zeigte sich gesprächiger als üblich, witzelte und langte, zur Freude der Mutter, nicht nur beim Essen richtig zu, sondern stieß auch schon mal mit Lerch kumpelhaft an. Auf dem Gerüst genoss er es unentbehrlich zu sein, was ihn aus seiner sonst gelebten Unansehnlichkeit, wenn auch nur zeitweilig, herauslöste. Während Lerch die Szenerien gestaltete, nahm sich Andrasch den dekorativen Teil vor, in den sämtliche Wandflächen, Simse und Pilaster, Ecken, Kanten und Rundungen einbezogen wurden. Blätter und Blüten waren einzustreuen und christliche Symbole einzuflechten – Taube und Fisch, Dornen, das Gottesauge und, auf goldenem Grund, das Alpha und Omega als Sinnbild für die Allgegenwärtigkeit des Allmächtigen von Anfang an und bis in alle Ewigkeit. Letzthin aber sollte das alles den Blick auf das große Deckenfresko lenken, nur Rahmen sein für das zentrale Oval, das die Geborgenheit des Dorfes in der Gnade des Herrn und der bäuerlichen Glaubensfestigkeit darstellte. „Da muss einer katholisch werden", resümierte Andrasch.

„Einen Blick zum Himmel", hatte der Pfarrherr als Bildidee mitgegeben. Jeder sollte darin seine eigene Zugehörigkeit erkennen. „Es muss heutig sein und schwäbisch." Vier Entwürfe hatte Lerch ausgearbeitet und verworfen. Pfarrer Berghausen wollte das Episkopale sichtbar herausgestellt sehen, den Nepomuk mehr in den Vordergrund gerückt und, nicht zuletzt, die ecclesia triumphans, die Kirche als Überwinderin aller Angst und Not.

Auf dem Rücken liegend hellte Lerch das Fresco auf

mit Himmelsbläue und Licht, dehnte die Weizenflur bis hinter den Horizont. Weingärten stiegen empor zur Mariengrotte, vor der, von Linden überschattet, das Dorf für den Segen dankte. Mütter lagen auf den Knien, die Männer dahinter wie ein Schutzwall, die harten Fäuste gesenkt. Nein, schrie es in Lerch, und er schrie es aus sich heraus, gegen sich selbst und gegen die pfäffische Gottgefälligkeit im Oval des Kirchengewölbes. Gegen die Illusion der Geborgenheit seines Dorfes, das gerade dabei war, sich selbst zu verkennen, verblendet von einem dünnen Wohlstand und dem Gehabe volkstümelnder Juristen. Schrie es dem Pfarrer ins Gesicht.
Der widersprach nicht. „Wir tun es mit gutem Gewissen", besänftigte er den Künstler. „Der Herr weiß es."

*

Pfarrer Berghausen, der in belanglosen Äußerlichkeiten einen Anschein von Liberalität zu verbreiten verstand, erwies sich, wenn es um Glaubensfragen ging, als unnachgiebig. „Unser Herrgott ist gnädig, aber er lässt nicht mit sich handeln", war seine Antwort auf gelegentlich aufkommende eigenbrötlerische Auslegungen seiner Pfarrkinder. Er bestand auf der allgemeinen Sonntagsruhe und wetterte gegen die Unart der Bauern, bei Dringlichkeit auch am Tag des Herrn einzuspannen und das zu tun, was ihrer Meinung nach nicht aufschiebbar war. Mit strafendem Finger wies er zur Erntezeit auf die leeren Männerbänke in der Kirche, wo selbst die Alten fehlten,

deren Unabkömmlichkeit auf den Höfen ihm zumindest fragwürdig erschien.
„Das Brot", sagten sie, „verlangt es." In halber Aufruhr trieben sie die Gespanne, lange vor dem ersten Sonntagsgeläut, zum Dorf hinaus und blieben taub für des Pfarrers Mahnung, dass der Segen von oben komme. Nichts mag schwieriger sein, als einem Bauernschädel das Gegenteil von dem beizubringen, was er für richtig hält.
Auf das Licht der langen Sommertage angewiesen sah sich Lerch nicht weniger wetterabhängig als die Bauern. Zum Leidwesen seiner Mutter verbrachte er zudem die freien Sonntage nicht in der Obhut der Familie, sondern flüchtete in die Ärmlichkeit seiner Behausung am Fluss und, was sie besonders belastete, in die Nähe dieses unsagbaren Taglöhnerkindes. Vergeblich hatte sie gehofft, ihn wieder in angemessene Gesellschaftskreise einzubinden, in denen es, weiß Gott, nicht an heiratsfähigen Töchtern aus gutem Hause mangelte, die neben bester Erziehung auch etwas Vermögen aufzuweisen hatten, was für einen gescheiterten Fähnrich – man müsse es sehen wie es ist – so verkehrt nicht sein konnte. Stattdessen nahm er am Sonntagstisch des Sandaushebers Gyuri Platz, der den Tag des Herrn mit einem Stamperl Vierziggrädigen einleitete, abrundete und auch abschloss. Als wär's damit nicht genug, spazierte er nach dem Mittagstisch des Taglöhners gemeinsam mit Lisi die Häuserzeile der Wassermüller rauf und runter, beim Plättenwirt und am Nonnenhaus vorbei und auch den Hochdamm hinauf, wo sich nur Pärchen zeigten, die nichts zu verbergen hatten.

*

Hatte er seine Mutter unterschätzt? Sie war in der letzten Zeit von auffallender Geschäftigkeit, ließ den schadhaften Putz am Haus ausbessern und die Bäume ausschneiden, machte Einkäufe in den Dorfläden, zeigte sich häufiger als sonst in der Öffentlichkeit und besuchte alte Bekannte, die sie seit ihrer Witwenschaft vernachlässigt hatte. Sie erweckte den Eindruck, als wollte sie das Haus Lerch wieder mehr ins Blickfeld der Gemeinde rücken, aus der gesellschaftlichen Abgeschiedenheit heraus, in die es unversehens nach dem zu frühen Tod des Notars geraten und von den Söhnen nicht verhindert worden war. Ihr bevorstehender siebzigster Geburtstag bot nun eine gute Gelegenheit, die einstige gehobene Stellung der Familie zumindest in Erinnerung zu bringen. Sie dachte an eine große Familienfeier mit einem Stich ins Exklusive. Ihr verstorbener Mann hätte das zur goldenen Hochzeit gewünscht, zu der es ja nicht mehr gekommen sei, und nun müsse man sich mit dem bescheiden, was anfalle und der Tag zuspiele.

„Hast du eigentlich einen dunklen Anzug?“, hatte sie Lerch vorsorglich gefragt und angeboten, in der väterlichen Hinterlassenschaft nachzusehen, was passen und dem Ereignis angemessen sein könnte. Alle Gäste würden, so war zu erwarten, in ihren besten Sachen erscheinen, und danach hätten sich auch die eigenen Söhne zu richten. Anstandshalber, und auch weil das die eigene Reputation erfordere. Von den meisten, ja so gut wie von allen Geladenen lägen bereits Zusagen vor, wobei das

Interesse – um nicht zu sagen die Neugier – vorwiegend den beiden Künstlerbrüdern galt, deren drohendes Abgleiten in die gesellschaftliche Bedeutungslosigkeit mit Sorge und Unmut betrachtet wurde.
Für Lisi war in dieser Runde kein Platz, und sie musste sich sagen, dass es möglicherweise so bleiben wird. Ein Leben lang, und auch darüber hinaus. Es reichen Rüstung und Verstand nicht aus, wenn ein Schatten aufs Herz fällt. Nimmst es hin aus Liebe und weil du nicht dagegen ankommst. Kennst die Wahrheit, und sie macht dich ratlos. Flüchtest dich in die kleine Aufruhr des Ausgesperrten und ins Lächerliche einer Selbstfindung hinter dem eigenen Lattenzaun. Ein Gutes, versuchte sie zu scherzen, hatte das Unerfreuliche immerhin, jedenfalls für Török, den Truthahn, den Lisi für das Sonntagsmenü vorgesehen hatte, und der nun weiter über Gyuris Geflügelhof stolzieren durfte. „Er plustert sich auf wie ein Pfau und bleibt doch nur ein gewöhnlicher Puter", spöttelte Lisi über den eitlen Török und war nahe daran, einer gewissen Ähnlichkeit mit anderen Zweibeinern auf die Spur gekommen zu sein.

*

Die Flügeltüren waren weit geöffnet, und die frische Gartenluft blähte die leichten Vorhänge wie weiße Segel auf dem Balaton. In ihren jungen Jahren – wo sind sie hin –, in den ersten Ehejahren, um genauer zu sein, hatte Lerchs Mutter zweimal den Sommer am Plattensee verbracht, am Ungarischen Meer, wie dieser zunehmend gern genannt wurde, nachdem der Zugang zur Adria verloren gegangen war. Nicht ohne Selbstgefälligkeit reichte sie ein Fotoalbum herum, das ihre Balaton-Sommer belegte und, nicht ganz nebenbei, an die ungarische Zeit vor 1918 erinnerte, der vor allem die dünne Oberschicht schwäbischer Staatsbeamter nachtrauerte wie einem verlorenen Arkadien. Seit die neue Grenze mitten durchs Banat schnitt, war der Balaton für Sommerreisen unerreichbar geworden. Das verklärte zusätzlich den Rückblick auf die gute alte Zeit, in der man die Welt in Ordnung fand und hoffen durfte, dass es so bleiben wird. Das Bild auf der Konsole, goldgerahmt, zeigte Lerchs Vater, der in Miene und Haltung sein ausgeübtes Amt verkörperte, die Gewissheit einer Würde, die in dieser ausgeprägten Selbstwahrnehmung zugleich mit den einstigen Trägern ausgestorben war. Die Welt hatte sich verändert und steuerte auf eine Zukunft zu, vor der man am besten die Augen verschloss.

War es am Ende vielleicht die Kunst, die weiterhelfen konnte? Onkel Otto, geschätzter Schwager der Jubilarin und pensionierter Direktorlehrer, richtete den Blick auf Lerch, prüfte ihn hinsichtlich dieser geradezu historischen Frage. Lerch war die Unlust anzumerken, sich auf einen die Zeitumstände bewertenden Disput mit Onkel Otto einzulassen, der die überkommene und als unstrittig geltende Schulmoral an den Anfang und ans Ende jeder Überlegung stellte. „Wir müssen uns immer nach den Folgen fragen“, war sein Hauptsatz, und er meinte damit meist das Gegenteil von dem, was sich eben zutrug.

„Die Kunst ist immer ein Spiegelbild ihrer Zeit“, warf Lerch hin „aber sie bringt nur wenig voran.“ Und Andrasch ergänzte, dass zwar stets dies und das, aber – betrachte man die Dinge global – eigentlich nichts Neues geschehe. Hauchte es vor sich hin oder aus sich heraus und fächelte es mit einer fahrigen Handbewegung über den Tisch. Wer Heilige male, räusperte er nach, öffne noch nicht das Tor zur Ewigkeit, und nicht jeder, der eine Fahne raushänge, habe auch eine Gesinnung.
„Das war zu meiner Zeit anders“, ließ Onkel Otto vernehmen, und beide Tanten bestätigten es durch ebenso nachdrückliches wie bedächtiges Kopfnicken. Obwohl keiner in der Runde gegenteilige Ansichten äußerte, untermauerte Onkel Otto seine Behauptung, indem er den Zerfall von Gesellschaft und Familie anschaulich zu machen versuchte. „Wir schätzen den Künstler in unserer Familie“, sein wohlwollender Blick streifte Lerch, „aber er wäre, zu anderer Zeit, jetzt Rittmeister oder, mit etwas Glück, auch schon Major.“ Onkel Otto steigerte den Tonfall: „Und das in einer Armee, in der zu dienen, als Auszeichnung empfunden wurde.“
Mit unverkennbarer und geradezu als lustvoll zu bezeichnender Nostalgie waren alle Augenpaare der Verwandtschaft auf die Brüder in Zivil gerichtet, die mit einer Spur von Lässigkeit, um nicht zu sagen ohne Haltung, Platz genommen hatten und wie schulpflichtige Knaben ihre Ungenügsamkeit bestätigt erhielten.
Weitere Gäste trafen ein, Cousinen, Schulfreundinnen, Nachbarn, die Gärtnerin, Damen der Kongregation. Der siebenarmige Luster wetteiferte mit dem hellen Tag

und verstrahlte verschwenderisch sein Licht über die festliche Tafel, auf der das kostbare Porzellan mit dem Familiensilber konkurrierte. Pünktlich zur Suppe hatten sich Jantschi und seine drei Zigeunermusikanten auf der Veranda eingefunden und mit Geigen, Kontrabass und Zimbal ihr „Dreimal hoch!“ angestimmt. Es wurde angestoßen, gelacht und geweint, getrunken, nachgegossen und schließlich aufgetragen.

Frau Weczerka, als Hochzeitsköchin im ganzen Landkreis bekannt und geschätzt, überwachte nicht nur was gekocht, sondern auch wie serviert wurde – Braten und Beilagen passend einander zugeordnet, das landesübliche Dunstobst in Reichweite vor allem der Damenplätze, der Wein nicht zu kalt und ohne Aufforderung nachgegossen, das Silber von der Suppenkelle bis zum kleinen Löffelchen sorgfältig sortiert, der steife Damast der Servietten kunstvoll gefaltet im Oval der gedeckten Tafel. Es waren, wie die Weczerka aus Erfahrung wusste, gerade die selteneren Gesellschaften, die mit Pedanterie auf jede Förmlichkeit bedacht waren, als hätten sie vor, sich selbst ihre Exklusivität vorzuführen. Lerchs Mutter mochte hier in nichts nachstehen, auch wenn die letzte große Feier in diesem Hause, wie sich die Hochzeitsköchin besann, mehr als anderthalb Jahrzehnte zurücklag. Es kam ihr vor, als wollte die Gastgeberin zu lang Versäumtes nachholen und dafür das ganze Raffinement der Köchin, ihre Geschicklichkeit und ihr Gespür für das Besondere des Tages voll ausschöpfen.

So wird es auch gewesen sein. In ihrem tiefsten Inneren wies Lerchs Mutter den Gedanken von sich, ihre Söhne

könnten bereits unerreichbar für die alten Befindlichkeiten geworden sein. „Das hat ein Lerch im Blut“, redete sie sich zu und erlebte doch gerade, wie blass, ja geradezu abwesend die Brüder in der herausgeputzten Familienrunde wirkten. Sie fühlte ihr Standesbewusstsein herausgefordert, dem zu entsagen sich alles in ihr widersetzte, Magen, Herz und Verstand und das ganze Anstandsgefühl, das aufzubringen sie in der Lage war. Eines Tages, da war sie sich sicher, würde Lerch seine Einsiedelei am Fluss aufgeben und als geachteter Mitbürger den ihm zukommenden Platz in der Gesellschaft einnehmen. Das erhofften sich auch alle Anwesenden, und darauf anzustoßen fühlte sich Onkel Otto, gewissermaßen im Auftrag aller, verpflichtet.
Der passende Augenblick musste allerdings noch gefunden werden, und der ließ, von Frau Weczerkas sorgfältig zubereitetem Festmenü aufs Angenehmste verzögert, auf sich warten. Nach der Grießnockerlsuppe wurde der nach geheimem Hausrezept gefüllte und gewürzte Gänsebraten aufgetragen, mit Rotkraut garniert, wahlweise dazu Weichselkompott und eingelegte Paprikaschoten. In den Kristallpokalen glänzte Marienfelder Gutedel und roter Kadarka von den Rekascher Hügeln, besorgt von Onkel Otto, der im Ruf eines Weinkenners stand und das auch gern für sich beanspruchte. Ganz privat selbstverständlich. Krönender Abschluss aber waren die unvergleichlichen Crémeschnitten Frau Weczerkas – feine Vanille in der goldgelben Füllung, die leichte Blätterteigdecke zuckergepudert, mürb, vollmundig und unaufdringlich. Für die, einem süßen Nachtisch weniger

zugeneigten Herren, wurden mürbes Salzgebäck und herzhafte Burenstangen nach eigener Rezeptur aufgetragen. Jantschi und seine Zigeuner fiedelten in unverdrossener Fröhlichkeit auf der Veranda und spielten was gern gehört wurde, Erinnerungen wachrief, ans Herz rührte und die Stimmung voranbrachte. Auch wenn sich das Repertoire der Banda mit rumänischen Volksweisen der neuen Macht anzupassen begann, so war sie doch noch gut und gerne in der Lage, die alte Klientel ungeschmälert zu bedienen und den „Kleinen Gardeoffizier" ebenso fehlerfrei zu spielen wie „Wiener Blut", den „Schwarzen Zigeuner" und immer wieder – warum auch nicht – „Körösi lány", wobei der ungarische Rhythmus die Beine, wenn auch nur unter der Tischdecke, unruhig werden ließ.
Es ist nachträglich schwer zu sagen, ob dieser Moment zunehmender Hochstimmung der Tafelrunde der richtige Zeitpunkt für den Trinkspruch Onkel Ottos war, oder ob dieser nicht sogar besser unterblieben wäre. Andererseits war zu befürchten, dass Onkel Otto bei zunehmender Heiterkeit immer fraglicher das überzeugende Wort und den angemessenen Tonfall, auf den es ankam, gefunden hätte. Festzustellen ist, dass die Gastgeberin, unauffällig, wie sie meinte, aber deutlich genug Onkel Otto mit einem unmissverständlichen Seitenblick daran erinnerte, seinen Mann zu stellen, was er auch zu tun nicht von sich wies. Mit dem silbernen Löffelchen ans klingende Glas schlagend, bat er um die Aufmerksamkeit der Gäste, nickte in die Runde, saugte hörbar Luft in den massigen Leib, hüstelte die Stimme frei und erschrak, als Jantschi

mitten im Stück abbrach, vor der plötzlichen Stille, die sich auf Haus, Garten und Gemüter senkte.
Eigentlich hatte er ganz kurz sein wollen. Wie aber fängt man einen Trinkspruch an, ohne der Gastgeberin zu danken und auf die langjährige, bewährte Freundschaft hinzuweisen, die alle Anwesenden verband und weiterhin verbinden würde, wie zu hoffen war. Denn wo sonst sei einer besser aufgehoben als bei den Seinen, warnte er zu Lerch hinüber. Wer sich entferne, gerate aus der Spur. Ein solcher Fall sei indessen verwandtschaftlich nicht zu verzeichnen. „Keine Versager, keine Scheidung, keine unstandesgemäße Heirat.“ So fasste Onkel Otto das Credo der Familie zusammen, sichtlich erleichtert darüber, wenn auch nicht alles, so doch das vorgebracht zu haben, was gesagt werden musste. „Gott gebe, dass es so bleibt!“ Mehr war nicht hinzuzufügen, was die Anwesenden, vor sich hinseufzend, zu bestätigen schienen. Lerchs Mutter richtete den Blick himmelwärts und faltete die Hände über der Tischdecke als allseits verstandene Geste einer geprüften, auf Beistand angewiesenen und in Ehren ergrauten Frau. Es machte sich Mitgefühl bemerkbar, Verständnis für die Sorgen einer alten Mutter um ihre der Jungmännerzeit entwachsenen Söhne, die zwar wohl geraten sein mochten aber ihren Weg dort zu suchen schienen, wo keiner weiter führt, weil Anstand allein gesellschaftlich nicht ausreiche, und eine Romanze schon gar nicht.
„Gott gebe, dass es so bleibt“, wiederholte Lerch Onkel Ottos abschließende Fürbitte und lächelte in die Runde. „Denn es ist gut, wie's ist. Keine Schulden, keine

Scheidung, und auch standesgemäß stimmt's aus meiner Sicht. Wir sind doch alle nur Taglöhner im Weinberg des Herrn, wie es uns vorgebetet wird. Mein Haus draußen am Fluss ist groß genug für einen wie mich. Ein Haus, meine ich, ist ein Dach überm Kopf und nicht ein Schaufenster der Eitelkeit. Ich bin nicht bedauernswert, lieber Onkel Otto, ich habe mehr Freiheit als du jemals zu wagen bereit warst."

Das verletzte. Onkel Otto sah in dieser ungebührlichen Äußerung eine zunehmende Verrohung, die, lange schon befürchtet, sich nun in nackter Frivolität zu erkennen gab.

„Was weißt du schon über die Freiheit!" Er schrie es über den Tisch. „Bist nur ein Spatz auf dem Ast. Pickst das auf, was anderen entfällt. Echte Freiheit zeigt Charakter!"

Lerchs Mutter schlug die Hände vors Gesicht, wollte leiden und verzweifelt sein wegen ihrer Söhne, von denen der eine zu schwach war für diese Welt, und der andere zu fremd. Die Tafelrunde zischelte, wischte echte und weniger echte Tränen weg, rief nach der Köchin und winkte den Musikanten zu, die mit einem Csárdás die familiäre Verlegenheit hinweg zu geigen hofften. Es wurde Kaffee aufgetragen, Mokkasahne für die Damen, Schwarzer ungesüßt für die Zigarrenraucher. Es war beinahe gemütlich. Schließlich wollte man gern auch der Kunst den nötigen Freiraum zugestehen, im Rahmen des Zulässigen allerdings, dem sich zumindest Andrasch, wie anzumerken war, nicht grundsätzlich widersetzte. Immerhin war er in fester Stellung, die zwar keinen Aufstieg versprach, ihn aber auch nicht aus dem Gefüge herausbrach. Ein bisschen Kunst könnte, näher betrachtet, die Familie sogar aufwerten. Sie verschönert das Dasein. Selbst Onkel Otto schätzte Andraschs zarte Aquarelle, die als kleine Aufmerksamkeiten gern entgegen genommen wurden und entsprechend auf den Künstler zurück wirkten. Das sei keineswegs ohne Sinn. Andrasch wehrte kraftlos ab, wobei ihm das Kinn, wie aus dem Gelenk gebrochen, seitlich wegkippte. Weißt nie, was in einem zu viel mit sich selbst beschäftigten Hirn vorgeht und was dann davon möglicherweise über die Lippen kommt. „Die Kunst, lieber Onkel Otto", gab Andrasch belehrend von sich, „ist der Versuch zur Wahrheit."

Das aber war Philosophie, und immer dann, befand die Tischrunde, wenn das Wissen durch Denken ersetzt wird, beginnt erfahrungsgemäß das Chaos. Auf das Denken folgt das Umdenken und dann die Forderung nach einer Abkehr von allem was uns lieb und teuer ist. Für Onkel Otto war die Wahrheit das Gesetz oder, um es anders auszudrücken, das Gebot. „Die Wahrheit lässt sich nicht versuchen", hielt er Andrasch entgegen. „Sie ist. Andernfalls wäre sie austauschbar."

„Aber Gesetze", warf Lerch dazwischen, „werden gemacht, und sie werden, wenn sie verhindern, geändert."

Heutzutage fühle sich jeder gleich verhindert, ereiferte sich Onkel Otto. Je jünger einer sei, um so verhinderter käme er sich vor. „Wer in der Wildnis zu leben vorzieht, erfindet damit noch nicht die Freiheit."

„Eine Freiheit löst die andere ab", kicherte Andrasch.

„Die Frage ist doch, was sie zurücklässt." Onkel Otto blieb beharrlich. „Wohin kehrt einer zurück nach der Freiheit? Das Leben geht nur für den weiter, der in der Spur bleibt."

Das fand Zustimmung, denn nichts sonst war erfahrungsgemäß zuverlässiger als das Bewährte, das Ererbte und Erworbene, das auf den eigenen Bedarf hin zugeschnitten gewachsen ist. Wer's nicht einsieht, bleibt auf der Strecke und kommt sich dabei unverstanden vor. Die Welt ist jedoch nicht zufällig so wie sie ist, sondern gehorcht einer ordnenden Gesetzmäßigkeit, die sie davor bewahrt, sich selbst zu zerstören. „Keine Anarchie! Nicht in der Welt und nicht in der Familie!" Onkel Otto stellte die Augenbrauen schräg, und das war stets ein Anzeichen höchster Konzentration, die ungeteilte Aufmerksamkeit für das eben Gesagte beanspruchte. Meinungen, Erinnerungen, Ratschläge, Vorwürfe und Forderungen, Klagen und Ängste wurden laut, wollten gehört und bestätigt werden. Köpfe und Leiber neigten sich Lerch wohlwollend zu, schrien halbe Sätze über den Tisch, schmeichelten, tobten, warnten, flehten, drohten, zeigten sich bekümmert, empört und waren schließlich, wenn auch aus unterschiedlichen Gründen, einig in der kollektiven Ablehnung dieser – wie sollte man sie nennen – vielleicht ja recht hübschen und im Kern möglicherweise auch anständigen Person Lisi. Sie käme aber nun einmal aus anderen Verhältnissen und sei, müsse man bedenken, gerade mal sechzehn.

„Siebzehn!" schmetterte Lerch Onkel und Tanten, Mutter und Nachbarinnen entgegen. „Siebzehn!"

Was mache das für einen Unterschied? Wesentlich sei doch das Andere, die Herkunft eben, die Erziehung, die Bildung. Die Kleine mag ja tüchtig in ihrer Hütte sein, aber „denk sie dir doch mal her!“, tobte es über Porzellan, Silber und Damast. Da lässt dich jede Phantasie im Stich! Lerch stimmte lauthals zu. Er sehe das ebenso, doch würde es dazu ohnehin nie kommen. Die Tafelrunde verstummte. Wären alle Befürchtungen unbegründet? Alle Vorhaltungen unangebracht? Hätte sich der Künstler draußen am Fluss nur einen Flirt erlaubt, wie er Kadetten und Künstlern zugestanden wird?
Lerch hatte sich erhoben, wollte gesehen werden, deutlich sein für Mutter, Onkel Otto und die versammelte Nachbarschaft, auch für Jantschis Zigeuner auf der Terrasse, die Bogen und Klöppel ruhen ließen, erstaunt über das Gezeter der besseren Gesellschaft. Das sei in der Tat nicht vorstellbar, nickte er den Gästen zu. Allerdings auch nicht beabsichtigt. Er habe sich schließlich sein zu Hause am Fluss draußen eigenhändig geschaffen um zu bleiben, und dazu passe nun einmal nur eine Frau, die es dort aushält. „Und mich erträgt“, wie er ergänzte.
Andraschs einsames Klatschen aus der Tiefe seines Sessels verlor sich im losbrechenden Unmut. Zorn machte sich Luft, Enttäuschungen wurden laut, Schuhe stampften aufs Parkett, Stühle stürzten, Fäuste trommelten. Die Damen schnäuzten aufgebracht ins Taschentuch, die Nachbarschaft zeigte sich mitfühlend, und Onkel Ottos prophetisch himmelwärts gerichteter Zeigefinger ließ Schlimmes, ja das Schlimmste befürchten. Jantschi und seine Musikanten meinten in Onkel Ottos erhobener

Rechten eine Aufforderung zum Weiterspielen zu erkennen. Passend zur Situation konnte das nur etwas Aufmunterndes sein – flott und fröhlich und zugleich gefühlsbetont. Mit Hingabe gegeigt, vom Kontrabass gezupft und aus dem Zimbal gehackt. Lerchs Mutter sank, nach Luft ringend, der fassungslosen Köchin in die Arme, der so etwas, wie sie vor sich hin seufzte, „noch nie vorgekommen" war, und sie hatte immerhin ihr halbes Leben in den besten Häusern des Landstrichs zugebracht, übrigens zur vollen Zufriedenheit aller, wie sie sagen durfte. „Soll er doch die Kleine nehmen!" redete sie der Gastgeberin zu, und rief es dann lauthals hinaus: „Dann soll er sie doch nehmen!"
Onkel Ottos erhobener Arm sank herunter, auf der Terrasse brach die Musik ab, der Zorn schöpfte Atem, die Empörung drohte zu versickern, bis einer den Gedanken der Köchin aufgriff und mit gespitzten Lippen nachplapperte: „Dann soll er sie doch nehmen." Der Zorn kippte um in Spott, das Geschrei in Gelächter, das gestörte Mitgefühl in verletzende Gleichgültigkeit. „Soll er doch", sagte ein anderer und dann der Nächste, jeder für sich und alle durcheinander, das Glas zum Umtrunk erhoben.
„Ich danke euch allen!" Lerch, auf seinen Stuhl gestiegen, schwenkte eine Weinflasche in der Rechten. „Ich danke euch nach Maß!" Schob den Flaschenhals zwischen die Zähne, legte den Kopf zurück und trank aus. Griff nach einer zweiten Flasche: „Auf die hier versammelten Mäuschen und Kröten, Hamster, Papageien und Pinscher, von denen ich mich für immer verabschiede mit meinen bes-

ten Wünschen für ein behütetes Alter, jedem angemessen in würdevoller Langweile!" Setzte an, bis der Wein über die Lippen zurücksprudelte und vom Kinn troff. Holte aus und schleuderte die Flasche ins zersplitternde Porzellan der Festtafel, als wollte er mit diesem gezielten Wurf den letzten Rest jener zum Gehorsam verpflichtenden Erziehung zerschmettern, die immer und ausschließlich den eigenen Glanz polierte.

*

„Das war entschieden zu grob, und noch weniger klug." Andrasch nahm einen Schluck Milch. „Mama könnte dir sonst alles vergeben, aber nicht das zerschlagene Porzellan. Jeder hat schließlich etwas, woran sein Herz hängt."
„Du sagst es." Lerch, mit sich selbst zufrieden, hing die Beine übers Gerüst und pinselte St. Nepomuk eine Falte in die Kutte. „Wir sind für die Wahrheit zu feige, Andrasch, und so kommt's nur im Suff über die Zunge, was raus muss. Alle reden nur über das Porzellan, und da musst du es zerdeppern, auf der gedeckten Tafel und in ihren Köpfen musst du es zerdeppern."
„Sie werden das nie begreifen, und nie verzeihen."
Lerch sah über den Bruder hinweg, formte mit kreisenden Händen imaginäre Gestalten, deutete Linien an und Bewegungsabläufe. „Wir halten Kurs, Andrasch. Wir entrümpeln das Dorf. Unser Herrgott will die Wahrheit."
„Du meinst, wie du sie siehst."
Lerch überflog das in allen Farben verfleckte Kirchen-

gewölbe, den angedeuteten heimatlichen Landstrich im Hintergrund, Männer und Frauen dazu gestellt, Bäume am Bildrand, ein Kirchturm. „Alles wie im Sandkasten. Gottgewollt. Sind keine Säufer unter uns? Keine Narren? Keine Schwindsüchtigen? Keine Ehebrecher? Blickt unser Herr nur auf die Erfolgreichen gnädig herab? Wir malen Masken, Andrasch, nichts als Masken. Wenn es den lieben Gott geben sollte, muss er sich von diesem Dorf abwenden."

„Mich beunruhigt das nicht. Der Schimmel frisst ohnehin alles auf. Es ist, wie der Dichter sagt, alles gestundet. Nach hundert Jahren werden die Leute andere Launen haben, vielleicht auch andere Heilige."

„Es ist dieser verkürzte Blick, der uns verdirbt. Alles ist abrufbar geworden, und wir finden uns damit ab. Wir suchen nicht mehr das Absolute."

„Du hast zu viel gelesen, oder nicht das Richtige."

„Ich habe immer nur gehorcht. Die Eltern haben mich weggegeben als ich vierzehn war. Sie schenkten mich dem Kaiser und zeigten Stolz. Auf der langen Fahrt schon, und dann endgültig in der Kaserne an der Schwechat begriff ich, dass kein Weg wieder heimführen wird. Drill mit vierzehn – das bleibt haften. Wir parierten. Dreimal täglich das ‚Gott erhalte...' Einhundertfünfzig waren wir im ersten Jahrgang: Deutsche, Ungarn, Tschechen, Polen, Kroaten, Rumänen, Ruthenen, Juden. Alle dem gleichen Gehorsam verpflichtet und demselben schwierigen Vaterland. Vom Fenster aus konnte ich den Anninger im Wiener Wald sehen, südlich den Schneeberg von der aufgehenden Sonne angestrahlt. Aber wenn ich die Augen schloss, sah ich den Fluss vor unserem Dorf, die Mühlen, die Weiden im Wind. Einhundertfünfzig waren wir, und jeder schleppte ein anderes Heimweh über den Exerzierplatz. Im Treppenhaus hing ein monumentales Gemälde: Die Batterie der Toten. Es heroisierte die Österreicher in der verlorenen Schlacht bei Königgrätz. Wir lernten daraus, dass eine Niederlage nicht vom Gehorsam entbindet. Den Tod im Feld hätten meine Eltern hingenommen in Würde, nie hingegen den Austritt aus der Armee."

*

Es war der zweite Sonntag im September, als sich die Gemeinde zum ersten festlichen Hochamt in der renovierten und von Lerch künstlerisch ausgestalteten Kirche versammelte. Die Orgel dröhnte und der Kirchenchor, verstärkt mit den Singmädchen der Klosterschule, ergriff mit mühevoll einstudierten Kantaten die an schlichte Marienlieder gewöhnte Gemeinde. Auf dem Hochaltar brannten drei Reihen großer Kerzen, und die blau-weiße Gipsfigur der Gottesmutter in der Grotte verschwand nahezu unter dem Blumenschmuck, den die Marien-Kongregation ihr zu Füßen aufgehäuft hatte. Die Fahnen der Feuerwehr, des Männergesangsvereins und des Bauernvereins hingen ihre fromm-tapferen Sprüche ins Kirchenschiff, die Schuljugend stand vierreihig im Hauptgang, und Pfarrer Berghausen, von acht Ministranten umschwirrt, sang mit ausgebreiteten Armen sein feierliches Latein in den immer wieder neu aufqualmen-

den Weihrauch, bald den Männerbänken, bald dem Frauenblock segnend zugekehrt. Da war keine Lücke frei. Für die Ehrengäste waren zwei Stuhlreihen vor der Chorschranke aufgestellt, auf denen sich die Domherren, Popen, der Stuhlrichter, Pfarrer Berghausens Eltern und Geschwister, die Kranmichls, die Vereinsobleute sowie die beiden Künstler und ihre Mutter präsentierten, indessen der Bischof, vom Baldachin des Traghimmels überwölbt, auf erhöhter Stufe von allen gesehen werden konnte.
Lerchs Werk hielt dieser geballten Feierlichkeit stand. Rot und grau marmorierte Mauervorsprünge unterteilten die Wände in eine Folge gleicher Felder, die – mit zugeordneten Bildsäulen und Kanzel – ein neues Raumgefühl vermittelten, eingebunden in die Gewissheit des Gottgefälligen. Von der Gewölbedecke aber strahlte Lerchs großes Panorama mit seinen siebenunddreißig Gestalten – Männer, Frauen und Kinder nach Feierabend, halb mit den Gedanken noch auf dem Acker und mit Gesichtszügen, die Jakschis Fotoarchiv entliehen waren.
Pfarrer Berghausen hatte Lerchs Bildidee zum Thema seiner Festpredigt gewählt, dass nämlich im Glauben alle vereint sind und einander über das Zeitliche hinaus beistehen, „wenn wir Gott in uns aufzunehmen bereit sind". „Aber sind wir's?" fragte er seine demütige Gemeinde. „Sind wir's?" fragte Lerch, an sich selbst zweifelnd, der Predigt hinterher. Was brachte den Popen, den Stuhlrichter und Kranmichl dem göttlichen oder auch nur dem bischöflichen Segen näher? Erreichte dieser nicht in gleicher Weise auch die Leute vom Fluss, die, hinter den letzten Bänken stehend, das Kreuz wie die anderen

auch, von der Stirn zur Brust schlugen?
Lisi hob sich auf die Fußspitzen. Ihr Blick suchte Lerch. Unzählige Bauernrücken schoben ihn, unerreichbar, zwanzig Bankreihen nach vorn. Herr, erbarme Dich.
„Es ist meine Schuld, meine große Schuld", beteten Bischof und Priester. Kranmichl, der Sandausheber Gyuri und seine Tochter Lisi, Männer, Weiber und Kinder sanken auf die Knie und schlugen sich reumütig dreimal vor die Brust. Vom Glockenturm dröhnte das große Geläut, scheuchte die Tauben vom Kirchendach und verzitterte im Gebälk.

*

„Es steht geschrieben…", mahnt das Bibelwort und versinkt doch ungehört zurück in eine auf Vorrat gespeicherte Frömmigkeit. Das Wort vermag das Böse in der Welt nicht aufzuhalten, und so weißt du nicht, ob die am Morgen noch in Freundschaft geschüttelte Hand sich tagsüber nicht als Faust gegen dich erhebt. Nur die Schwachen sind friedlich, und wer schwächelt lebt gefährlich.
Das Jahr 1939 hätte ein gutes sein können oder doch ein gewöhnliches, das kommt und vergeht wie die anderen auch. Aber es war Krieg in Polen. Ein Blitzkrieg nur, ein militärisches Exempel, wie viele meinten. Weit weg, wie die Bauern dachten. Auf den alten Landkarten war es gar nicht vorhanden, dieses Polen, und das bisschen Krieg an der Ostsee würde weder dem Mais – er stand

gut – noch dem Wein Schaden zufügen. Dann aber war – wie konnte es geschehen? – der erste Kriegstote im Dorf zu beklagen. Der Sohn des Riemermeisters war an der Weichsel gefallen, neunzehn Jahre alt und kriegsfreiwillig. Der Schreck lähmte das Dorf und zwang ihm Sinnfragen auf, die alles wegspreizten, was bis dahin den Alltag bestimmt hatte. „Was geht's uns an?" Bauern und Taglöhner redeten sich heraus und gingen ihrer Arbeit nach. Was sonst wäre zu tun?

Matitzer wusste es und handelte. Er hatte das von den Eltern bestellte Requiem zu einer Heldenstunde umgestaltet, markig angereichert mit Zitaten von Gneisenau und Bismarck. Es ging um den Sieg, und dafür war kein Opfer zu groß. Er hüstelte vernehmlich in das lateinische Lamento des Pfaffen und fächelte sich den Weihrauch von der Nase, der sich über der verstörten Trauergemeinde verflüchtigte.
Es war das erste Requiem in Lerchs neu gestaltetem Kirchenraum, und die Alten flüsterten sich zu, dass es kein gutes Zeichen sein könne, schon gar nicht, wenn eines nicht vorhandenen Verstorbenen gedacht wird, erschlagen von einem Feind, der nicht erkennbar war. Pfarrer Berghausen meinte, an das Bibelwort anmahnen zu müssen, wonach, wer Wind sät, Sturm ernten wird.
Hörst das Bibelwort, nimmst es auf und verwahrst es im Inneren, und fängst doch wenig mit ihm an. Hast die festlichen Kirchweihpaare im Sinn, mit Tüchern und Kränzen geschmückte Mädchen in Tracht, den begleiten-

den Schritt der Jungmänner, fest und ohne Drohgebärde. Fürchtest, dass nichts von dem, was gestern noch die Welt zusammen hielt, heut zählt. Stapelst die Bilder übereinander: den Totenschrein des gefallenen Riemersohnes, die Sturmmützen der Jungbauern, die schwarzen Kopftücher ihrer betenden Mütter. Das Bibelwort. Hörst die frechen Kampflieder auf der Straße, aber noch liegt dir das Gloria der Festmesse im Ohr, mit der Pfarrer Berghausen seine Gemeinde in eine neue, frohe Frömmigkeit begleiten wollte. Zu früh wohl, oder zu spät schon.

*

Der Gendarmerieposten der Gemeinde hatte zwei Mann Verstärkung erhalten, und an jeder Kreuzung im Dorf gaben nun gelbe Schilder Richtung und Entfernung der Wache an, die gegenüber der Kirche im ehemaligen Großen Wirtshaus untergebracht war. Ein weiträumiges, schilfrohrgedecktes Haus mit neun Fenstern zur Straße und einer Tenne, wo früher getanzt wurde. Als der Bauernverein sein neues Heim baute, war der alte Saal nicht mehr gut genug, und nur der Einzug der Gendarmen in das verlassene Gebäude hatte es vor dem Abriss bewahrt. Hinter der schweren Eichentür im einstigen Ausschank hatte der Wachtmeister sein Büro eingerichtet, das eher wie ein kleiner Gerichtssaal aussah und als solcher auch empfunden wurde. Wen der Wachtmeister hierhin zitierte oder auch vorführen ließ, hatte sich nicht nur verdächtig, sondern schon so gut wie schuldig gemacht.

Die Gendarmerie verkörperte die Staatsmacht, mahnte, überwachte, drohte und prügelte. Griffbereit hing der Ochsenziemer am Kleiderständer, sichtbar für jeden und nur zwei Ellen entfernt vom Bildnis König Carol II., dessen kühner Blick, wenn schon nicht in die Zukunft, so doch weg vom Betrachter gerichtet war. Das Volk mochte ihn nicht. Selbst den schwäbischen Bauern war der Hohenzoller auf dem rumänischen Thron, der einen regalen Patriotismus einforderte und zugleich die Überwachung der Dörfer verstärkte, eher unbehaglich. Es gehe etwas vor in der Welt, wollte Matitzer wissen, ohne es gesagt zu haben, und daran würde auch die Aufstockung der Gendarmerie mit zwei Mann nichts ändern.

*

Museumsdirektor Magura hatte Lerch zu einem Besuch ins Museum eingeladen und brachte, einleitend, das Gespräch auf die allgemeine politische Lage, die zu unerwünschten Spannungen auf dem Kontinent und im Besonderen mit den Nachbarländern führte. „Wir machen die Grenze dicht“, bedauerte er nicht ohne Sorge. Wer sich aber nach außen abschotte, bemängelte er, finde nur noch Gefallen an sich selbst. Es lägen, teilte er mit, zeitbedingte neue Richtlinien vor. „Man will das Museum nationaler, und das wird seine Gründe haben.“ Sein Blick ruhte forschend auf dem schweigenden Maler „Historisch und gegenwärtig soll es das Staatsvolk in den Vordergrund stellen.“

Das mache das Malen nicht einfacher, bemerkte Lerch. Was ein Bild wert sei, gab Magura zu bedenken, bestimme die Zeit, der Markt oder auch nur die Politik. „Das Museum ist eine repräsentative Institution mit bildungspolitischem Auftrag. Dieser muss, sage ich mir, wenn er patriotisch ist, nicht falsch sein. Entscheidend ist, wie wir damit umgehen. Wir sollten den Auftrag nicht als Diktat empfinden, sondern als Normalität einer veränderten Lage. „Ihr *Flößer*", lächelte Magura, „dem Alltag entnommen, ist ohne Auftrag entstanden, Sie haben intuitiv die Gegenwart erkannt und sie authentisch gestaltet."

„Ich habe lediglich einen malerischen Moment festgehalten."

„An einem bestimmten Ort zu einer bestimmten Zeit. Eben nicht in Dänemark oder Polen und schon gar nicht in Österreich-Ungarn, sondern in unserem gemeinsamen rumänischen Vaterland. Heute. So einfach kann das sein, was an sich richtig ist. Nun sagen Sie nicht, das sei Rosinenklauberei", wehrte er Lerchs vermuteten Einwand schon im Ansatz ab. „Sie haben ein zweites Bild gemalt, das noch weniger unaufdringlich als der ‚Flößer' dem neuen nationalen Konzept entspricht. Ich meine Lisis Porträt."

„Sie scherzen!"

„Lisi ist, wie jeder weiß, nach dem Vater Rumänin. Warum sollte es bedenklich sein, das zu sagen? Es reicht, wenn es im Bildtitel geschieht, wenn es also heißen würde ‚Junge Rumänin'. – Ich könnte es ausstellen."

„Es befindet sich in Privatbesitz."

„Ich könnte es kaufen." – Das Museum bekäme für bestimmte Erwerbungen beträchtliche Mittel zugewiesen, vertraute Magura dem Maler an. „Ich kaufe den ‚Flößer' und die ‚Junge Rumänin' für das Museum an. Keiner zahlt zur Stunde besser."
So aber ist es mit dem Glück der Stunde. Du senkst den Blick, und es fährt dahin. Den „Flößer" könne er zusagen, gab Lerch bei, nicht hingegen Lisis Porträt. „Das Bild hängt in ihrem Zimmer, und es gehört, meine ich, dorthin. Nur dorthin."
„Wir könnten – wenn es Ihnen lieber ist, dem Bild einen anderen Titel geben. ‚Gheorghes Tochter' vielleicht, oder einfach ‚Eva'. Das tut keinem weh." Direktor Magura streckte die Hand aus und nahm sie, dem gesenkten Blick des Künstlers nachgebend, wieder zurück.
„Sie überraschen mich, Lerch. Ihre Aufrichtigkeit aber verdient Respekt. Sehr viel Respekt. Wir brauchen, sehe ich, mehr Zeit füreinander. Ich hoffe, wir bekommen sie." Er stieß mit dem Künstler an. „Der Herr erhalte uns so wie wir sind!"

*

Mennich hatte für seine Kunstausstellung die Verkaufsniederlassung eines Geschäftsfreundes bestimmt und diese mit Stellwänden, Rednerpult und Spruchbändern dem Ereignis angepasst. Eine repräsentative Auswahl von Würdenträgern und Ehrenbürgern hatte zur Eröffnung Aufstellung genommen, zu beiden Seiten von Trachten-

mädchen flankiert, jedes mit einem gestärkten Tüchel ausgestattet und den Haarknoten landesüblich mit einem kunstvoll geschnittenen Hornkamm aufgesteckt.
Lerch bekam seinen Platz zur Rechten Mennichs zugewiesen, der allerdings quer durch den Saal hetzte, Prominente und Freunde zu ihren Plätzen begleitete und für die zahlreichen, in die Halle drängenden Besucher Bänke hinzustellen ließ.
Lerch kam sich vor wie in einer Schaubude, wurde wildfremden Leuten vorgestellt, musste Hände schütteln und auf Fragen antworten, auf die er nicht vorbereitet war, und auf die, wie sich zeigte, zu antworten auch nicht erwartet wurde. Er schwitzte, schluckte eine aufkommende Übelkeit hinunter und rang sich bis zum erlösenden Augenblick durch, in dem Mennich ans Rednerpult trat.
Am Vorabend angereist, hatte er bei Sebastian Schingk, einem in der Stadt ansässigen Künstler-Freund, übernachtet und knapp gefrühstückt. Schingk, ein viel beschäftigter Bildhauer, nahm an der Ausstellung mit dem Entwurf eines Kriegerdenkmals teil, wie sie nach dem Ersten Weltkrieg überall aufgestellt worden sind – Reliefs mit dem sterbenden Krieger in Bronze oder die trauernde Mutter in Stein gehauen. Es mangelte nicht an Aufträgen dieser Art, und so konnte Schingk der Ausstellung gelassen entgegen sehen.
Beeindruckt von der Geschäftigkeit des Freundes, suchte Lerch Zuflucht im Mantelschatten des Tüchtigeren, der sich keineswegs mit der Rolle eines Zaungasts abzufinden bereit war, sondern auf Wirkung bedacht auftrat, das

ungünstige Licht bemängelte, lauthals über die zum Teil mit bunten Tapeten verkleisterten Wände lästerte und alles zusammen genommen als ein künstlerisch kaum vertretbares Sammelsurium bezeichnete. Öle, Aquarelle und Mischtechniken wurden gezeigt, Genrebilder, Stillleben und Auftragsporträts, dazu Entwürfe zur Gestaltung von Dorfplätzen sowie Modelle für Denkmäler und Ehrenhaine. Lerchs großformatigen Bauernbilder, an der Stirnwand aneinander gereiht, wirkten in ihrer formalen und thematischen Geschlossenheit monumental, beherrschten optisch den Saal und fanden, wie von Mennich nicht anders erwartet, den größten Zulauf der Besucher und die beste Benotung der Jury. Kunstfreunde und -kenner waren in sie berufen worden, dazu der bischöfliche Vikar sowie der Stadtverordnete für Kunst und Bildung. Von Dr. Magura hatte man abgesehen. Er vertrete, wie man zu wissen meinte, formal und inhaltlich eine andere Richtung, die den amtlich verpflichteten, oder besser entmündigten, Staatsdiener erkennen ließe.
Kenner wollten in Lerchs Bauernbildern Gestaltungselemente des Tiroler Malers Egger-Lienz feststellen, was indessen eher anerkennend als einschränkend empfunden wurde und so auch in die Bewertung einfloss, die Lerch den Großen Preis der Ausstellung zuerkannte. Beifall rauschte auf, Fotografen umschwirrten den Künstler, Presseleute drängten heran, Gratulanten aller Kategorien, alte Bekannte und solche, die sich dafür hielten, Kollegen und solche, die es gern sein wollten. Mennich stand ihm mannhaft zur Seite, beantwortete sämtliche

an den Künstler gerichteten Fragen, einschließlich solcher, die dessen Zukunft betrafen. Er sprach von großen Plänen und hob dabei die Besonderheit des in ländlicher Abgeschiedenheit schaffenden Künstlers hervor. Das befähige ihn dazu, die Urkraft des Ackers in seine Bilder zu übertragen, in denen der neue Zeitgeist erkennbar sei, dem der Künstler folge, ja geradezu gehorche. Lerchs zaghaft abwehrende Handbewegung wurde im festlich gestimmten Saal kaum wahrgenommen oder bestenfalls, wo sie gesehen wurde, als eine den Künstler auszeichnende Bescheidenheit ausgelegt und honoriert.
So war es am Tag darauf auch in den Zeitungen zu lesen, die Mennich wortführend an der Seite des Künstlers zeigten und meldeten, dass sämtliche Bauernbilder Lerchs ihre Käufer gefunden hatten. Zu Preisen, die Mennich, die Gunst der Stunde nutzend und nicht zum eigenen Schaden, zu verdoppeln verstanden hatte.
Der noch immer fassungslose Lerch hatte den Bildhauerfreund in ein Vorstadtlokal eingeladen. Sie gönnten sich ein ungarisches Gulasch und bereits die zweite Flasche Kadarka. Die Sonne schien, und die Kellnerin schwenkte keck das Röckchen. Schingk hatte den Auftrag für ein neues Kriegerdenkmal in der Tasche, und Lerch war zum ersten Mal in seinem Leben mit einem Bankkonto ausgestattet.
„Was fängst du an mit dem Haufen Geld“, fragte Schingk?
„Ich heirate“, sagte Lerch.

*

Mehr noch als die Meldung über Lerchs Ausstellungserfolg erregte seine Heirat mit der Tochter des Sandaushebers das Dorf. Beim Plättenwirt draußen war Hochzeit gefeiert worden, immerhin von Pfarrer Berghausen christlich getraut, wenn auch nicht in der neu ausgemalten Kirche, sondern unter dem alten Flurkreuz, das die Gemeinde vor dem Damm gegen die Hochwassergefahr hatte errichten lassen. „Mir ist Gott hier näher", hatte es Lerch zu begründen gesucht, was der Pfarrer richtig stellen zu müssen meinte mit dem Hinweis, dass der Herr überall und immer zugegen sei, was unwidersprochen blieb oder auch überhört worden ist.

Die Zigeuner schrammelten auch hier wienerische, ungarische und rumänische Weisen aus ihrem multiethnischen Gedächtnis, wiederholten was besonders gefiel und begleiteten den aufkommenden Gesang der Hochzeitsgesellschaft, die von Jowan aufs Beste versorgt wurde mit geräuchertem Sterlett, gespicktem Schweinebraten, Krautwickel und Weißbrot, auf der Glut gebacken, die Ofenhitze noch im Laib. Wein vom Besten hatte Lerch bestellt, und es war Jowan nicht zu beschwerlich gewesen, drei Dörfer weit bis Triebswetter zu fahren und den Wein in sieben Kellern zu kosten, auf Traube, Fass und Schwefel zu prüfen sowie auf die verträgliche Menge für den trinkfesten Mann, an der die Qualität des Weines nachwirkend noch einmal gewogen wird. Die Taglöhner freilich greifen lieber nach dem doppelt gebrannten Zwetschgenschnaps, der zu jedem Gericht

passt, gesprächig macht, vorlaut auch und schließlich den stärksten Mann umwirft.
Es war Gyuri bis auf den Tag nicht nachzureden, dass seine Schippe weniger gehäuft, der Schwung des Arms flacher geworden wäre, und so durfte sein Schluck aus der Flasche auch heute nicht kleiner als üblich sein. Er hatte das Wort im Ohr, das Lisis Mutter in ähnlichen Fällen zu sagen pflegte, dass man auch für die menschlichen Schwächen ein Herz haben müsse. Diesen Tag heute, den hätte sie noch erleben müssen, aber den Tod kümmert's nicht. Nichts hält ihn auf.
Daran hatte Gyuri an diesem Ehrenabend seiner Tochter erinnern wollen, an das Glück und Weh des Lebens, und wie alles dazugehört. Anders als beim Sandsieb, hätte er sagen mögen, lässt sich im Leben Grobes vom Feinen nicht trennen und nicht in verschiedene Loren kippen. Kannst die Weiche nicht beliebig umstellen, wollte er dem jungen Paar zu bedenken geben, und nichts hätte ihn daheim am Küchentisch daran hindern können. Hier aber, an der festlichen Tafel, und dessen war er sich gewiss, hätte ihn seine Frau unmissverständlich am Ärmel gezupft und gesagt, dass es seine Sache nicht sein könne, das Reden. Waren es aber nicht seine Nachbarn, die neben ihm saßen? Ehrbare Männer und Weiber, herausgeputzt zwar, eingeknöpft in zu enge Jacken, gleichwohl aber Leute von nebenan, die das, was sie zu hören bekamen, nicht wissentlich verdrehten.
Dieser Andrasch vielleicht und Jakschi, der Fotograf – wie soll man es sagen, da schaut einer nicht ganz durch. Jakschi hantierte ununterbrochen an seiner Kamera,

während Andrasch auf seinem Stuhl klebte und in die zunehmend lauter werdende Runde schwieg. Der leere Platz an seiner Seite und das unbenutzte Gedeck – für Lerchs Mutter gedacht – brachen eine sichtbare Lücke in die Hochzeitsgesellschaft, und einen kurzen Augenblick lang sprang Gyuri deswegen der Zorn an und schnitt ihm eine steile Falte in die Stirn. Er füllte nach und vertrieb die Ungeister mit einem erlösenden Rülpser. Dann aber meinte er, doch seinen Mann stehen zu müssen. Obenan saß immerhin seine Tochter an der Seite des Erwählten – die Muttergottes beschütze beide und die Kinder, die zu erwarten waren. Dieser Schwiegersohn war Ehre und Last zugleich. Er nahm ihm die Tochter aus dem Haus, redete herzlich wenig und malte was sonst keiner sieht. Auf die Tischplatte gestützt erhob er sich. Der Rücken schmerzte und kippte den Leib in die Schräge. Die Zigeuner hörten zu spielen auf, und die Hilfskellnerin unterbrach ihren Dauerlauf zwischen Küche und Garten. Gyuri hatte den Ellbogen bedeutungsvoll angewinkelt und stemmte sich gegen das Schweigen. „Meine Frau – der Herr lasse sie ruhen in Frieden“, begann er. „Also, ihr habt sie ja alle gekannt, nicht wahr, und ich habe sie geliebt, so wie ich es verstand. Also, sie fällt mir gerade ein, wo doch ihre Tochter, die Lisi, unser Kind…“ Die Laute stauten sich hinter den Zähnen und stürzten aus der Ordnung. „… Ihr großer Tag“, brachte er noch heraus, „heute …, wir alle wissen es und keiner so gut wie ich, … denn sonst zählt nichts als, … nein, sonst nichts…“ , „… als die Liebe“, ergänzte der Pfarrer. Gyuri nickte, behielt den Kopf unten und weinte in den Schleier der Tochter.

Jakschi schoss sein letztes Bild an diesem Abend, stellte die Requisiten in die Ecke und nahm auf dem freien Stuhl neben Andrasch Platz. Die Kellnerin schob dem verspäteten Esser den Braten zu und stupste den genüsslich vor sich hin duselnden Andrasch in die Seite. „Nun, mein Verehrtester, wann feiern wir Ihre Hochzeit?"
Sie fragte, wie man nach dem Wetter fragt, und so fiel auch die Antwort wettermäßig aus. „Ach", Andrasch zeigte ein dünnes Lächeln, „ich habe Mama, und mehr Weib benötige ich nicht."

*

Sah so das Glück aus? Zu zweit im Bett, der gedeckte Frühstückstisch um halb acht, Lisi in der Küche bis zwölf, um zwei den Kiesweg hinunter, um in Gyuris Hof und Garten nach dem Rechten zu sehen, dann wieder den Kiesweg zurück, vorbei an Hühnern und wiederkäuenden Kühen. Die Nachbarn grüßten, zogen auch schon mal den Hut und fragten, wie's sei? Lachten und dachten sich was dabei, und waren mit jeder und auch mit keiner Antwort zufrieden. Hauskatzen machten einen Buckel, und alle Köter schliefen, die Kette am Hals. War also bald wieder zurück bei Lerch. Lisi wollte ihn ganz, den Mann, den Künstler, seine Zeit, seine Kraft, seine Gedanken und seine ganze Begierde. „Woran denkst du?" fragte sie, wenn sich sein Blick wegstahl. „Ich denke nicht", erwiderte er, „ich bin da, wie ein Baum, wie das Gras, wie der Wind."

Sie wollte nicht sein wie ein Baum. Sie wollte unentbehrlich sein und von ihm hören, dass jetzt alles viel schöner sei als vorher. Er war zwanzig Jahre älter als Lisi, und sie stellte ihre ganze Hingabe gegen alles, was vorher in seinem Leben gewesen sein mochte. Er schwieg, wenn sie ihn danach fragte, und schwieg, bis sie zu fragen aufhörte. Sie überließ ihren Körper seinem Blick, den Händen und Lippen, dem Ungestüm, mit dem er in sie drängte. Sie wollte ihn, diente, klammerte. „Ich verliere den Verstand", keuchte sie in seine Erschöpfung. „Wir kommen ohne ihn aus" wagte er zu antworten, und brachte beide zum Lachen.
Lisi genoss die neue Würde an Lerchs Seite, nahm, wenn es um die Kunst oder um Geschäftliches ging, gefügig die ihr zufallende Nebenrolle an und bestritt in guter Selbstverständlichkeit den Küchenalltag, ohne den, wie es Lerch ausdrückte, die Kunst Magenkrämpfe bekäme. „Sie hat ihn in Ihrer Gewalt", wollte Mennich erkannt haben, und Jakschi, außer Hörweite, sagte sich, dass ein so gehäuftes Glück nur abnehmen könne.
Andrasch machte seine brüderliche Pflichtvisite bei dem jungen Paar und überraschte es mit einem Hochzeitsgeschenk aus der mütterlichen Vitrine, einer kostbaren Chinoiserie, für die allerdings in Lerchs Einraumhaus ein auch nur annähernd angemessener Platz nicht zu finden war. „Das Zeug stört", nörgelte er. „Vielleicht soll es das", konterte Andrasch, bemüht, nach beiden Seiten hin verbindlich zu bleiben.

*

„Sie ist tot.“ Jakschi warf sich aufs Sofa und lehnte ab, als Lerch, wie sonst, nach der Flasche griff. „Sie ist tot und hat den Attila noch einmal begraben. Alles, alles hat sie ins Grab mitgenommen.“ Er trauerte nicht – er war wütend und kam sich ausgetrickst vor. „Ich war so nahe dran, und sie zerging vor Eifer.“
„Sie hat jetzt ihren Frieden, die Marie.“
„Der Doktor hat's mir verboten, sie in ihren letzten Tagen zu besuchen. Sie sei zu schwach, faselte er, und jetzt ist sie auf einmal weg. Ausgelöscht. Stumm, das arme Ding. Ich hätte sie berühmt gemacht, vielleicht auch reich.“
„Sie hat jetzt ihren Frieden, die Marie“, wiederholte Lerch.
„Wenn ich wieder gesund bin…“, pflegte sie zu sagen, und war doch schon irgendwo im Unfassbaren. Unerreichbar schon. Nur noch ein Hauch, und selbst das nicht mehr. Kein Mensch und kein Gott an ihrer Seite. Ein Engel allein. Alles zerfällt – der Leib, der Sinn und was du sonst noch fest zu halten versuchst. Lass es ruhen, sage ich mir, lass alles, was in dieser gottverdammten Erde zerfällt, ruhen. Fluch und Segen, jede kleine Gewissheit und jeden Traum.

*

Der Krieg war jetzt überall, und es wurde an allen Fronten gesiegt. Die Bauern im Dorf, und sogar die Leute am

Fluss meinten, zu den Siegern zu gehören, zumal das neue Vaterland, im Abwarten geübt und ohne Möglichkeit ändernd einzugreifen, den Dingen ihren Lauf ließ. In Regierungskreisen wie im Volk verbreitete sich allerdings der Unmut darüber, möglicherweise mit den einstigen Kriegsgegnern kollaborieren zu müssen, die zum Kampf gegen die Bolschewisierung Europas aufriefen und zugleich die Revision der Grenzen von 1918 anmeldeten. Auch die als unverhältnismäßig empfundenen Gebietsanschlüsse, die nach dem Ersten Weltkrieg das bis dahin politisch kaum wahrgenommene Königreich Rumänien zu Großrumänien aufblähten, sollten in Schiedssprüchen neu geregelt werden – begünstigt von dem durch jüngste Eroberungen nicht weniger aufgeblähten Großdeutschen Reich. Seltsamerweise vermeinten die schwäbischen Jungbauern in den markigen Reden des „Führers" eigene Sehnsüchte heraus zu hören, und ihre sonst unpolitischen Frauen wollten darin die Vorsehung erkennen, die stets dann mit Nachdruck zitiert wird, wenn Handfestes zur Beurteilung von Entwicklungen fehlt. Pfarrer Berghausens ebenso besorgten wie streitbaren Kanzelreden verhallten weitgehend wirkungslos und verhinderten nicht den Zulauf zu Dr. Matitzers uniformierten Kolonnen, die im Gleichschritt durch den Straßenstaub stampften und zunehmend den Unmut der Behörden erregten. Die Gendarmerie der Gemeinde flankierte bewaffnet die Kolonnen, und in den Berichten des Wachtmeisters an sein Inspektorat häuften sich Hinweise auf die politische und rechtliche Bedenklichkeit der Aufmärsche.

Der Anweisung, zwar behutsam aber wirkungsvoll dagegen vorzugehen, kam der Wachtmeister mit ungewöhnlicher Emsigkeit nach, indem er Dr. Matitzer vorladen ließ und, nach kurzer Anhörung, gewissermaßen bei Wasser und Brot, in Gewahrsam nahm. Dessen Einwand, dass solche Maßnahmen nur für Taschendiebe und Brandstifter angemessen seien, begegnete der Wachtmeister mit verletzender Gelassenheit. „Es ist Brandstiftung, die Ihnen vorgeworfen wird."

Nur wenige Stunden nach der Festnahme musste der Wachtmeister allerdings mit ansehen, wie die eilig zusammengetrommelten Gefolgsleute Matitzers, Kampflieder singend, am Gendarmerieposten vorbeimarschierten und, zur Verblüffung aller, nach einer Kehrtwendung wieder da waren und die Stiefel in den Boden trommelten. Es waren seine „unbeugsamen Männer", die Matitzer draußen singen hörte. Der Wachtmeister sah vom Fenster aus zu, ohne das „germanische Hurenpack", wie er fluchte, wegpusten zu können. „Das ist entschieden zu viel", zischelte er seinen beiden Untergebenen zu, die Haltung annahmen und, ihrem Eid entsprechend, keine eigene Meinung vorbrachten.

Auf den patriotischen Übereifer des Wachtmeisters folgte dessen nachhaltige Demütigung, als er sich bereits am Tag darauf, auf höhere Anweisung hin, gezwungen sah, Dr. Matitzer, auf freien Fuß zu setzen. „Ich handle nach Vorschrift", bemerkte der Wachtmeister zum Vorgang. „Ich auch", war die knappe Antwort Dr. Matitzers, der eine Woche danach seine neue Dienststelle dem Gendarmerieposten unmittelbar gegenüber einrichtete und somit dem, nach seiner Einschätzung, gewöhnungsbedürftigen und knieweichen „Feldhasen“ die Hakenkreuzfahne vor die Nase hing. Er war zum Ortsgruppenleiter ernannt worden, was rangmäßig einzuordnen sich dem Wachtmeister entzog, ihn aber dazu aufstachelte, nun seinerseits mit Fug und Recht die rumänische Nationalfahne, wenn auch auf der anderen Straßenseite, zu hissen.

*

Lerch meinte, sich einigeln zu müssen und betrachtete sein Häuschen am Fluss als Trutzburg gegen die Irrläufe der Zeit. Er errichtete ein Atelier im Garten – holzverschalt, das große Fenster nach Norden hin in den dünnen Schatten der Akazien geschmiegt. Tiefer gelegen als das Wohnhaus, war das Atelier allerdings dem Hochwasser ausgesetzt, das jährlich nach der Schneeschmelze über die Ufer trat. „Am besten, es fließt unten durch“, riet Gyuri und erhöhte unwidersprochen die gemauerten Stützen, auf denen das Atelier ruhte, auf vier Fuß. „Das Wasser hält sich an keine Vorschriften, und so ist es besser, du lässt ihm seinen Willen. Es kommt Jahr für Jahr wie Ostern und Weihnachten. Es ist das Gesetz.“
Das obere Haus, wie es jetzt genannt wurde, bereitete sich indessen auf den sich ankündigenden Zuwachs vor. Eine Wiege und ein zusätzlicher Wäscheschrank waren unterzubringen, der Lehmboden sollte mit Brettern gedämmt werden, das Küchengeschirr war zu ergänzen. Hinter dem Haus wurde ein Gemüsegarten angelegt

und ein Rebenspalier gepflanzt, junge Zwetschgenbäume säumten den Kartoffelacker. Was bisher sich selbst genug schien, konnte es nun nicht mehr sein. „Die Familie macht dich zu ihrem Sklaven“, hatte Jakschi gelegentlich eines Besuches im noch unfertigen Atelier dazu geäußert, Bruder Andrasch aber verzog spöttisch die Unterlippe und behielt das, was zu sagen gewesen wäre, besser für sich.
Im Dorf hatte Dr. Matitzer den Besuch einer Kompanie reichsdeutscher Infanterie angekündigt und vorbereitet. Hakenkreuzfahnen flatterten in den Gassen als die Feldgrauen in Marschordnung eintrafen, mit Blasmusik empfangen und von Dr. Matitzer als Sendboten des Mutterlands willkommen geheißen. Zwei Übernachtungen waren vorgesehen, dazu ein Kameradschaftsabend mit Tanz und, auf besonderen Wunsch der Soldaten, der Besuch der Sonntagsmesse. Den Gästen wurde in den Bauernhäusern überreichlich vom Besten aufgetischt, was vorrätig und kurzfristig aufzutreiben war, und das öffnete den Brüdern aus dem Mutterland ganz schnell das Herz für ihre Landsleute im Banat, von denen sie bis dahin nichts gehört hatten. Auf dem Kameradschaftsabend bedankte sich die Kompanie mit drei Soldatenliedern über das Heideblümelein Erika, über Annemarie und Rosemarie und Sanssouci am Mühlenberg. Die Bauernmädchen, die Anna, Resi und Marianne hießen, schunkelten mit den Gefreiten und Einfachen, die ihnen Dinge zuflüsterten, die sie zum Kichern brachten.
Dem Gendarmerie-Wachtmeister hatte man einen Platz am Tisch der Unteroffiziere zugewiesen, während Dr.

Matitzer obenan mit den Offizieren anstieß. Da sah er schon einmal darüber hinweg, dass die Feldgrauen tags darauf geschlossen den Gottesdienst besuchten und bei der Wandlung sogar niederknieten, den Rücken beugten zu dem Latein, das Pfarrer Berghausen über sie hinweg wisperte. Er predigte im schlichten Chorhemd, nannte die Soldaten christliche Kameraden und griff dabei auf das alte Stoßgebet der Krieger „Gott mit uns" zurück, das die Soldaten für alle sichtbar auf dem Koppelschloss trugen.

Was sie, nach ihrem Abzug, hinterließen, war eine ungewöhnliche Mischung von schicksalhafter Verbundenheit und aufkommender Sorge. Sie hatten dem Dorf ins Bewusstsein gebracht, auf welcher Seite es sich befand. Die Jungmänner marschierten jetzt mit dem Erika-Lied auf, der Ortsleiter genoss sich zunehmend selbst, und so waren es hauptsächlich die Mütter und Großmütter, die noch hin hörten, wenn Pfarrer Berghausen in den Sonntagspredigten anmahnte, dass alles immer noch und allein in Gottes Hand liege.

Lerch hatte den bewegenden Kniefall der Feldgrauen in der Kirche skizziert, ohne darauf aus zu sein, den Krieg zu seinem Thema zu machen. Er spürte ein inneres Missverhältnis zum Großdeutschen Reich der Nationalsozialisten, das sich sein Österreich einverleibt hatte oder doch das, was der letzte verlorene Krieg davon übrig gelassen hatte. In einem Gespräch mit Mennich erinnerte er daran, wie er 1918, als der Eid auf den alten Kaiser nichts mehr galt, sich dennoch nicht von ihm zu lösen vermochte. „Die Treue macht blind."

„Sie macht hörig", stimmte Mennich zu. Seit Dr. Matitzers Aufstieg war er, als realitätsferner Schöngeist geschmäht, aus allen Zuständigkeiten ausgesondert worden. „Das Kommandieren", setzte er hinzu, – „es ist ja wieder groß in Mode gekommen – lässt eigenes Denken nicht zu. Köpfe sind unerwünscht, wo der Helm zählt." Die Kunst, und um sie war es Mennich zu tun, gedeihe nicht in der Kaserne und nicht in einem Umfeld, in dem laufend zu hören sei: „Alles hört auf mein Kommando!" Mennichs frühere offensive Unternehmungsfreude war einer subtilen Nachdenklichkeit gewichen, die sich mit kleinen, wirkungsfreien Weisheiten begnügte, fernab von den Marschliedern, die nun auch aus den Klassenzimmern der Schule zu hören waren. Helle Knabenstimmen, die noch vor einem Jahr „Ein Vogel wollte Hochzeit machen" oder „Lustig ist das Zigeunerleben" gesungen hatten und den Feind nicht kannten, der zu schlagen war – koste es, was es wolle.

Die Gendarmen patrouillierte nun auch nachts, und der Wachtmeister schrieb lange Berichte über die Unbotmäßigkeit der schwäbischen Bauern, die ihr Vaterland woanders zu suchen schienen. „Wir können nur zusehen", meldete er, „und verlieren unsere Reputation."
Dr. Matitzers Dienststelle verjüngte gleichzeitig die Kolonnen mit Schülern und Schulabgängern im Braunhemd. Die Siegesrune auf der Koppel traten sie in einer neuen Rangordnung an, die weder den Reichsten noch den Klügsten vorzog. Es zählte der Schneid und der unbedingte Gehorsam. Nur Schwache fragen, der

Starke handelt. Noch beschränkten sich die Mutproben auf Kampfspiele, Nachtmärsche und kurzfristige Kasernierungen. Das Schießen wurde geprobt. Das Treffen. Für den Anfang mit einem Luftgewehr, dann mit dem Kleinkaliber.
Kranmichl blieb diesem Treiben fern. Strammstehen vor anderen war seine Sache nicht. Er besaß den größten Hof, hatte die schönsten Pferde, saß mit dem hochwürdigen Herrn Bischof an einer Tafel und hatte die Ausmalung des Gotteshauses mitgetragen – er war nicht irgendwer und schon gar nicht einer, der sich was sagen ließ. Dass auch Andrasch nicht ein Mann der Tat sein wollte, verwunderte nicht. Vom Ortsgruppenleiter verächtlich aussortiert, näherte er sich im Umgang Mennich an, der Andraschs Kleinkunst schätzte und auch schon mal einen Käufer dafür zu finden verstand. Aus dem Winkel ihrer Bedeutungslosigkeit sahen sie mit zunehmender Befremdung zu, wie es Matitzer gelang, die sonst eher schwer zugänglichen Bauern in Reih und Glied zu zwingen und von einer neuen Pflicht zu überzeugen, die über allem zu stehen hätte.
„Wohin, frage ich, marschiert einer, der sich selbst verlässt?“
Andrasch, anders als der geltungsbedürftige Mennich, zeigte Gelassenheit. „Stur geradeaus. Aber auf Kommando.“
Mennich befürchtete das Schlimmste. „Wenn Matitzer verliert, gehören wir mit zu den Verlierern; gewinnt er, verlieren wir erst recht.“
Es fiel auf, dass die Beiden neuerdings gemeinsam den

sonntäglichen Gottesdienst besuchten und danach unter den Alten zu sehen waren, die noch eine Weile im Kirchgarten sich die Sorge darüber zutuschelten, möglicherweise als Volksdeutsche heim ins Reich befohlen zu werden. Genauer, wie Mennich es zu wissen vorgab, auf polnische Höfe an der Warthe, und das wollte er sich selbst und anderen doch lieber nicht empfohlen haben. Pfarrer Berghausen, dem es zugetragen wurde, fand es bemerkenswert, notierte es in sein Tagebuch und lud das so ungleiche Paar zum Kaffee ein, zum Plaudern und dann zum Tarock, was zu einer über das Kartenspiel hinausreichenden Männerfreundschaft führte, die es hinnahm, von Matitzer als „Heilige Allianz" bespöttelt zu werden.

*

Der Einberufungsbefehl traf Lerch völlig unvorbereitet. Er war immerhin knapp über vierzig, und seine vorzeitig abgebrochene, im Übrigen wenig rühmliche, Offizierslaufbahn bei der alten kaiserlichen Armee war alles andere als eine Empfehlung für die nun königliche, die ihm in der neuen Kommandosprache den Rang eines „elev plutonier", eines Zugsführer-Eleven zuerkannte. Ein bereits ergrauter und militärtechnisch rückständiger Fähnrich, zu den untersten Chargen zählend in einem Heer, in dem geprügelt wurde und die einfachen Soldaten, wenn das Schuhwerk knapp war, barfuß liefen. Er hatte keinen Trost für Lisi, die ihr erstes Kind erwartete und nicht begriff, warum der Anspruch des Vaterlandes auf den Mann an ihrer Seite Vorrang haben sollte. „Das lässt sich vielleicht regeln." Lerch dachte an die Käuflichkeit der schlecht bezahlten Offiziere, die für den Hinterschinken eines Mastschweins schon mal die vaterländische Ergebenheit einstweilig aufhoben oder doch bis zum nächsten Hinterschinken ruhen ließen. Für einen Krieg, wollte er wissen, sei das Land nicht gerüstet. Selbst für eine Drohgebärde sei man zu schwach, für eine solche aber meinte der König sich wohl aufraffen zu müssen, wenn ringsum der Kontinent brennt.

Pünktlich und vorschriftsmäßig eingekleidet meldete sich Lerch beim Kommandanten der 4. Batterie, Hauptmann Codreanu, der gerade abwesend war und erst sechs Tage später Lerch antreten ließ. „Bist in die Jahre gekommen, Fähnrich. Verheiratet? Kinder?" Hauptmann Codreanu signalisierte Verständnis für den angegrauten Eleven Lerk, wie er den Namen, entsprechend der rumänischen Lautung aussprach. Auffallend viel Verständnis. „Natürlich kann ich Befehle nicht verhindern", bedauerte er, „zumal das Vaterland alle Männer braucht. Den einen mehr, den anderen weniger", schwächte er augenzwinkernd ab. Er entließ Lerch, der im Vorzimmer, nicht eben überraschend, auf den Burschen des Hauptmann stieß, dem die so genannten Bagatellen zufielen. „Von Bildern hält er nichts", winkte der Bursche ab, nachdem er Lerch nach dessen Beruf gefragt hatte. „Bring vom Üblichen nicht zu wenig, und denk auch an mich."

Gyuri, der den Hinterschinken besorgt und den Weg zu Codreanus Privatquartier in die Stadt auf sich genommen hatte, erledigte alles ohne tieferen Groll. Den Krug für den Burschen füllte er aus dem eigenen Vorrat an Maulbeerschnaps. In ein Fünfzig-Liter-Fässchen abgefüllt, hielt der Doppeltgebrannte Gyuris Jahr im Gleichgewicht, stärkte, versöhnte und machte auch dann froh, wenn die Freude mal vor der Tür blieb. Wer, wie er, nur einen Gemüsegarten besaß, schüttelte nach Feierabend die reifen weißen und schwarzen Beeren aus den knorrigen Bäumen, die einst auf Anordnung der Wiener Hofkammer entlang der Landstraßen gepflanzt worden waren – zur Förderung der Seidenraupenzucht, die den Bauern ein Zubrot und der kameralen Manufaktur einen Anschub bringen sollte, indessen weder das eine noch das andere voran brachte. Die Bäume überdauerten die Kaiser der nächsten zweihundert Jahre nach Maria Theresia, wurden mächtig, und warfen nun ihre unscheinbaren Früchte unhistorisch aber bereitwillig in die Planen und Flachkörbe weniger bemittelter Männlichkeiten.

Codreanus Bursche räumte den Schinken weg, entkorkte den Krug und nahm einen Probeschluck. „Dud“, stellte er fest, „Maulbeere.“ Er war ein Kenner. „Selbstgebrannt“, betonte Gyuri. „Sauber.“ Es herrschte Einigkeit unter den beiden Männern, und der Bursche meinte, dass der Herr Eleve den kommenden Sonntag bereits wieder bei den Seinen zu Hause verbringen würde.

So war es. Lerch und Gyuri tranken, wieder vereint, einander wie zwei Kumpane zu, denen ein Streich gelungen war. Die Sonne schüttete ihr Licht wie eine frohe Verheißung über das Land. „Wir sollten uns für die nächste Zeit gehörig mit Räucherschinken eindecken“, witzelte

Lerch und rechnete mit zwei weiteren Lieferungen an den Hauptmann. „Bereite dich besser auf vier vor“, riet Gyuri. „In der Politik dauert alles etwas länger.“ Lerch stimmte zu. „Für die Schweine wird's ein schlimmes Jahr.“

Lisi trug Langosch auf, das heiße Fett knisterte auf der Kruste und verströmte den Duft von Fülle und Geborgenheit. Lerch langte mit den Fingern zu, riss den dampfenden Fladen auf und meinte, wenn auch auf Abruf, glücklich sein zu dürfen.

*

Drei Wochen später lieferte Gyuri den zweiten Hinterschinken ab. Mit dem Frühzug zur Stadt, bei Sonnenaufgang dann mit der Straßenbahn bis zur Haltestelle Tribunal, zu Fuß zwei Ecken weiter, eine Allee mit Kugelakazien entlang und dann zur Mansarde hoch, wo der Bursche, diensteifrig und sichtbar eingeübt, Schinken und Schnapskrug im Türspalt entgegen nahm, über die Schnürschuhe hinweg, die überdrüssig und mit abweisenden Nagelsohlen den Eingang verstellten.

Gyuri mochte die Stadt nicht. Sie verausgabte sich im Unnützen. Was waren das schon für Bäume, diese lächerlichen Kugelakazien, die weder richtigen Schatten spendeten noch brauchbares Schnittholz lieferten, den Regen nicht abhielten und noch weniger den Wind. Als geradezu erdrückend empfand er die Schrägdecke in der Mansarde des Burschen, die nur einen dünnen Lichtschlitz in Kniehöhe zuließ und in der rissigen Unterkante die Kakerlaken durchließ. Die große Etage freilich, die aus sechs hohen Fenstern über die Kugelakazien hinwegsah, blieb ihm verschlossen. Da kommst du nicht rein, ohne Hauptmann zu sein. Und selbst dieser verschaffte sich den Zutritt erst über das Ehebett und in der Einsicht, dass an der Schwelle zur Beletage seine Befehlsgewalt spurlos versiegte. Madame wünschte, forderte und bekam den ihr zustehenden Respekt. „Madame haben das Schinkenfleisch gelobt", ließ der Bursche den demütigen Überbringer wissen, und damit war Lerchs nächste Beurlaubung so gut wie genehmigt.

Inzwischen war das benachbarte Jugoslawien, über Nacht und gewissermaßen nebenbei, von deutschen Truppen besetzt worden. Es war ein schneller Sieg, und noch war nicht zu sehen, was mit ihm anzufangen gewesen wäre. Was würde er verändern? Was verderben? Der Plättenwirt Jowan bediente nach wie vor alle Gäste und redete weiter mit jedem in seiner Sprache. Nur wenige Kilometer entfernt aber lebten hinter der Grenze seine serbischen Verwandten. War ihre Niederlage zugleich ein Sieg der schwäbischen Bauern am Nebentisch? War man Serbe und Deutscher, und dann erst Nachbar?
Lerch meinte, sich dieser Frage nicht stellen zu müssen. „Zwischen uns bleibt alles wie es ist", sicherte er Jowan über die Theke hinweg zu. Aber wie war es? Das Land machte weiter mobil, füllte die Kasernen mit Reservisten und belegte in den Grenzdörfern Quartiere für Offiziere und Mannschaften. Kavallerie schwärmte ins Manöver

aus, kartätschte blind aus Haubitzen und Mörsern, noch ungewiss darüber, wo der Feind stand. Obwohl Gyuri mit dem Räucherschinken nicht in Verzug geraten war, flatterte dem Eleven Lerch eine neue Einberufung ins Haus. Zwei Tage später meldete er sich bei der Batterie. „Befehl von oben", entschuldigte Hauptmann Codreanu den Vorfall. „In zehn Tagen jedoch, sage ich mal, schläfst du wieder bei deiner Frau."

*

Die Montur saß schlecht. Der schwere Wollstoff scheuerte, und beim Anlegen der Wickelgamaschen bediente sich Lerch aller verfügbarer Verwünschungen in der Landessprache, die unmissverständlicher und verächtlicher als sein muttersprachliches Pfälzisch das auszudrücken in der Lage war, was er meinte los werden zu müssen.
Seine Männer, kriegsverdrossen schon ehe der Krieg ausgebrochen war, brachten das Geschütz in den Gefechtsstand, schwitzten, fluchten und feuerten – wenn auch vorerst nur zur Abschreckung. Die Infanterie rückte vor, und Hauptmann Codreanu verordnete der Batterie eine Gefechtspause. Die Soldaten schrien dreimal ihr Hurra, versorgten die Zugochsen, standen vor der Feldküche an und bekamen einen Schlag Gerstengraupen ins Geschirr gekippt. Löffelten, spuckten aus und rissen Zoten.
Der Abend war lang. Lerch schlenderte über den Kasernenhof, in dem alles einsehbar und zugleich alles

verboten war. Der Himmel im Westen war ohne Glanz, ein schwarzer Balken durchstach die Sonnenscheibe und franste sie am Rande aus. Die Gemeinen putzten die Geschütze, genossen eine Selbstgedrehte, lüfteten Hemd und Fußlappen und flehten den Himmel um Beistand an gegen die Bolschewiken. Sie leugnen Gott, war zu hören, und nehmen den Bauern das Land weg.
„Hast nichts damit zu tun", sagte sich Lerch. Ein Bolschewik war ihm noch nie über den Weg gelaufen. „Bist zu alt und zu feig für diesen Krieg."
Vom Torturm wehte die Nationalfahne. Der Posten schritt mit aufgepflanztem Bajonett seine Strecke ab. Das Vieh brüllte im Stall. Unter den Fenstern des Regimentskommandeurs vertrauerte ein Blumenbeet, der abbröckelnde Putz des Mauerwerks legte alte Farbschichten frei und erinnerte an nur noch erahnte Vergangenheiten, an andere Vaterländer und ihren zerschlissenen Ruhm. Ratten wagten sich ans Tageslicht und flüchteten in den Kanal. Der Schornstein des Offizierskasinos qualmte. Krähen saßen auf den Dächern.
Lerch fielen die Krähenschwärme am Fluss ein, wie sie frech und frei den Uferwald für sich beanspruchten. Niemand ruft sie und keiner will sie, aber es kümmert sie nicht. Sie werden alt und lernen nichts dazu.
„Lerk!" Rief jemand seinen Namen? Und noch einmal, dringlicher: „Leerk!" Hauptmann Codreanus Bursche eilte auf ihn zu, schwenkte, wie aus dem Häuschen, die Mütze und warf sie in die Luft. „Musst heut einen ausgeben!" Atemlos hielt er Lerch ein Telegramm unter die Nase. „Ein Mädchen! Ihre Frau hat ein gesundes Mädchen

zur Welt gebracht!"- War das nicht, allen Berechnungen nach, zu früh? Oder doch... So etwas bringt den stärksten Mann durcheinander. „Hauptmann Codreanu beurlaubt dich“, gratulierte der Bursche. „Eine ganze Woche und den Sonntag dazu.“ Lerch schloss ihn in die Arme.

*

„Ich möchte, dass unser Kind Eva heißt.“ Hilflos und doch betont eigenwillig stieß der Säugling die krummen Beinchen in die Luft und füllte mit seiner dünnen Stimme den Raum. Lerch zeigte eine Sorgenfalte und fühlte sich gesellschaftlich in eine andere Kategorie versetzt. Fortan wird er das Kind in seine Entscheidungen einbeziehen müssen, und das verändert den Blick. Beschützend umfasste er Mutter und Kind und empfand es wie ein Wunder. Es war eins.

„... den Sonntag dazu“, hatte der Hauptmann bewilligt, und so wurde die Taufe im Anschluss an das Hochamt angesetzt. Zur festlichen Tafel danach aber hatte Lerchs Mutter ins elterliche Speisezimmer eingeladen. Sie hatte darum gebeten: „Gott gebe allen die Gesundheit!“ Sie schloss Lisi in die Arme. „Vergib mir meinen Hochmut.“

Lerch bewunderte seine Mutter in diesem Augenblick, ja, er verehrte sie und hätte das auch gern gesagt, wenn es nicht so schwierig gewesen wäre – ganz abgesehen von der Hemmschwelle, die das im Zorn zertrümmerte mütterliche Porzellan hinterlassen hatte. „Es kommt nicht wieder vor“, versprach er, und seine Mutter nickte begütigend dazu: „Bist wie dein Vater, an dessen Stolz alles zerbrach, was sich nicht krümmte.“

Am Vortag, im Vorübergehen, hatte ihn Dr. Matitzer auf der Straße angehalten, geradezu gestoppt, amtlich wie auch höchst persönlich. Als Volksgenosse eben. Er hätte, sagte er, arische Mädchennamen ausgesucht, nur für den Fall, begütigte er, dass Lerch nicht schon nach dieser Richtung hin fündig geworden sei. Kriemhild, das passe doch gut in die Zeit, nicht weniger Sieglinde. Herrschaftliche Namen und urgermanisch. Oder Kunigunde, einfach königlich, und nicht zuletzt das hoheitsvolle Freia, auch Freyja zu schreiben. Welch ein Adel schon im Schriftbild! „Niemand will Ihnen diese Halbheiten wie Rosemarie und Annemarie aufschwatzen, die in dümmlichen Soldatenliedern vorkommen. Nein“, entschied Matitzer komplizenhaft, „das bitte nicht. Nicht Sie, Lerch. Aber Sie haben schlichtweg etwas auszugleichen, nachdem Sie fremdvölkisch geheiratet haben. Das können Sie jetzt wieder gut machen. Sie tun es für Ihr Kind.“
„Wir haben an Eva gedacht“, Lerch wirkte kleinmütig, „und es könnte sein, dass es dabei bleibt.“
„Da denken Sie doch lieber noch einmal darüber nach.“ Matitzer war verstimmt und ließ es sich anmerken. „Sie hinken der Zeit hinterher, dabei brauchen Sie unsere Volksgemeinschaft. Vergessen Sie das nicht, mein lieber Lerch. Sie werden uns jeden Tag mehr brauchen.“

„Ich fürchte, Sie könnten Recht haben", räumte dieser ein.

*

Pfarrer Berghausen war die Freude anzusehen, mit der er ausgerechnet dieses Kind mit dem Namen Eva in die christliche Gemeinschaft aufnehmen konnte. Eva – darauf wies er bei der Taufe hin – bedeutet Leben, und es gehört zum Schönsten, einem Mädchen diesen Namen mit auf den Weg zu geben. Allerdings kommt er aus dem Hebräischen, und so zog es der Pfarrer vor, nicht näher darauf einzugehen.

*

„Ordon, treceţi Prutul!"
Der knappe Befehl des Marschalls den Grenzfluss Pruth zu überschreiten reichte aus, das Heer ostwärts in Bewegung zu setzen, Infanterie, Artillerie und noch mehr Infanterie. Über den Pruth hinweg in die Ukraine und weiter ostwärts, den siegreichen deutschen Heeresverbänden folgend, wenn auch weniger glorreich, so doch nicht ohne Eifer bemüht und in den Heeresberichten lobend erwähnt.
Lerchs Einheit war in Kampfausrüstung und mit blank polierten Geschützen zum Auszug angetreten. Der Musikzug spielte die rumänische Königshymne, Gott

wurde angerufen und Viktoria geblasen. Der Feind war allerdings weit und die Wehrmacht schnell. Wer jetzt noch dabei sein wollte, so schien es, musste – heute besser als morgen – aufprotzen. Die veralteten böhmischen Haubitzen wurden einsatzbereit erklärt, und Hauptmann Codreanu – vorweg und noch ohne Lorbeer zum Major avanciert – inspizierte hoch zu Ross die Truppe.
Lerch stand feldmarschmäßig im Glied, den letzten verlorenen Krieg im Gedächtnis und das Foto der gerade mal drei Wochen alten Tochter Eva in der linken Brusttasche. Er salutierte, als der Major vorüber ritt und ahnte, dass auch dieser Krieg seine Zeit brauchen wird und bis zuletzt niemand weiß, welches Ende das bessere wäre für die Welt. Kehrst, wenn Gott will, wieder zurück, und nichts mehr wird sein wie es war. Was könnte zu gewinnen sein in der russischen Steppe für den smarten neuen König, auf den er eingeschworen worden war? Sein Kriegsherr mit Krone, Mihai der Erste. Vielleicht auch schon der Letzte. „Schreib jeden Tag." Er versprach es. Es gab nichts, was er nicht versprochen hätte. „Pass auf dich auf", bat ihn die Mutter, ohne die geringste Vorstellung darüber, wovor einer sich im Krieg zu hüten hätte – vor dem Feind, den leichten Mädchen oder gar vor den eigenen Vorgesetzten und ihren Befehlen.
Der Feind stand im Osten. „Wer aber ist der Feind?" notierte Lerch ins Tagebuch. „Oder steht dort nur meines Königs Feind? Es heißt, der Russe laufe davon. Ich hoffe, wir sind nicht schneller als er läuft."

*

Zwei Wochen brauchte das Regiment bis an den Grenzfluss Pruth. Das Land drüben war ohne jede Verheißung. Ein Storchenpaar segelte im Sommerhimmel, und der Pruth suchte unauffällig sein Gefälle. „Ein ganz gewöhnlicher Fluss", notierte Lerch in sein Tagebuch. Und er kannte sich in Flüssen aus. „Er fließt nach Süden", hielt er fest. Alle Gewässer hier wollten nach Süden, als wäre das die einzige Möglichkeit, ins Meer zu gelangen. „Weißt du warum?" fragte der Major. „Das Land fällt nach dieser Richtung ab", versuchte Lerch zu erklären. „Ich hätte eine politische Auslegung erwartet", knurrte Codreanu und belehrte den Eleven, dass der rumänische Pruth ins rumänische Schwarze Meer mündet. Lerch salutierte. Er notierte den Vorfall ins Tagebuch.

*

TAGEBUCHBLÄTTER

Tighina

Am Dnjester. Auch er fließt, tief ins lehmige Ufer eingegraben, nach Süden. Wir setzen über. Die Pferde tänzeln verstört auf die Behelfsbrücke und scheuen vor dem eigenen Lärm, reißen eine Haubitze quer. Der Major tobt. Die Kanoniere knüppeln auf die Tiere, spucken sich Flüche in die Fäuste und knüppeln heftiger auf die „verkehrt rum besamten und von räudigen Stuten in den Dreck geworfenen Hurengäule.“ Es geht weiter.

Tiraspol

Wir kampieren im Freien und bekommen von der Stadt nichts zu sehen. Deutsche Infanterie zieht vorbei. Wir bewundern sie und sind müde. Es ist eine milde Juninacht mit vielen Sternen. Ich suche den Großen Wagen und finde ihn da, wo er hingehört.

Odessa

Die Stadt ist eingeschlossen und steht vor der Kapitulation. Wir sind in einem geräumten Dorf untergebracht und haben am Stadtrand Stellung bezogen. Der Russe rührt sich nicht. Wir ergänzen unsere Verpflegung aus den Hausgärten mit Kartoffeln, Zwiebeln, Äpfeln und was sonst zu finden ist. Noch vor Tag die gute Nachricht: Odessa wurde fast kampflos eingenommen. Unser Regiment will sich den Triumph nicht entgehen lassen und zieht mit aufgepflanztem Bajonett in die Außenbezirke ein. Vom Feind keine Spur. Die Zivilbevölkerung traut sich wieder aus den Häusern. Unsere Bajonette wirken kurios. Wir schnallen ab.

Kriwoj Rog

Regen, Regen. Wir kommen im Schlamm nicht voran. Codreanu flucht und säuft. Wir sind für diesen Krieg zu langsam, und so findet er woanders statt. Ödland. Aus der

Feldküche kommt jeden Tag die gleiche Graupensuppe. Die Post bleibt aus. Unsere Gäule hängen kraftlos in den Sielen. Wir haben Anweisung, Ochsen zu requirieren, um den Marsch fortsetzen zu können. Wir glauben es nicht, aber eines Tages sind die Ochsen da und wir fahren weiter dem Krieg hinterher. Major Codreanu, zu Ross, inspiziert die Kolonne – die Geschütze, die Munitionswagen, die Werkstatt, die Feldküche, Vorräte und Geräte, den Sanitätswagen. Keine Ausfälle.
An den roten Kratern der Mangan-Gruben vorbei rücken wir ins bereits eroberte Kriwoj Rog als Sieger ein. Kriegsspuren in den Straßen. Wir beziehen in einer Schule Quartier. Der Bretterfußboden in den Klassenräumen ist purer Luxus. Die Offiziere sind im Haus nebenan untergebracht und schlafen in Betten. Die Feldküche hat sich eine windstille Ecke ausgesucht, aber das macht die Suppe nicht fetter. An unsere Ochsen dürfen die Köche nicht heran.
Wir gehen ins Kino und ins Theater. Ich habe mir einen Film über den Bauernrebellen Pugatschow angesehen. Er wollte mehr Freiheit und wurde hingerichtet. Das war 1775. Wie weit weg ist es?
Man verschaffte uns Zugang zum Stadtbad. Zum ersten Mal seit Wochen warmes Wasser auf dem Leib. Wie auf Kur. Am Abend im Kabarett. Vier Damen tanzen die Jahreszeiten. Luft und Duft und ein Hauch ungewisser Erotik.

Losowaja

Der März macht die Tage länger und bringt den Krieg näher. Major Codreanu erhielt den Befehl, an die vorrückende

Front aufzuschließen. Die Ochsengespanne kümmert's nicht. Sie bleiben bei ihrem kurzen Schritt. Das muss strategisch nicht verkehrt sein, denn nahe an der Front ist, wie sich zeigt, bereits mittendrin. Ein Meldefahrer prescht auf uns zu und an uns vorbei. Und schon kommen die Kameraden vom Jäger-Bataillon hinterdrein, gejagt von sowjetischen Panzerfahrzeugen. Wir feuern aus allen Rohren und schlagen den Feind zurück. Zwei Überläufer fallen uns in die Hände. Der Major lässt antreten und bringt ein Hurra auf König und Vaterland aus. Das Jäger-Bataillon sammelt und muss wieder nach vorn.

Am Don

Sowjetische Aufklärer überfliegen uns, kreisen und setzen zum Tiefflug an. Wir können nur zusehen.
Seit einer Woche schon liegen wir in Pawlograd bei Russen im Quartier, schlachten ihr Geflügel ab und laden sie zur Suppe ein. Nur die Alten sind zurückgeblieben. Ich zeichne sie und schenke ihnen das Blatt, Sie zeigen Freude darüber und trauern ihrem Geflügel nach.
Post von daheim. Die Henne hat zwölf Küken ausgebrütet. Wir rücken vor und verstärken den Ring um Charkow. Motorisierte deutsche Einheiten überholen unsere Kolonne. Sie singen. Es ist der 26. Mai. Die Russen im Kessel haben keine Chance.
Unsere Batterie liegt mit zwei Achsbrüchen auf der Straße und wartet auf Ersatz. Die Truppe bleibt geschlossen, befiehlt der Major. Wir warten.
Der neue Regimentspfarrer stößt zu uns. Jung, klein, dünn-

lippig. Ich spür's, er mag mich nicht.
Charkow ist gefallen. Wir stehen siegreich am Don. Ein Strom ins Nichts. Wir besetzen das Nichts.

Oktober. In der Steppe

Strohhütten, Staub, Gräber. Die Ochsen werden immer träger und die Steppe immer endloser. Kein Rand. Die Augen erblinden in der Leere. Wir kommen nirgends an und wissen nicht wohin. Das Regiment schwenkt südwärts ab. Wind fällt uns an. Seit Tagen keine Verpflegung. Wir plündern. Die Gespanne torkeln vor den Haubitzen. Die Feldküche wartet darauf, dass sich ein Ochse das Bein bricht. Das geschieht nicht. Auch sonst geschieht nichts. Kein Nachschub. Keine Post. Kein Feind.

Umanzewo

Bei Stalingrad wurde die Frontlinie durchbrochen. Drei Tagesmärsche vor uns. Keine Befehle. Der Major sucht bei dem Feldgeistlichen Rat. Ein Reservist aus meiner Batterie teilt seine Brotration mit den Ochsen, und ich begreife nach und nach, dass wir es der Langsamkeit unseres Zugviehs verdanken, davongekommen zu sein. Major Codreanu macht auf der Karte das am nächsten gelegene Dorf aus. Es heißt Umanzewo und liegt westlich. Wir wenden.
Es ist Nacht, als wir Umanzewo erreichen. Soldaten aller Heeresgruppen drängen hinein und wieder hinaus. Schwere Zugmaschinen schieben unsere Gespanne von der Straße weg. Schüsse fallen. Die Truppe wartet auf Befehle, aber es

gibt keine Befehle. Major Codreanus Bursche kommt auf mich zu und nimmt mich ein paar Häuser weit mit. Dort sitzt der Major zwei deutschen Offizieren gegenüber. „Frag sie, was zu tun ist." Ich dolmetsche. Die Deutschen bieten Zigaretten an. Mehr nicht. Ich kann gehen. Eine halbe Stunde später bringt mich der Bursche an den Dorfrand. Codreanu hat in einem zweirädrigen Karren Platz genommen. Ein Pferd ist vorgespannt. Die Deutschen mögen gut im Stürmen sein, Codreanu ist's im Rückzug. Ich steige zu.
„Wohin, Herr Major?"

Tannin

Es gibt nur eine Richtung. Drei Tage hindurch zurück. Sieben Tage. Ich dolmetsche bei den Deutschen, die uns mal anhalten, mal durchwinken. Der Major kränkelt. Ein Papier des Regimentsarztes bescheinigt den Verdacht auf Ruhr. Codreanu fiebert und leidet an sich selbst. Er nimmt Tannin. Es sieht nicht so aus, als würde es was helfen. „Nimm", sagt er und steckt mir eine Packung zu. Sagt weiter nichts.
Acht Tage darauf begrabe ich ihn. Neben anderen Soldatengräbern am Straßenrand. Ich frage mich zu meiner Einheit durch, erstatte Meldung, gebe den Dienstausweis des Majors ab, denke einen Augenblick lang an die Kugelakazien unter der Beletage hinter der Haltestelle Tribunal. Ich salutiere und bediene mich vom restlichen Tannin des Majors. Es geht mir schlecht. Wir ziehen uns auf Taganrog zurück und überlassen es schließlich dem Feind. Es geht mir schlechter. Ich reagiere nicht mehr auf Befehle.

Im Sanitätszug

In Cherson gerate ich in einen Sanitätszug. Er fährt und steht und findet nicht hinaus aus Russland. Die Welt besteht aus Zügen und Bahnhöfen, aus Grütze, Gestank und Geschrei. Wieder steht der Zug. Und mein Tannin ist alle. Ich frage mich, was mit den Haubitzen geschehen sein mag, und wer die Ochsen verspeist haben könnte? Sonst geht mir nichts durch den Sinn. Ich bin zum Nachdenken zu müde. Man hat, höre ich, Major Codreanu nachträglich wegen Tapferkeit vor dem Feind zum Oberst befördert. Mich bringt das, bei allem Respekt, zum Lachen. Als hätten wir unsere Rettung nicht allein der Verschleppung durch die Ochsen zu verdanken. Wenn ich heimkomme, erzähle ich's meiner Tochter Eva, wie das mit den Ochsen in Russland war.

Lisi

Das Kind wächst und es geht ihm gut, sagt man mir… Nein – s i e sagt es mir, Lisi sagt es, auch wenn das gar nicht sein kann, hier nicht und überhaupt nicht. Es ist nicht der Tag dafür und nicht die Zeit. Der Krieg hat seine eigenen Gesetze, und er kippt dich über den Rand. Und doch sehe ich Lisi, meine Frau, vor mir. Eine bekannte Gestalt jedenfalls. Sie steht an meinem Bett. Ich kann sie deutlich sehen und strecke die Hand nach ihr aus. „Na, mein Held", lächelt sie.

*

„Na, mein Held!"
Sie küsste Lerch die Tränen von den Wangen, holte ihn in die Wirklichkeit zurück, auf ein weißes Bettlaken in einem echten Bett. Er fragte, wie sie ihn finden konnte, so weit weg, und lag doch – welch ein Wunder! – im Garnisonsspital, nur eine Stunde weit von seinem Haus am Fluss entfernt. Hörst es und begreifst es nicht, spreizt die Lider hoch aus Furcht, es könnte nur ein Trugbild sein, die flüchtige Fieberfantasie einer gestörten Hirnmasse. Aber da war die Hand, die ihn festhielt, die Sonne im Fenster, der Baum im Hof. Lerch schaute dem Schattenspiel der Blätter zu, das sich ständig veränderte und doch in sich ruhte. „Evchen ist jetzt anderthalb Jahre alt", sagte Lisi. Sie erzählte von den Nachbarn, von Hunden und Fischen, überbrachte die Grüße seiner Mutter, des Bruders, der Freunde. Und dann, als alles gesagt war: „Die Russen stehen an der Grenze."
Es berührte ihn wenig. Zwei Vaterländer hatten zweimal seinen Feind bestimmt und ihn zur Pflicht gerufen. Sein Kaiser war nur noch Geschichte, sein König würde es bald sein. Er wünschte sich eine Zeit ohne Helden. „Es heißt", sagte Lisi, „die Russen plündern und nehmen sich die Frauen." Lerch fiel nichts ein, was die Angst entkräften konnte. „Es wird vorübergehen", nickte er und wusste, dass damit nichts anzufangen war. Er dachte an die Obstbäume in seinem Garten, an die Fischgründe und an Jakschis vergebliche Suche nach Attilas Grab. Wenn etwas weiter helfen kann, nachher, dann wird es dieser

halbe Trost der Vergeblichkeit sein. Sie trifft bis zuletzt alle. Denn auch die Siege werden ranzig und sind irgendwann rückläufig. Richtig betrachtet, ist der Sieg schon verspielt, wenn er da ist. „Man sagt, sie nehmen den Leuten alles weg und machen aus den Kirchen Ställe." Lisi rang sich ein Lachen ab. „Das halte ich nun doch für übertrieben." Lerch schwieg und wusste, dass Soldaten auf dem Vormarsch alles nehmen was sie brauchen, und auf dem Rückmarsch alles was sie schleppen können. Am besten, du lässt ihnen Sieg und Beute, errichtest ein verlogenes Denkmal, auf das sie bestehen. Setzt auf Zeit.

*

Mit Beharrlichkeit und Bestechung, mütterlichem Zorn und weiblichen Tränen, vergossen auf Ämtern, vor Instanzen sowie kleineren und größeren Kommandeuren hatte Lisi die Verlegung Lerchs in die Garnison erlangt. Es war ein weiblicher Sieg, nur ein familiär begrenzter Triumph, aber es ging, als sich die Neuigkeit herumsprach, wie ein Hoffnungsschimmer durchs Dorf, das nachts die Fenster verdunkelte und tags den Wahrheiten auszuweichen versuchte. „Dem Herrn sei Lob und Dank!", seufzte Pfarrer Berghausen, als er von der Heimkehr des Malers erfuhr. „Das haut dich um", sagte Jakschi ein ums andere Mal, und es war das Beste, was er zu sagen in der Lage war.
Lerch wurde, halb genesen, in sein Dorf verlegt – ein Fremder fast, ausgesondert. In der geräumten Schule war

ein Feldlazarett eingerichtet worden, für Panzergrenadiere aus allen deutschen und nicht deutschen Gauen – verstümmelt, verwirrt und verstummt an der ausblutenden Ostfront. In der Kirchengasse paradierten die Landser mit echten und weniger echten Bräuten, feindliche Bombengeschwader flogen im Sommerhimmel ihre Ziele an, Außenlautsprecher verstreuten Soldatenlieder und die neuesten Meldungen zu den Frontverkürzungen an den Kriegsschauplätzen. Abends wurde die Wunschsendung des Soldatensenders Belgrad gehört und danach auf Radio London umgeschaltet. Alle kämpften angeblich für die Freiheit der Welt, doch es herrschte die rohe Gewalt, und jeder wusste es.

Lerch erlebte die Selbstentäußerung seines Dorfes, das nur noch gehorchte und wissend auf ein nicht abwendbares Unheil zulief, mit größtem Unbehagen. Wer gestern noch als verlässlicher Nachbar galt, konnte es heute schon nicht mehr sein. Und wer heute noch im Feld stand, durfte auf nichts hoffen, was seinen Einsatz auch nur rechtfertigt hätte. Pfarrer Berghausen las eine Totenmesse nach der anderen, ließ die Glocken läuten für die Gefallenen und beten für die in Gefangenschaft befindlichen Söhne der Gemeinde. Für den Frieden – für welchen auch immer. Was hat den Gotteskindern von gestern ihre Anmut genommen, ihre Frömmigkeit ausgedörrt und ihre Herzen versteinert? „Keiner ist mächtiger als der Herr!“ mahnte der Pfarrer, aber Gott hatte verloren.

Matitzer ließ scheinbar unverdrossen seine Kolonnen aufmarschieren, das Jungvolk im Braunhemd, die Männer in schwarzer Kluft. Mädchen und Frauen auch, die tapfer sein wollten und sich in der Pflicht gefielen. Lerch begann das Wort zu hassen. Er schlug in einem Wörterbuch der Schulbibliothek nach und stieß dabei auf zwei volle Spalten wissenschaftlicher Auslegung der Pflicht. Vom ursprünglichen „pflegen" abgeleitet, las er, wurde der Begriff gesellschaftlich als Aufgabe vereinnahmt, die einer inneren Notwendigkeit entspricht, der sich zu entziehen sittlich und moralisch als verwerflich gilt. Die Pflichterfüllung sei eine erste Voraussetzung dieser selbst auferlegten Aufgabe. Sie stelle keine Fragen, wirke wie eine Droge und mache gefügig. Sie sei bedingungslos. Lerch, gedrillt und vereidigt, in zwei Feldzügen ernüchtert, wundersam heimgekehrt aus der russischen Steppe, fand nicht mehr zu dieser fatalen Ergebenheit zurück. Er verweigerte sich ihr und spöttelte vom Fenster aus Matitzers Marschkolonnen hinterdrein.

Die Freunde kamen vorbei. Jakschi schien gealtert. Er litt. Nach Schätzen zu graben machte inzwischen verdächtig, und zu fotografieren war schlichtweg verboten. „Es traut sich kaum noch ein Blitz über den Himmel", schimpfte er. Mennich klagte über ein Rückenleiden, das ihn verkrümmte, aber das sei wohl eher den äußeren Umständen als der eigenen Gebrechlichkeit zuzuschreiben. „Der großen Ungewissheit", wie er es besorgt nannte. Er wollte von Lerch hören, dass die Front im Osten steht. Lerch überhörte es, und Mennich besuchte ihn nicht wieder. Der Ortsgruppenleiter schickte Zeitungen, Gyuri versorgte ihn mit frischer Butter vom Fluss, und Pfarrer Berghausen bedachte ihn mit einem gerahmten Gnadenbild

der Gottesmutter von Maria Radna, auf deren Fürbitte ausnahmslos alle angewiesen seien, wenn das Schlimmste eintreffen sollte. Was aber war das Schlimmste?
Von Dr. Magura kam ein langer Brief. Sein Museum, schrieb er, habe nach dem ersten Luftangriff die bedeutendsten Kunstschätze, darunter auch Lerchs Bilder, in den Kellergewölben des Kastells in Sicherheit gebracht. Allerdings schade die Feuchtigkeit der Verliese den Gemälden, und so könne man nur hoffen, dass der Krieg bald ein Ende nähme. „Woran arbeiten Sie zur Zeit?" wollte er abschließend wissen.
Nichts jedoch drängte Lerch zum Malen, und er wurde ungehalten, als Lisi, in der Absicht ihn aufzumuntern, erwähnte, die Staffelei wieder an ihrem alten Platz aufgestellt zu haben, halblinks und schräg zum Nordfenster. Er funktioniere weder auf Wunsch noch auf Druck, polterte er los. „Man kann mich zum Malen nicht an eine Steckdose anschließen!"
Als die Ärzte es zuließen, brachte sie die kleine Eva mit. Sie watschelte, die Ärmchen wie Flügel abgespreizt, auf Lerch zu, hielt dann vor dem großen fremden Mann an, kehrte um und lief ihm davon. Schrie und schlug, als Lerch nach ihr griff, abweisend die Hände vors Gesicht.
„Weiber", scherzte Lerch und nahm es hin. Er hatte eine gute Nachricht: „Sie entlassen mich nächste Woche. Sie brauchen freie Betten."
Lisi flog auf ihn zu. „Es wird der schönste Tag des Jahres!"

*

Die Heimkehr geschah eher unauffällig, und so brauchte es seine Zeit, bis es jeder wusste und Zeit für einen Besuch fand. Sie kamen einzeln und auch zuhauf – die Wassermüller, die Sandausheber und die Fischer – betrachteten ihn ausgiebig, schlossen ihn in die Arme oder zogen auch nur die Mütze, tranken ihm zu und wollten von ihm wissen, wie es wirklich aussah im Osten. Und wollten doch nur eine gute Nachricht hören über ein Kriegsende ohne Schrecken. Was aber wäre, guten Gewissens, über den fragwürdigen Einsatz seiner Batterie in der russischen Steppe mitzuteilen gewesen, weiterzugeben an die Nachbarn am Fluss, für die noch immer ein Tag wie der andere war, mühsam eben und bedürftig, aber äußerlich friedlich noch, sah man über einiges hinweg, gegen das die kleinen Leute nichts ausrichten können. Sie sahen dem Fluss vor ihrer Haustür zu, der ihnen vormachte, wie wenig ihn das alles anging, und dass es dabei bleiben wird, ganz gleich wo über wen gesiegt wird.
Über den Sommer ließe sich sagen, dass er eher unauffällig war. Die ewig hungrigen Bienenwölfe jagten wie sonst vor der Steilwand, die Karpfen wurden fett, im Garten reiften die Zwetschgen heran, und zum Abendläuten schrien sich die Krähen in die Nachtruhe. Lerch aber überfiel, wenn abends die Sonne versank, die Sorge, ob sie am nächsten Tag wieder heraufkommen würde.
Das Haus war ihm zu laut geworden. Zu viele Besucher kamen und gingen, und er empfand selbst die stille Geschäftigkeit seiner Frau und die spielerische Unrast

der kleinen Eva als störend. Immer häufiger trieb er das Boot stromauf zum großen Sand, legte an und sah einem Reiher zu, der reglos im seichten Gewässer verharrte und sich aufs Warten verstand. Was macht ihn so beharrlich, fragte sich Lerch? Ist es Klugheit oder Einfalt, was ihn so ausdauernd sein lässt im Warten auf nichts? Jedes Mal war der Reiher da, und er übersah hochmütig den Mann im Boot, der weder Flügel hatte noch ins Wasser stieg.

*

Zwischendurch einmal kehrte er beim Plättenwirt ein. Jowan goss von seiner hausgebrannten Zuika in die Gläser. „Worauf wollen wir anstoßen?“ Sie sahen einander an und dann aneinander vorbei.
„In Serbien“, sagte Jowan, „hängen sie die Partisanen. Zur Abschreckung.“
„Ich hörte davon.“
„Nach Serbien kommt unsereins mit dem Rad hin, so nahe ist es. Das macht nachdenklich.“
„Mir geht es ebenso.“
„Weißt heute nicht mehr, mit wem du anstößt.“
„Immerhin kennen wir uns von früher.“
„Sollte man meinen.“

*

Da war noch Andrasch, Lerchs jüngerer Bruder. Einer der nicht Schritt zu halten verstand und eher zurückblickte als nach vorn zu stürmen. Einer, der darauf aus war, neben dem Für auch das Wider gelten zu lassen. Das macht nicht beliebt in einer Zeit, in der, was richtig zu sein hat, vorgegeben wird, und so behielt er das, was er zu wissen meinte aber keiner wahr haben wollte, für sich selbst. Er ging pünktlich zur Arbeit und hörte pünktlich auf, aß genügsam in Mamas Küche, kränkelte vor sich hin ohne lästig zu werden und malte an den Sonntagen seine Miniatur-Landschaften auf Zigarettenpapier. Es waren immer die gleichen Motive, Giebelhäuser und Akazien nach der Natur und auf die jeweilige Jahreszeit abgestimmt. Der Krieg fand in seinen Aquarellen nicht statt, und bewegte ihn auch sonst nicht eigentlich. Was ihn am meisten verdross, war der gestörte Rundfunkempfang, die Verhunzung der wundersamen fernen Welt von Radio Beromünster, die sonst seinen Feierabend überstrahlt hatte. Er sah darin die Barbarei der Zeit, und so schien es ihm nicht vorstellbar, dass Schlimmeres geschehen konnte. An einem der langen Sommerabende – Andrasch hatte im Auwald aquarelliert – traf er Lerch auf dem Damm und begleitete ihn auf die untergehende Sonne zu. Blitzschnelle Schwalben stießen in die Mückenschwärme, wegen ihrer Emsigkeit von den satten Tauben verachtet, die auf den Äckern und in den Höfen überheblich gurrten. Frischgemähte Heuschwaden würzten die Luft. „Welch schönes Sterben." Lerch hielt an und dachte den

Gedanken weiter. „Das machen uns auch die Bäume vor. Wir fällen sie, aber sie schlagen aus und beginnen wieder ganz von vorn. Es ist, könnte man meinen, von Vorteil, ein Baum zu sein."

„Oder auch nur ein Grashalm." Andrasch, bekannt für seinen Hang fürs Niedliche, täuschte den Sensenschwung des Mähers an. „Der Schnitt ohne Schmerz. Kein Blut, nicht der kleinste Schrei nach Vergeltung." Er hielt eine Blume wie ein Beweisstück hoch. „Was die Natur von sich aus richtig macht, will dem Menschen bei aller Philosophie nicht gelingen. Wir erfinden Befehle und gehorchen."

Der Abendzug fuhr seine Schleife hinter dem Damm, polterte und schleppte seine grünen Waggons an Gärten und Äckern vorbei zur Stadt. „Auf dem Vormarsch", erinnerte sich Lerch, „ließ unser Kommandeur bei Losowaja, nach bestandenem Gefecht, zur Siegesfeier antreten. Wir schrien dreimal Hurra! und sollten zum Lohn nachträglich die Feldflasche randvoll mit Wein füllen dürfen. Mit erbeutetem Wein. Es kam bloß nicht dazu, und so war es nichts mit dem Sieg."

Sie kehrten an der Wegschranke um. Im Osten hatte sich eine schwarze Wolkenwand zusammengeballt, aus der ein Gegenzug schräg auf den Damm zulief. Die Schwalben hatten ihre Jagd aufgegeben, und der abnehmende Mond hing seine blasse Sichel über die Heide. „Matitzer hat mich vor zwei Tagen besucht", berichtete Lerch. „Er will, dass ich Hermann Göring, den Reichsmarschall, porträtiere. Lebensgroß, den Blick in die Ferne gerichtet. Visionär."

„Warum ist dieser Göring so wichtig?" Andrasch verhielt den Schritt und senkte das Kinn, als hätte er die Frage an sich selbst gerichtet.

„Matitzer bezahlt einen Höchstpreis, und ich verdiene sonst nichts."

„Nimm einen Vorschuss und warte ab."

„Du meinst, das geht?"

„Ich fürchte, ja."

*

Nichts gelang. Lerch aquarellierte, suchte den schnellen Einstieg in eine sich selbst verordnete Normalität, nahm sich ein Stillleben mit Karpfen vor, ein zweites mit bronzezeitlichen Tonscherben – aus dem Steilufer gewaschene archäologische Fundstücke, die er in besseren Tagen aufgelesen und abgelegt hatte. Ließ es sein. Auch das Malen hat seine Zeit, und zwischendurch ist die Kunst unnütz oder doch entbehrlich. „Am besten", redete er sich zu, „du machst dich auf die bewährte Art nützlich." Er besserte die schadhafte Dachrinne aus, stützte die unter den schweren Früchten tief hängende Quitte im Garten und sägte Winterholz aus den angeschwemmten Klötzen und Stämmen. Kümmerte sich auch schon mal um die kleine Eva, wenn sie die Blumen begoss oder dem Ball hinterher lief, ihn aufraffte und wieder von sich warf. Am Sonntag war sie zwei geworden. Sie hatten Gyuri zum Essen eingeladen. Karpfen gesotten. Zum Abschied legte er drei Hunderter auf den Tisch: „Für's

Kind.“ Er konnte sich’s leisten. Das Geschäft mit dem Sand litt nicht im Krieg, und er war einer, der nicht gleich ausfiel, wenn mal der Wind heftiger daherkam. „Wie geht’s deinem Rücken.“ Lisi zeigte sich besorgt.
„Er pariert.“

Lerchs Beitrag zur Versorgung des Mittagstisches der Familie war vom Wetter und der Unberechenbarkeit der Fische abhängig. Er legte Grundschnüre und hing Reusen in die Wasserrinnen. Wenn der Fang gut war, verhökerte er schon mal einen Fisch im Dorf oder auch an eine größere Gesellschaft beim Plättenwirt. Prahlerische Händler meist, die es nicht bei einer spendierten Runde beließen, sondern bis in den späten Abend hinein zechten, übers Geschäft redeten und darüber, was so oder anders auf das Land zukommen würde. Das Geld war nicht mehr viel wert, aber die Bauern verkauften fast zu jedem Preis, aus Sorge darüber, die vollen Scheunen könnten den Russen in die Hände fallen – wenn sie denn nicht aufzuhalten sein sollten. Was zu befürchten war. Noch sei nichts entschieden, redeten sich die einen ein, indessen sich andere bereits auf die Zeit danach einzurichten begannen. Auch die Russen seien schließlich Menschen, wagte man zu hoffen, wo sonst keine Hoffnung war und das Beten allein nicht zu retten vermochte.
Lerch zog es wieder nach Hochdorf. Schon immer hatte er den Fluss als eine Scheidelinie zwischen hier und anderswo empfunden. Er brauchte die Fremde, um das Eigene wieder zu finden, einen anderen Himmel, der allerdings auch über Hochdorf von feindlichen Bom-

berverbänden durchpflügt wurde. Darunter aber schien die Welt ohne größere Kümmernis zu sein. Die Bauern gingen ihrer Arbeit nach und sahen im Krieg etwas, das nicht ihre eigene Sache sein konnte. Gewiss, die jungen Männer waren eingezogen und es fehlte nicht an Kriegsopfern, aber was das Jahr hindurch zu tun war, konnte deswegen nicht liegen bleiben. Das Pflügen hatte seine Zeit, die Ernte war einzubringen und das Vieh zu füttern, unabhängig davon, wie weit weg die Russen standen. „Was auch kommt“, sagte sich Heckl und sagte es auch dem Freund, „Bauern werden unter jedem Kaiser gebraucht. Und auch eine Welt ohne Bilder“, bemerkte er mit einem Seitenblick auf den Freund, „ist nicht vorstellbar.“

„Ist sie das ohne Gott?“

„Nicht alle denken wie wir.“

„In der Sowjetunion haben sie Gott zwar aus den Kirchen verdrängt, nicht hingegen aus den Köpfen der Menschen. Sie bekreuzigen sich auch heute noch bei jeder Gelegenheit. Wenn auch im Verborgenen.“

„Wir sind zu klein für solche Fragen. Heckl, sage ich zu mir selbst, musst nicht klüger sein als es erwünscht ist, musst nicht die Welt retten wollen, nur deinen Hof. Vielleicht auch nur die eigene Haut.“

*

„Mehr denn je müssen wir in dieser Zeit der Bewährung hinter dem Führer stehen. Bedingungslos!“ Dr. Matitzer, die Stiefel gegrätscht, überbetonte sein „Bedingungslos!“, als müsse er die Zusage des Malers im Befehlston vorwegnehmen. Wer jetzt um eine Bedenkzeit feilschte und von gewissen Gegebenheiten faselte, verhielt sich nicht nur undeutsch, sondern machte sich geradezu verdächtig. „Sie waren doch Soldat, Lerch“, forderte er den Künstler heraus.

„Eben.“

„Es ist das Soldatische, das ich an Ihnen mag. Als bei der Kreisleitung der Gedanke aufkam, ein Bildnis des Reichsmarschalls in Auftrag zu geben, stand es für mich fest: das macht der Lerch und kein anderer. Dieser Wille zum Sieg, der uns auszeichnet, und die unbedingte Hingabe, ohne die kein Sieg zu erringen sein wird, sind die Grundzüge des Porträts, wie wir es uns vorstellen.“

Er legte Bilder vor, breitete sie auf der Tischplatte aus: der Reichsmarschall bei Paraden, im Kreise hoher Offiziere der Luftwaffe, ganz in Weiß, kämpferisch, kameradschaftlich, als Stratege, Kunstmäzen und Jäger. Als Pilot.

„Es wird Ihnen bekannt sein, dass Hermann Göring im Ersten Weltkrieg erfolgreicher Jagdflieger und Kommandeur des Richthofen-Geschwaders war, ausgezeichnet mit dem Pour le Mérite.“

„Sind Sie ihm schon mal persönlich begegnet, Matitzer?“

„Wo denken Sie hin? Es ist der Reichsmarschall!“

Lerch erinnerte sich an seine Zeit als Kadett. Es galt als Auszeichnung, in die Hofoper abkommandiert zu werden und unter der Kaiserloge Aufstellung zu nehmen, auch in Abwesenheit des Monarchen. Der Kadett Lerch stand

immer nur unter der leeren Loge. „Er ist so gut wie da", wurde gesagt. Das genügte.
„Sie finden das wohl lustig." Matitzer meinte, den Schimmer eines Lächelns in Lerchs Augenwinkeln festgestellt zu haben.
„Mir fiel eben, ich weiß nicht wie, der alte Kaiser in Wien ein, Seine Majestät Kaiser Franz Joseph der Erste. Ich habe ihn nie zu sehen bekommen, nur im Bild, gerahmt oder auf Kaffeetassen, bunt meist, mit Backenbart. Wir haben ihn verehrt, und er schickte uns in den Krieg."
„Man kann, finde ich, Hermann Göring nicht malen und dabei den alten Kaiser im Kopf haben – noch dazu den in Wien. Anders als die Habsburger regieren der Führer und sein Reichsmarschall nicht von Gottes Gnaden. Und genau das müsse im Porträt vermittelt werden" ereiferte sich der Ortsgruppenleiter. „Sie verstehen doch, was ich meine? Wir improvisieren nicht, wenn es ums Ganze geht. Nicht an der Front und nicht in der Kunst. Das macht uns stark. So stark waren wir noch nie."
Das Motorengedröhn feindlicher Bomber war in der Luft. Eine zweite Welle folgte, eine dritte. Breit gestaffelt überspannten sie den Himmel und flogen ungestört ihr Ziel an. Matitzer wurden die Fäuste schwer und zogen die Schultern wie nasse Flügel erdwärts. Die Füße froren in den Stiefeln. Was aber, außer dem Kampf, wie aussichtslos er auch sein mochte, war für den aufrechten deutschen Mann zulässig?
Er sah den Maler auf sich zukommen, das gefüllte Gläschen in der Hand – ein Kamerad immerhin. Matitzer kippte den Schnaps über die trockene Zunge und besann

sich wieder auf seinen kriegswichtigen Auftrag, wollte standhaft sein, und fand doch nicht zum alten Schneid zurück. „Ich möchte mich gern auf Sie verlassen dürfen, Lerch", bat er. „Sobald wir Ihren Entwurf gesehen haben, erhalten Sie die Anzahlung. Wir knausern nicht und zahlen eine Prämie, wenn Sie schnell sind. Ehrenwort."
„Pressiert's?" spöttelte Lerch und bedauerte zugleich den Mann vor sich, der die Fäuste ballte und seinen Mut so gern neu aufgezäumt hätte, aber da war nicht viel zu sagen, und so machte ihn auch ein nachgereichter Schnaps nicht gesprächiger.
„Wir müssen es sehen wie es ist, lieber Lerch", und es war nur hingehaucht, als der Ortsleiter das mit dem „Endsieg" hinzufügte. Ein verquälter Blick traf den Maler und suchte Beistand, wo ein solcher nicht zu finden und auch nicht zu erhoffen war. „Was wollen Sie damit sagen?" fragte Lerch ins Leere, und hätte es wissen können, dass nicht jede Frage seine Antwort findet und auch ein Ortsleiter seine Informationen zum eigentlichen Stand der Dinge über Radio London bezieht.
Matitzer verließ das Haus hinten raus, stieg den Damm hinauf und warf den Zündapp an. Das dünne Geknatter erstarb nach einer Weile in der Mittagsruhe, die bis zum Rückflug der feindlichen Bomber gestundet war.

*

„Ich höre, du malst den Göring." Jowan, der Plättenwirt rief es über den Zaun, nur so im Vorübergehen dem Mor-

gengruß hinzugefügt. Er betonte auf der zweiten Silbe und minderte den Umlaut landesüblich auf ein blasses E herunter, so dass ihm der Name des Reichsmarschalls als “Gering“ von der Zunge sprang. Matitzer hätte, so berichtete er, die Nachricht im Dorf verbreitet und in der großen Auslage der Orts-Dienststelle öffentlich gemacht. „Fragst mal nach, sagte ich mir, obwohl es dich nichts angeht. Jeder malt, was er will.“
Lerch spürte den Stachel und kam sich der Öffentlichkeit ausgeliefert vor in einer Sache, gegen die sich nicht nur die politische Vernunft, sondern in gleichem Maße auch der künstlerische Wille sträubte. Mennich und der Pfarrer hatten, von Lerch danach befragt, das Porträt als entbehrlichen, wenn nicht gar unsinnigen Aktionismus bezeichnet, und Jakschi, als er davon hörte, hatte damit gedroht, dem Maler die Fenster einzuwerfen, wenn dieser sich und seine Kunst dem Luftmarschall, wie er Göring zu nennen sich nicht scheute, anzubiedern bereit sein würde. Lerch hatte sich da ganz klein gemacht und war sich als eine Art akademischen Vorspanns für einen ins Unverantwortliche verstiegenen Herrschaftsanspruch vorgekommen, den er weder innerlich mit zu tragen noch künstlerisch heraus zu stellen bereit war. Er radelte los, nahm den kürzeren Weg über die Wiesen. „So nicht“, würde er den Ortsleiter wissen lassen und die Faust auf den Tisch knallen. Er male zwar für Geld, niemals aber auf Befehl, und niemals würde er für irgendwen das Vorzeigemännchen abgeben. Im Übrigen hänge ihm das alles zum Hals raus, die Aufmärsche, der Gleichschritt und dieser ganze Scheißkrieg und alles Gefasel drum herum.

Die Wahrheit sei doch… Ins Gesicht schreien wird er dem Ortsleiter die Wahrheit, und dass der Luftmarschall keinen Pinselstrich mehr wert sei.
Der schmale, von Erdhökern und Gräben durchzogene Weg durchbrach Hecken und holperte aufgebrochene Brachen entlang, schlängelte durch Bauminseln, umrundete Brandstellen und stürzte in alte Flussrinnen ab, als hätte er sich vorgenommen, allen Ärger der Welt zusätzlich zu verhärten. Lerch schlingerte durch Windungen, jagte das Rad über Ackerschollen hinweg und hetzte auf das Dorf zu, das seinen etwas zu schweren barocken Kirchturm gleichmütig über die Dächer hob. „Gott wartet", ging es Lerch durch den Sinn, zunehmend aufgebracht über das kreatürliche Unvermögen das Richtige zu erkennen und zu wollen. Matitzers überstrapazierte, auf Gedeih und Verderben angelegte braune Gefolgschaft marschierte nur noch für sich selbst. „Ins eigene Verderben", wie es der Gendarmeriewachtmeister, nicht ohne Schadenfreude über die hinschmelzende braune Überheblichkeit sehen wollte. Unmut und Sorge aber griffen weiter, und so mochte der Schaden nicht abzusehen sein, den Lerchs angebliches Göring-Porträt anzurichten auf dem besten Wege schien. Leute wie den Professor Magura bekäme er wohl so bald nicht wieder in seinem Haus zu sehen, und mancher seiner Nachbarn am Fluss könnte für das üble Getuschel in Jowans Wirtshaus ein williges Ohr haben. Lerch sah sich am Pranger, und da war niemand, auf den in der Not zu zählen war. Mennich war verstummt – die von ihm angestrebte Besinnung auf die stilleren Werte waren weggetrommelt

worden. Der Bischof beschränkte sich aufs Beten, und Direktor Magura wird, wenn die Stunde kommt, Lerchs „Flößer“ stillschweigend ins Depot verfrachten. Auf was oder auf wen wird zu hoffen sein, wenn die gefürchteten russischen Befreier ins Land einbrechen und es sich gefügig machen? Es in Besitz nehmen im Rausch, eine verheerende Gerechtigkeit im Gepäck, die ohne Gnade ist und ohne Gott auskommt. Die Bauern in Hochdorf, die Witwen und die trauernden Mütter, die Sandausheber am Fluss, die Zauderer und auch diejenigen, die es schon immer gewusst haben wollten, waren ohne Schutz und ohne Rat. Wieder einmal war der Gekreuzigte die letzte Hoffnung gegen die irdische Verzweiflung, wobei doch jeder wusste, dass er deswegen nicht aus dem Himmel herabsteigen würde.
Es war dann ein Stein – wie ein entfleischter Knochen eines Urtiers aus dem Erdreich gestoßen – der den Tag schicksalhaft veränderte. Lerch wird später von einer Fügung sprechen, die ihm eine schwierige Entscheidung erspart hätte. Pfarrer Berghausen wollte in diesem Zusammenhang einen Schutzengel erkannt haben, der den guten Menschen begleitet, und Jakschi bezeichnete es glattweg als Dusel, den immer diejenigen hätten, die etwas nicht zu Ende zu denken in der Lage seien. Wie immer – es riss Lerch die Lenkstange aus den Fäusten und stürzte ihn kopfüber in eine abschüssige Schlehenhecke. Er blutete, der rechte Daumen schmerzte und war aus dem Gelenk gerissen.

*

„Also, der Göring wird warten müssen", befand Dr. Mertz, den Lerch nach seinem Sturz aufgesucht hatte. „Es wäre denn, Sie malen ihn mit der Linken." Er stellte den verrenkten Daumen zurück und legte einen Stützverband an, den Lerch, gemessen an dem, wie er meinte, zu vernachlässigenden Missgeschick mit dem Fahrrad, als überbesorgt empfand. Er fürchtete den Dorfklatsch, aber der war, wie Dr. Mertz ihn wissen ließ, ohnehin schon mit dem „Luftmarschall" losgetreten. Er empfahl, neben einer schmerzlindernden verschreibungspflichtigen Salbe, Gelassenheit und Geduld, sowohl was die verletzte Hand betraf wie auch den Umgang mit Matitzer, dem er am Vortag erst Tabletten gegen anhaltende Schlafstörungen verschrieben hatte.

Wie weit er denn mit seinem „Göring" sei, wollte Dr. Mertz wissen, und trug die vorgenommene Behandlung in sein Diarium ein. Blickte zum Fenster hinaus, als wäre seine Frage so wichtig nicht. Lerch schluckte Schmerz und Ärger hinunter. „Auch wenn ich's wollte – ich krieg's nicht hin, weder mit der Rechten noch mit der Linken."

„Mich wundert's nicht. Wir alle kriegen, was geschieht, nicht hin. Ich komme mir vor wie ein flüchtiger Hase mit vielen Hunden in der Spur."

*

Noch aber war es nahezu wie sonst. Abends läutete die Vesperglocke im Dorf, der Lokalzug polterte zur gegebenen Zeit vorüber, die Plätte schleppte sich ans andere Ufer und wieder zurück, die Sandausheber schwitzten, und die langohrigen Mulis schleppten stumpfsinnig die Loren über den Kies. Auf den Brachen wucherten die Disteln in die Dürre, und die Ackerwinde duftete im Frühtau. Zum Sonntag hin kamen Wochenendgäste an den Fluss – Urlauber auch und Kameraden aus dem Lazarett, mit dem Bus in den Waldschatten gekarrt, just dorthin, wo es sich sonst die Kranmichls bequem gemacht hatten, wenn der Tag danach war. Auf dem Dammweg waren schwarze Bräute zu sehen. Jugendliche Witwen ohne Trost. Sie gingen den Weg hinauf, zurück und wieder hinauf. Nirgendwohin.

Lerch wich den Sonntagen aus, wanderte mit Jakschi in die Heide hinaus oder zu den Weingärten am Sandberg, wo die Pioniere einen Erdwall aufgeschüttet und Schützenlöcher gegraben hatten, fahrig, wo doch ohnehin nichts mehr zu gewinnen war. „Mitten durch den Weingarten meines Großvaters“, ereiferte sich Jakschi über den Schaden, den die Pioniere in vaterländischer Pflichterfüllung angerichtet und der Nachwelt hinterlassen hatten. „Der Alte hatte hier eine Hütte gebaut, Tisch und Pritsche und eine Laube zur Abendsonne hin. Wenn er seinen Frieden suchte, kam er für zwei oder auch für acht Tage in sein Weingartenhäuschen, verzehrte einen erlegten Hasen und trank, wenn er durstig war, aus dem

Schöpfbrunnen in der Senke. Es gibt ihn noch. Das Wasser ist kühl wie sonst und doch verdorben." Er spuckte in eins der Schützenlöcher und spuckte noch einmal hinterher. „Nicht der Brunnen und kein einziger Rebstock, ja nicht einmal das Schilf gehört uns noch. Nicht der Himmel und nicht das Land unter ihm. Nichts, das uns wie die Alten bindet. In ihrer Welt hatte alles seinen Platz und seinen Sinn – Gott und der Kaiser, Wein und Acker, Leben und Tod. Der Hofhund lag an der Kette, das Vieh wurde aufgezogen und geschlachtet, die Nachbarn blieben hinterm Zaun, die Kinder wurden in die Moral geprügelt, die Knechte waren fleißig und klagten nicht. Es war nicht gleich alles bedenklich was falsch war, und nicht jedes, das falsch war, war nicht richtig. Es ist, finde ich, dieser Mangel an Grundsätzlichkeit, der die Welt verdirbt. Läufst ihr hinterher und merkst, dass nicht du es bist, der sie bewegt. Treibst auf etwas zu oder von etwas weg und es geschieht, was geschieht. Siehst nicht mehr hin. Bleibst stumm, wo du schreien müsstest."

*

Lerchs Mutter wollte den Dingen vorgreifen. „Nur für den Fall", wie sie ihre Vorsorge zu rechtfertigen suchte. Denn die Angst ging den Russen voraus, die Sorge darüber, wie schlimm es sein wird, wenn sie in den immerhin noch in Resten erkennbaren Dorffrieden einbrechen werden als asiatische Sieger. Wer wird sie zügeln, wenn sie im Suff nehmen was sie brauchen und

auch nicht brauchen? Von der irdischen Gerechtigkeit war nichts zu erwarten, und der liebe Gott hält keinen Sieger zurück, einen gottlosen schon gar nicht. 1916 hatte sie den Einfall der Rumänen in der damals noch ungarischen Grenzstadt Orschowa erlebt. Zwei Monate nur, dann war der Feind zurückgeschlagen worden von österreichisch-ungarischen und deutschen Verbänden. Endgültig. Die Honvéd-Kaserne aber, erinnerte sie sich, war dabei in die Luft geflogen, das Kaufhaus Kick ausgebrannt, die Häuser in der Hauptstraße geplündert. Sogar die Obstbäume in den Gärten hatten die Rumänen ausgegraben und weggeschleppt, obgleich sie bis dahin friedliche Nachbarn gewesen seien. Leute von nebenan und Christenmenschen obendrein. Was konnte da schon einer von den gottlosen Bolschewiken erwarten, die aufzuhalten niemand in der Lage schien.
Sie hatte alles bedacht. Das Familienporzellan – insgesamt 96 Stück – sowie das Silber, sollten in Lerchs Haus am Fluss versteckt werden. „Dort sucht keiner nach Wertsachen“, vermutete sie mit einem noch immer nachhallenden Unterton über den ärmlichen Haushalt des Künstlers. Die für plündernde Soldaten unhandlichen Teppiche blieben am besten dort, wo sie lagen, während die eingemotteten Pelze, mit Lumpen kaschiert, in der Abstellkammer gut aufgehoben schienen. Lerchs Mutter entwickelte zum Schutz ihres Familienschatzes eine ungeahnte Tatkraft, mit der sie die beiden Söhne überraschte und sich fügsam machte, wobei es doch so sicher nicht war, wie zuverlässig die Verstecke im Ernstfall sein mochten, und auch niemand wissen konnte,

wie raubgierig die Eroberer, wenn sie denn kämen, sein würden. Lerch, danach befragt, war zu keiner zuverlässigen Auskunft in der Lage. „Wir nahmen den Russen ihre Ochsen, als wir nicht weiter kamen. Es war so gut wie alles, was sie hatten."
Obwohl Lerchs russischer Kriegserfahrung nichts Hilfreiches zu entnehmen war, nahm seine Mutter einen Strategiewechsel vor. Einen Ochsen, sagte sie sich, versteckst du schlecht. Lass ihnen den Ochsen und behalte das Gold. „Uhren und Schmuck kommen in den Schornstein", entschied sie und listete Ringe und Broschen auf, Rubine und Smaragde, Perlen, Armreifen und Haarspangen mit Einlegearbeit, Amulette sowie den zur Erstkommunion in Empfang genommenen Rosenkranz. „Bis der Spuk vorüber ist." Sie seufzte vernehmlich und streifte den zierlichen, goldgefassten Rubin vom Finger, löste die Kette im Nacken und kam sich schon jetzt ausgeplündert vor. „Ich überleb es nicht", stöhnte sie, und hatte doch keine Wahl.
Andrasch machte sich wegen der Hausbibliothek Gedanken. Sie enthielt 232 verzeichnete Bände. Romane und Dramen der Weltliteratur, dazu Schopenhauer und Nietzsche, eine Kollektion des „Simplicissimus" und, als Herzstück des Bücherschranks, den ersten Band der „Kulturgeschichte des Deutschen Volkes, mit 1822 authentischen Abbildungen im Text und auf 135 Tafeln", 1892 in dritter Auflage erschienen in Berlin, Historischer Verlag Baumgärtel. Es war das Prunkstück der Lerchschen Hausbibliothek, auf das man sich, bei gegebenem Anlass, immer wieder gern berief und aus

dem, unter Angabe der Seitenzahl, häufig zitiert wurde. Mit Vorliebe die Seite 228, dritter Absatz. „Damals", ist da zu lesen, „war Deutschland die stolzeste Macht: damals schützte es Frankreich und Italien gegen weitere Einfälle barbarischer Völker, deren Angriffe es auf sich selbst nahm und abschlug, und verschaffte so jenen Ländern eine ungestörte höhere Entwicklung; damals erhoben sich, nicht zum wenigsten mit deutscher Hilfe, Polen, Ungarn, Dänemark, Norwegen, Schweden zu Kulturstaaten." Zwar bezogen sich diese Angaben auf das 13. Jahrhundert, doch hat diese Zeit ihre „Wellen bis zu unsrer Gegenwart geworfen", wie nachgetragen war.

Schweren Herzens und entgegen Lerchs Einwand, dem Unabwendbaren doch besser seinen Lauf zu lassen, wurde familiär beschlossen, den kostbaren Band zeitweilig aus dem Regal zu entfernen, um so möglichem Unverständnis oder Vandalismus vorzubeugen. „Können die Russen denn lesen?" warf Lerchs Mutter in den Raum und verbesserte sogleich: „Ich meine, ob die deutsch lesen können." Mit der Bemerkung, das lieber nicht erst abzuwarten, entfernte Andrasch den Band aus dem Regal, obwohl, wie er meinte, das Jahr 1500 nach Christus, mit dem der Band abschloss, heute politisch als unverfänglich gelten dürfte.

Zu gleicher Stunde noch gelangte die Kulturgeschichte des Deutschen Volkes von 1892 in den Holzschuppen, wo das kostbare Stück möglicherweise vor plündernden feindlichen Soldaten, nicht aber vor hungrigen Nagern sicher sein mochte.

*

In kühler Fremdheit trauerte das Familienporzellan auf dem rohen Bretterboden des Häuschens am Fluss. Im Halblicht der abgedunkelten Stube glänzte es wie ein verwunschener Schatz – aufeinander gestapelte und nach Zugehörigkeit geordnete Teller, Tassen und Schüsseln, Kannen und Kännchen von Philipp Rosenthal im oberfränkischen Selb. Ererbt, erworben, mit Erinnerungen behaftet und mit äußerster Sorgfalt aufbewahrt für die großen und immer seltener gewordenen Feste. Aufgehäuft daneben der matte Schimmer des Tafelsilbers, vornehm, überzählig und lästig.
Lisi, überwältigt von der Pracht der Stücke und zugleich darüber besorgt, diese über den Krieg hinaus vor Wind und Wetter und den Russen zu retten, durchlebte eine schlaflose und von quälenden Träumen durchsetzte Nacht. Erst gegen Tag, als Gyuri die Kanne Frischmilch in der Küche abstellte, kam sie auf den erlösenden Gedanken, Porzellan und Silber in dessen Tagelöhnerhaus unterzubringen, das in seiner Unansehnlichkeit die Bedürftigkeit seines Bewohners zu erkennen gab und somit vor jeder fremden Begehrlichkeit sicher schien. Lerch war bald überredet und Gyuri, ohnehin nicht mit betonter Eigenwilligkeit ausgestattet, nickte Lisis Vorschlag ab, ohne groß darüber nachgedacht zu haben, weil das Porzellan eben Weibersache ist und als solche einem Denkvorgang unterworfen, den zu entwirren Männer überfordert. In seiner Speisekammer ließen sich, wie er es sah, recht gut einige Kartons unterbringen, neben gesäuertem Gemüse,

Räucherfleisch und Knoblauchzöpfen. „Dem Porzellan wird's nichts ausmachen", scherzte er. Sie lachten zu dritt, und die kleine Eva klatschte vor Vergnügen in die Hände.

*

In Lerchs Uferhaus nahmen die Besuche Dr. Matitzers zu, der einem ersten Entwurf für das Porträt des Reichsmarschalls entgegen fieberte und dabei nicht vergaß, die in Aussicht gestellte großzügige Anzahlung hervorzuheben. Lerch verwies auf seine verletzte Rechte und wagte eine Bemerkung zur präkeren Lage an der Ostfront sowie zum inflationären Wert einer Kriegswährung auf Abruf. Matitzers Einwand, dass immer und über allem das Reich stehe, ließ Lerch an den eben im elterlichen Holzschuppen vermeintlich gesicherten Repräsentierband zur Kulturgeschichte des Deutschen Volkes von 1892 denken, und ihn überkam ein nicht abweisbares Gefühl der Hilflosigkeit, das jedes sinnvolle Handeln oder auch nur klärende Weiterdenken unter einem von feindlichen Bombern beherrschten Himmel lähmte. Die in der Kulturgeschichte für das Mittelalter aufgestellte These vom Schutzschild Europas verblasste vor der Wirklichkeit des ausblutenden Kontinents und seiner zunehmenden Verrohung. „Was immer es sein wird", hörte er sich sagen, „wir werden es hinnehmen müssen. Sie und ich und unsere Kinder."
„Mann Lerch!" Matitzer, maßlos aufgebracht, schmähte den Maler einen abgewrackten Fähnrich ohne Schneid,

als einen unzuverlässigen Österreicher eben, in dessen Umfeld alles Urdeutsche verwässere und letzten Endes versumpfe.

„Pimpf!“, schleuderte ihm Lerch entgegen und traf damit den Mannesstolz des Ortsleiters, der sich mit dieser für das zum Gehorsam gedrillte Jungvolk üblichen Bezeichnung gedemütigt vorkommen musste. Verkannt und verraten. „Es war schon immer das Schicksal der Standhaften, in äußerster Not verlassen zu werden.“ Die Arme hingen ihm schlaff aus dem Schultergelenk, und die gesenkte Stirn versank unter der schwarzen Sturmmütze. „Ich bin in der Pflicht, und einer wie Sie müsste das in gleichem Maße sein.“

„Was aber kommt nach der Pflicht? Ist's die Scham? Die Abrechnung, das große Wegducken? Eine andere Wahrheit oder auch nur eine neue Lüge? Eine andere Pflicht?“

*

„Es ist Gottes Fügung.“ Pfarrer Berghausen enthob sich damit zusätzlicher Äußerungen zum missglückten Attentat auf den Führer. Es war der 20. Juli und ein Sommertag wie aus dem Bilderbuch. Es hätte ein guter Tag sein können. Die Ernte war eingefahren, in den Scheunen warf der Vormann bis in die Abenddämmerung die schweren Garben in die Dreschtrommel, der Sackmann hob das Korn auf die Waage und errechnete einen den Bauernstolz schmeichelnden Hektarertrag. Aber die vollen Scheunen ließen nichts anderes als Sorge zu. „Der Russe wird's sich nehmen", war an Kranmichls Abendtisch zu hören, und auch, dass der Hausherr eher mit eigener Hand Feuer legen werde, als das neue Korn den gottlosen Bolschewiken zu überlassen. Es ging ihm nicht um das Vaterland, welches immer auch gemeint sein mochte, sondern um den rechtmäßigen Besitz, um den Ertrag angestrengter und ausdauernder Tüchtigkeit. Hast es zu was gebracht, hast geschuftet, gespart und auch deinen Vorteil gesucht und jetzt, über Nacht, zählt das nicht mehr viel. Der regelmäßig bestochene Wachtmeister wird dich plötzlich nicht mehr kennen wollen, der ehrwürdige Herr Bischof wird über dich hinweg das Heil der Welt verkünden, und Dr. Matitzer – wohl bald wieder Maticza – wird stets und ausschließlich auf Anweisung von oben gehandelt haben, gegen die, selbst bei gegenteiliger eigener Meinung, nichts auszurichten möglich gewesen sei. Kranmichl schob die Ertragsrechnung des Sackmanns ungeprüft zur Seite und unterschrieb mit leichter Hand die Mautforderung, ohne diese – wie üblicherweise – zu beanstanden.

In Berlin wurden die Verschwörer hingerichtet – Generäle und Kommandeure, Ritterkreuzträger und geistliche Herren. Neue, eilig zusammen gewürfelte Heeresgruppen wurden dem Feind entgegen geworfen. Geopfert. Halbwüchsige Bauernjungen und alternde Reservisten sollten den Führer und sein Reich retten oder mit ihm untergehen. Kranmichl, obgleich als wehrfähig befunden, hatte sich eines anderen besonnen. Er blieb, wie er es bezeichnete, freiwillig daheim, weil er sich hier am nötigsten

vorkam und – im Wissen um die Käuflichkeit der Welt – lieber rot als tot sein wollte. Auch im Kommunismus, sagte er sich, rotiere die Erde nicht andersrum.
Matitzer nannte es Wehrkraftzersetzung, der – auf Anweisung von oben – die unbeugsame Einsatzbereitschaft des Dorfes sichtbar entgegen zu setzen sei, unabhängig von Vermögen, Stand und Amt des Abweichlers. Er kommandierte seine Pimpfe ab, fünfzehnjährige Knaben – vor wenigen Wochen von Pfarrer Berghausen mit dem Sakrament der Firmung versehen – ließ sie, Kampflieder kreischend, vor Kranmichls Anwesen aufmarschieren als letztes Aufgebot verzweifelter Einfallslosigkeit.
Nahezu unbemerkt hatte sich der Wachtmeister, von zwei Gendarmen begleitet, angenähert. Mit aufgepflanztem Bajonett beobachteten sie den Vorfall, unschlüssig darüber, was zu tun angemessen sein könnte, wenn kaum noch Befehle durchkamen und die noch verbündete Wehrmacht mit einem keineswegs unbewaffneten Sanitätszug das Dorf in der Gewalt hatte.

*

„Sie sind geheilt." Dr. Mertz prüfte das Daumengelenk, ohne Auffälligkeiten feststellen zu können. Er empfahl weitere Schonung. „Bis Kriegsende", lächelte er dünn. Dringliches habe er nicht vor, lächelte Lerch zurück. Wie bekannt, verwirkliche ein Künstler nicht alle seine Vorstellungen und noch weniger die Erwartungen, die auf ihn zukämen. Ohnehin bestimmen meist die Ande-

ren, was gerade Kunst ist, wobei das Neue meist so neu nicht sei.
„In der Medizin ist das anders“, hielt Dr. Mertz dagegen. „Hier ist das Neue immer neu und bringt in der Regel auch voran.“ Als Landarzt allerdings, bedauerte er, erfahre man den Fortschritt der Medizin nur aus den Fachblättern und oft sei dieser, bis er dich erreicht, bereits gestrig geworden. Über den Stabsarzt – mit dem er auf einem Kameradschaftsabend bekannt geworden war – hätte er Einblick in die Tätigkeit des Lazaretts erhalten, und somit darüber, wo die Medizin heute stehe. Dieser Dr. Frischmann, ein Sachse aus Dresden, sei übrigens ein Kunstfreund, der es sich nicht hätte nehmen lassen, Lerchs Deckengemälde in der Dorfkirche zu sehen. „Er ging ein zweites Mal hin“, unterstrich Dr. Mertz.
„Ich kann's inzwischen kaum noch ertragen. Die Tumba der Totenmesse hat in unserer Kirche einen Dauerplatz erhalten. Unser Blick ist nicht mehr zum Himmel, sondern nur noch in den Staub gerichtet.“
Dr. Mertz war gedanklich noch immer bei der neuesten Medizin, von der er sich nicht nur physische Erleichterung erhoffte, sondern eine neue Orientierung im Umgang mit den gesellschaftlich erlittenen und bleibenden Schäden. „Dieser Dr. Frischmann“, führte er aus, „hilft beinamputierten Soldaten mit neuartigen Prothesen über ihre Verkrüppelung hinweg. Auch mit zwei Beinen bist du nicht vollkommen, lautet seine These. Demnach sei nicht immer das, was fehle, entscheidend. Das amputierte Bein wächst nicht nach – das kriegt kein Wunder

hin. Aber wieder gehen, aufrecht gehen, das bringt den Menschen ins Leben zurück. Ganz ohne Wunder."
„Hitler", hielt Lerch dagegen, „überlebte den Anschlag auf sein Leben wie durch ein Wunder. Er bezeichnet es als Vorsehung."
„Mitunter irrt auch die Vorsehung", berichtigte der Arzt. Jeder müsse sich das, was geschieht oder nicht geschieht, auf eigene Weise zurechtlegen. „Mein Kollege Dr. Frischmann hat sich, nach dem Anschlag auf den Führer, Zivilkleider zurechtgelegt – für den Ernstfall."

*

Dieser geschah am Morgen des 23. August, als das Radio den Umsturz in Rumänien meldete. Der König hatte die Waffenbrüderschaft mit dem Deutschen Reich aufgekündigt und Hitler den Krieg erklärt. Die Bolschewiken und Zarenmörder, gegen die der König und sein Marschall in einen heiligen Krieg ausgezogen waren, wurden als Befreier umjubelt, obwohl doch jeder wusste, dass damit die Partie endgültig verspielt war. Nichts war über Nacht hinderlicher geworden als der Fahneneid von gestern, nichts entbehrlicher als die von den Umstürzlern eingekreiste Majestät des Königs. Echte und weniger echte Revolutionäre besetzten die Ämter, schafften alte Privilegien ab und ersetzte sie durch neue, hielten im Namen des Volkes Gericht und blieben selbst außerhalb der Gesetze. Schuldige wurden gefunden und erfunden, die Freiheit verkündet und zugleich die Diktatur des Proletariats ausgerufen. Die Freiheit war nicht mehr auch die Freiheit der anderen, wie es die Kommunistin Rosa Luxemburg einst gefordert hatte. Der Klassenkampf als oberstes Gebot verschob was oben war nach unten, und wer bisher den Ton angab, war über Nacht mundtot gemacht worden. Dennoch schien die Sonne, die Krähen schwärmten aus wie sonst, und das Wasser im Fluss war nicht trüber als an anderen Tagen auch. Aber alle waren auf eine Gnade angewiesen, auf die es keinen Anspruch geben konnte. Nach der neuen, revolutionären Auslegung von Moral und Recht war niemand im Dorf ohne Makel – die taglöhnernden Sandausheber vielleicht ausgenommen, die allerdings weiter drauflos schippen sollten für den Sieg, der nun eine andere Farbe hatte. Gyuri klagte beständiger als sonst über Rückenschmerzen, nur wenig überzeugt vom neuen Wohlstand, den eine Partei versprach, die nur das zu vergeben hatte, was sie anderen wegnahm. Die Sonne war ihr Symbol. Eifrige Fanatiker malten sie rot auf die Hauswände und wachten darüber, dass keiner sie wegwischte oder überpinselte. „Ab und an ein Wölkchen sollten die schon zulassen", lästerte Gyuri abends beim Plättenwirt, und Jowan tat so, als hätte er nichts gehört.

*

Die Gendarmerie drang am hellen Tag und ohne Haftbefehl, wie man wissen wollte, bei Dr. Matitzer ein. Vergeblich. Er hatte sich, rechtzeitig gewarnt, abgesetzt und blieb unauffindbar. Sein Schäferhund kläffte dem

Wachtmeister entgegen und verkroch sich, nach einem Warnschuss aus der Pistole, winselnd im Hinterhof. Tags darauf wurde Mennich abgeführt, obwohl dessen unverborgene Gegnerschaft zu Matitzers Marschparolen auch dem Wachtmeister genügsam bekannt gewesen sein musste. „Sie eskortierten ihn wie einen Dieb“, berichteten die Leute, und im Vorübergehen soll manch einer wie sonst den Hut gezogen haben, weil über die Ehre eines Nachbarn nicht der Wachtmeister entscheidet, schon gar nicht von heute auf morgen. Auf dem Revier angekommen, bot dieser Mennich immerhin einen Stuhl an. „Ich mache nicht die Befehle“, entschuldigte er sich. „Aber ich bin auch nicht dagegen.“
Ein Zug rumänischer Infanterie hatte am Vortag das Lazarett abgeriegelt, das Wachpersonal entwaffnet und als erstes die Demontage der medizinischen Ausstattung vorgenommen. Es gab keinen Widerstand, und niemand kümmerte sich zunächst um die Gefangenen. Stabsarzt Frischmann kam in seinen Zivilsachen bei Dr. Mertz vorbei, wurde mit dem Nötigsten versorgt und verabschiedete sich zur Nacht. Unnütz gewordenes Wissen über die gesellschaftliche Auswirkung der jüngsten Orthopädie im Gepäck. Ein Wassermüller setze ihn ans andere Ufer über.
Kranmichl bescherten die noch sichtbaren Eierspuren, die Matitzers „Jungvolk“-Kommando am Haus hinterlassen hatten, urplötzlich den Ruf eines Widerstandskämpfers, bei dem sich bald die neuen Revolutionäre einfanden, eine rote Fahne heraushingen und dem Hausherren mit dessen Wein ausgiebig zutranken. Sie spannten die

Rappen vor und jagten durchs Dorf, knallten mit Peitschen und Büchsen, grölten russische Kampflieder, den roten Stern auf der Partisanenmütze. Junge Serben aus der Nachbargemeinde, die sich weder den noch auf den König eingeschworenen Behörden noch den schwäbischen Bauern gegenüber zur Rechenschaft verpflichtet fühlten. Sie brachen in die Höfe ein, schossen Hunde und Geflügel ab, plünderten die Schränke, schlugen an Matitzers Ortsdienststelle die Fenster ein, urinierten an den Sockel des heiligen Nepomuk und leerten den Opferstock der Kirche. Einen Tag lang und dann noch einige dazu waren sie die Herren über ein von Gott und König verlassenes Dorf. Und die Russen waren noch immer nicht da.
Die Höfe igelten sich ein, schoben die Riegel vor und ließen die Hunde von der Kette. Die Glocken schwiegen, die Zeitungen fielen aus, das Postamt blieb geschlossen. Neben die Sonne der Revolution wurden Galgen auf die Hauswände geschmiert. War der Hass die neue Gerechtigkeit? Die rohe Gewalt das neue Gesetz?

*

Am dritten Tag der Befreiung musste Kranmichl mit ansehen, wie seine vier Paradepferde die Köpfe hängen ließen und willenlos im Geschirr hingen wie Ackergäule nach Feierabend. Vom Widerstandskämpfer Kranmichl zwar ungefragt, jedoch, wie man zu glauben vorgab, freien Herzens der Revolution zur Verfügung gestellt, war der Übermut der Rösser gebrochen und ihr Stolz einer furchtsamen Gefügigkeit gewichen. Das schmerzte, und er, der Großbauer und noch taufrische Sympathisant des Proletariats, vermochte zwar seinen Zorn zu zügeln, nicht aber die Tränen zurück zu halten, die in seinen Dreitagebart rannen. Das war nicht sein Spiel. „Nicht mit mir", würgte er es sich von der Zunge in den Magen, bis es säuerte und aufstieß. Als seine neuen Mitstreiter auch die Feiertagskutsche flott machten und sich erbarmungslos in die gefederten Sitze warfen, durchschüttelte den Bauern ein bedrohliches Zittern. Immerhin hatte hier der hochwürdige Herr Bischof vor nicht allzu langer Zeit Platz genommen und das Dorf gesegnet im Namen des Vaters, des Sohnes und des Heiligen Geistes. Was, Teufel noch mal, trug sich da zu auf seinem eigenen ererbten Hof? Sie halfen ihm, wenn auch weniger achtsam so doch nachdrücklich, auf den Kutschbock und überließen ihm kumpelhaft die Zügel. Die rote Fahne flatterte im Sommerwind und acht selbsternannte Genossen drängten in der Kutsche ineinander, lümmelten, hingen die Beine raus, trieben Pferde und Kutscher an mit Geschrei und Geknatter. Kranmichl spürte, wie es ihm die Luft abschnitt und den Blick verschleierte. „Am besten, du überlebst den Tag nicht."

*

In seinem Bericht, den Pfarrer Berghausen über die Verwüstungen in seiner Kirche abzufassen sich beauftragt sah, ließ er sich nicht zu Verdächtigungen oder gar Schuldzuweisungen verleiten. Es sei, abgesehen von den unerkannten Missetätern, zur Zeit der Tat niemand anwesend gewesen, schrieb er. Nur Gott wäre Zeuge des bedauerlichen Vorfalls. Inzwischen habe man, soweit möglich, die Spuren beseitigt. Das Verzeichnis der in Russland Gefallenen, von der Wand gerissen, gedächte er vorerst nicht zu erneuern. Siebenundfünfzig waren zu beklagen. Dorfkinder, die er heran wachsen und dann übermütig in den Krieg ziehen sah. Wenn nun schon eine Liste aus Papier störe, was würde dann mit denen geschehen, die ihre Kinder und Väter nicht verleugnen wollen? „Ich weiß keinen Rat und darf keinen erwarten", klagte er in seinem Bericht. Den aufgebrochenen Opferstock wolle er nicht erneuern. Im Hauptgang der Kirche habe er eine offene Spendenschale aus Holz aufstellen lassen für die Bedürftigen. Mit Zustimmung des Kirchenrates würde das Gotteshaus, wie bisher, unverschlossen bleiben. Christus verberge sich nicht. „Wer was weg nimmt, nimmt es dem Bruder."

*

Kranmichls vierspännige Kutsche jagte den für jeden öffentlichen Verkehr gesperrten Dammweg hinauf, schwankte, krachte, umwölkt vom Geschrei der weinseligen Genossen, die mit Mühe die Räder in der Spur hielten, die verschlossene Wegschranke aus den Angeln rissen und schließlich überfallartig das Häuschen des

Malers umstellten, eindrangen, Lerch mit Frau und Kind in eine Ecke schoben und das Haus durchstöberten. Skizzenschrank und Kleiderschrank, die Speisekammer, Vorraum und Dachboden, die Gartenhütte draußen. Sichtlich verstimmt nahm das Revolutionskommando, wie sich die Eindringliche nannten, am Tisch Platz, ließ die Flasche kreisen und den Maler vorführen. „Wo ist das Nazischwein? Der Göring, den du gemalt hast. Wir möchten das Bild, und wir holen es uns!"

Lerchs Beteuerung, den Reichsmarschall nicht gemalt, ja nicht einmal skizziert zu haben, nützte wenig. Das Kommando drohte, bei verweigerter Herausgabe des Bildes das Haus in Kleinholz zu verwandeln und es, wenn ihnen danach sei, gnadenlos abzufackeln. Sie klopften Wände auf Hohlstellen ab, suchten unter den Fußbodenbrettern nach einem möglichen Versteck. „Ich werde sie alle vors Gericht bringen!", schrie Lerch. „Dich und dich und dich!" Sein drohend ausgestreckter Finger wanderte in der Runde. „Wir sind das Gericht!" überschrie ihn der Pistolenträger und jagte einen Schuss in die aufsplitternde Decke.

„Aufhören!" Wie vom Himmel gefallen stand Gyuri in der geöffneten Tür, klein und erbärmlich in seinem einsamen Zorn, unverkennbar indessen ein Proletarier, einer von ganz unten und ohne völkischen Makel. Rumänisch, ungarisch und auch unter Zuhilfenahme serbischer Brocken herrschte er die Eindringlinge an, nannte sie Rotznasen, beschimpfte sie als von der Roten Armee verachtete Randalierer und war damit den Eiferern zu weit gegangen. Wer war schließlich dieser Zwerg, und

wie kam er dazu, in dieser hochpolitischen Angelegenheit das Maul aufzureißen?
„Er ist mein Vater!“ Lisi war einen Schritt vorgetreten und fasste Gyuri, Hilfe leistend und zugleich Hilfe suchend, am Arm, den „Brautvater“, wie das Kommando witzelte. Auch er vielleicht ein verkappter Nazi, ein Komplize des Göring-Porträtisten, der hier und jetzt abgeurteilt werden sollte, schuldig zu sprechen war, was sonst. War das Bild nicht da, so war es doch sonst wo, am ehesten vielleicht, ja ganz gewiss, vom Alten versteckt irgendwo, wo es keiner suchte. Gyuri, zur Rede gestellt, lachte sie aus und tippte sich viel sagend an die Stirn, aber schon hatten sie ihn untergefasst und, ungeachtet heftiger Gegenwehr, zum Haus hinaus und in Kranmichls Kutsche gezerrt. Beim Plättenwirt vorbei und flussabwärts bis zum vorletzten der kleinen Gehöfte riss das Gespann die ungewöhnliche Eskorte und lockte verwunderte Gaffer an die Zäune, denen Pferde und Kutsche bekannt waren, die den Vorfall aber in keinen Zusammenhang mit ihrem Nachbarn Gyuri zu bringen in der Lage waren, vor dessen Haus die schäumenden Rappen schließlich hielten.
Ein Blick ins Innere des Häuschens genügte allerdings, um festzustellen, dass hier, abgesehen von Lisis Mädchenbildnis, kein Kunstwerk zu entdecken war, und auch sonst nichts herumlag, was mit dem Reichsmarschall Göring in Bezug zu bringen gewesen wäre. Allerdings war dem Überfallkommando das in der Speisekammer sorgfältig aufgestapelte Rosenthal-Porzellan aus dem Lerchschen Familienbesitz nicht verborgen geblieben. Gyuri, verantwortungsbewusst und von der viel geprie-

senen Ehrlichkeit, ja Aufopferungsbereitschaft der kleinen Leute beseelt, stellte sich, Schlimmes befürchtend, abwehrend dem Kommando entgegen. Tobte, erklärte, flehte, fluchte. Und musste doch mit ansehen, wie in seinem Hof die teuren Stücke als Zielscheiben für eine öffentliche Schießübung herhalten mussten, zersplittert in den Hühnerkot fielen und, wenn auch nicht die Treffsicherheit der Schützen, so doch deren Entschiedenheit unter Beweis stellten, mit allen bourgeoisen Äußerlichkeiten endgültig und für jeden sichtbar aufzuräumen. Das Ungewöhnliche des Vorfalls hatte bei den Plättenhäuslern für Zulauf gesorgt. Zunächst aus angemessener Entfernung und außerhalb der Schusslinie, wagten sich die Männer und Weiber, ihre unmündigen Kinder an der Hand, schaulustig bis an das Gehöft heran, in dem ausgerechnet an der Person des Sandaushebers Gyuri der gesellschaftliche Umsturz geprobt wurde, der wie eine Urgewalt in die Schläfrigkeit des kleinen Alltags der Taglöhner einbrach und sie fassungslos zurückließ. Lerch, näher kommend, vernahm die Zurufe und Pfiffe, mit denen seine Nachbarn die Schießübungen der Randalierer begleiteten, meinte Schmähungen herauszuhören, abweisendes Gemurmel, aber auch beifälliges Raunen bei jedem Treffer. Bedenklicher als der Untergang des Rosenthaler Familienschatzes schien ihm jedoch die Gyuri anzumerkende Gewissensnot zu sein, dessen quälende Sorge, das in ihn gesetzte Vertrauen nicht erfüllt zu haben. „Jeder schubst dich wohin er will." Es war dieser, von Gyuris verstorbenen Frau oft geäußerte Vorwurf, den er zu hören meinte, und der ihm, die proletarische

Hinrichtung des Porzellans vor Augen, mehr denn je ebenso begründet wie haltlos vorkam.
Gyuri scharrte, als Lerch hinzutrat, die Scherben von 96 erlesenen Vitrinenstücken auf die Sandschaufel und kippte sie wortlos in die bereitgestellte Schubkarre. Ihm fiel nichts ein, was zu sagen gewesen wäre. Lerch nahm ihn in die Arme – zum ersten Male in all den Jahren. „Scheiß drauf!" Sprach es gelassen aus und klopfte dem Alten kumpelhaft auf den Rücken.

*

Lerch zeichnete wieder, zögerlich noch, als müsste die verletzte Hand erprobt werden, und das Auge auch, der innere Blick. Welche Farbe hat die Schmach? Welchen Strich der Zorn? Seit seiner Heimkehr an den Fluss war kein einziges Bild entstanden. Die gelegentlich flüchtig hingeworfenen Studien blieben fahrige Linien, die sich bündelten, brachen, kräuselten und nach einer verlorenen Form suchten. Er brachte es nicht hin, die kleine Eva zu ihrem Geburtstag zu zeichnen. Jakschi hatte mit einem Schnappschuss ausgeholfen, den Lerch vergeblich zeichnerisch zu übertragen sich abmühte. Lisi befürchtete, ihm fehle jeder tiefere Bezug zu seinem Kind, so als sähe er es nur durchs Fenster. Dahinter schien alles abräumbar. Die Pappeln und Weiden vor dem Haus nur Staffage, der Fluss eine Schotterrinne von fragwürdiger Nützlichkeit, die Nachbarn verstummt. Es bringt nichts, wenn du das Fenster verhängst, den Tag abdunkelst

oder beim Plättenwirt einen Doppelten hinunter stürzt. Merkwürdigerweise war Lerchs jüngerer Bruder Andrasch in diesen Augusttagen der Stärkere. Schon immer hatte er seine Gebrechlichkeit sichtbar mit sich herumgetragen, und schon immer hatte er die Welt als etwas gesehen, das sich selbst anwidert und auch ohne Kunst nicht schlechter dran wäre. „Die Kunst ist nur ehrlich, wenn sie keiner braucht. Ich male und keinen kümmert's."
Lerch wagte das Andere. Er zeichnete Gyuris Schuhwerk, schwer, verbraucht und aus dem Stand geraten zwischen den Scherben im Sand. Das Randereignis eines Tages ohne Mitte. Er fügte, in der Fläche verloren, ein Büßerantlitz hinzu. Die Mütze tief in der zerquälten Stirn. Ohne Blick. Ein Irgendwer. „Das ist doch Vater!" Lisi, halb erstaunt und halb verängstigt, beugte sich über das Blatt und glättete es mit der flachen Hand. „Ja", sagte Lerch. „Vielleicht."

*

Die Nachricht über den Vorfall im Haus des Sandaushebers Gyuri verbreitete sich über Nacht im ganzen Dorf und auch ein gutes Stück über das andere Flussufer hinaus. Entsetzen wurde laut, aber im Verborgenen keimte auch die Häme. So lange das Plündern andere betraf, neigte man vorschnell dazu, dafür besondere Ursachen zu finden, von denen man sich selbst ausgenommen wähnte. Pfarrer Berghausen wollte darin einen Fingerzeig des Herrn erkennen, dass wir das Herz offen halten mögen

für die echten Werte, die uns unzerstörbar mitgegeben sind ins Erdenleben und uns darin stärken, auch in weniger freundlichen Tagen den Willen des Allmächtigen zu erkennen und anzunehmen.
Lerch fand seine Mutter von den Ereignissen aufs Tiefste getroffen. Ins hinterste Stübchen eingeschlossen, hatte sie die Liste mit den 96 Porzellanteilen vor sich und übertrug sie in veränderter Folge auf eine neue Vorlage, als müsste sie alles für das nächste große Familienfest neu sortieren: zwölf Personen – die Kinder und das Gesinde nicht mit gezählt. Auf der Liste fehlten zwei Kerzenleuchter aus massiver Bronze, und keiner wusste, in welches Versteck sie hingelangt sein konnten. „Geh doch mal deswegen zur Behörde", beauftragte sie Lerch. Dr. Mertz hatte ihr ein Beruhigungsmittel verschrieben und den Rückzug in einen der Straße abgewandten Raum empfohlen. „Manchmal hilft schon der Blick aus einem anderen Fenster – in den Garten hinaus oder sonst wohin, wo die Welt noch wie gestern aussieht."
Dazu erzogen und die Stimme seiner Mutter noch im Ohr, suchte Lerch, wenn auch in anderer Sache den Behördengang. Den geraden Weg, wie er meinte, nach Gesetz und Recht. Der Wachtmeister aber, über den Vorfall in Gyuris Haus bereits informiert, war auf nähere Hinweise nicht aus. Es gäbe kein Gesetz, an das er sich halten könne. „Nicht einmal die zehn Gebote gelten." Keiner wisse heute, was morgen sein würde, woher die Befehle kämen und wen sie treffen könnten. „Sie oder auch mich, oder uns beide zusammen."
Lerchs eigentliches Anliegen war indessen weniger das

zerscherbte Familienporzellan als der Vorwand für die Plünderung seines Anwesens. Was bis zuletzt zähle, ereiferte er sich, sei die Wahrheit, nichts sonst, und hatte damit den Überdruss des Wachtmeisters bezüglich der Wahrheit herausgefordert. Denn die Wahrheit, orakelte dieser, suche sich keiner aus, sie werde mitgeteilt und richte sich nicht danach, ob sie gelegen käme. Er legte die Hand an den Mützenschirm und verabschiedete den Maler. „Wenn Sie verreisen sollten", winkte er ihm nach, „weiß ich nicht, wo Sie zu finden sind." Wollte er damit vorwarnen oder nur seine Befürchtung in die Umkehrbarkeit des Wirklichen äußern?

„Er hat die Hose voll", lästerte Jakschi, als er davon hörte. „Alle haben die Hose voll – die geschätzte Obrigkeit, unser Herr Pfarrer, selbst der Widerstandskämpfer Kranmichl und auch so nebensächliche Leute wie ich. Es ist gegenwärtig der Normalzustand, würde ich sagen. Sogar die Schwalben unterm Dach wollen früher weg – nach Süden, meinen wir zu wissen, in Wirklichkeit aber haben sie uns einfach satt. Die Mücken hier sind nicht mehr nach ihrem Geschmack."

*

Es war vor Tagesanbruch als Lerch sein Haus verließ. Die Krähen schliefen noch, nur ab und an krächzte eine im Traum, schloss die Flügel enger um den Leib und wühlte sich fester ins Nest. „Sie sind im Vorteil", dachte Lerch, und fand dafür gute Gründe. „Sie werden alt

ohne Gedächtnis und kommen ohne Vaterland zurecht.“ Streunende Hunde strebten ihren Hütten zu. Ermattet von nächtlicher Jagd und hemmungsloser Paarung schnürten sie an den Lattenzäunen hin und schlüpften durch geheime Bruchlöcher in die Geborgenheit der Hinterhöfe. Die aufgehende Sonne pinselte einen sehr fernen rötlichen Streifen unter den letzten Stern. Nebelschwaden verhüllten den Fluss und machten die Weiden schwer. Allein das Wasser drängte unverdrossen talwärts. Es gab genug davon, und es verlachte die Sandausheber, die mit ihren lächerlichen Schippen die Schotterbänke aufrissen, die der Fluss gleichmütig wieder auffüllte, nebenbei die Plätte von einem zum anderen Ufer bewegte, die Schiffsmühlen in Gang hielt und die Flöße trug. Das Wasser hat sein eigenes Zeitmaß und eine andere Abmachung mit dem lieben Gott, der ihm die vornehmen Fische beigab, die ohne Gezeter und offenen Auges sich gegenseitig verzehren und mit der Strömung vorlieb nehmen, auch wenn diese mal auf die Gegenseite hinüberwechselt.
Für einen wie Lerch war nichts daraus zu lernen, nichts von den stummen Fischen und noch weniger vom Gekeife der Krähen. Er war ein Verlierer der anderen Art, ein nach göttlichem Willen geschaffenes Wesen, sprachbegabt, denkfähig und in der Seele verletzlich. Einem wie ihm blieb nur die unehrenhafte Flucht und das Warten darauf, dass über alles Gras wächst. Und so war es die Zeit, die Lerch während der kurzen Überfahrt durch den Nebel ans andere Ufer begleitete. Die schleppende Zeit der Schildkröte. Sie verwische, will man wissen,

Leid und Glück. Sie tötet. Noch spürte er Lisis Atem auf seiner Wange, und er versuchte mit aufgelegter flacher Hand etwas davon einzuschmelzen in den Blutkreislauf. Sie war am anderen Ufer zurückgeblieben, in den Nebel nachwinkend. Nimmst nichts mit von dem, was du zu besitzen meinst. Rettest vielleicht die nackte Haut. Bis auf's Weitere.

Das Boot legte knirschend an. Lerch spürte, wie der Sand unter seinem Schritt nachgab. Das Wasser versprach Ruhe. Es nimmt dich mit wie ein Blatt. Es richtet nicht. Vor Jahren war sein Vetter ins Wasser gegangen. Am Plättenufer hatte er seine Jacke abgelegt. Nichtschwimmer meiden die Stelle. Sein Vetter war Nichtschwimmer, und so muss, was ihn ins Wasser trieb, schrecklicher als das Wasser gewesen sein. Zur Trauerfeier predigte der Pfarrer wundergläubig über den See Genezareth, der den trägt, der festen Glaubens ist und keinen Zweifel zulässt. Wen tröstet es? Nichts hält das Wasser auf. Auch den Sattlerjungen von nebenan, erinnerte sich Lerch, holte sich der Fluss und gab ihn nicht wieder her. Gerade mal sechzehn war er geworden. Es war im Juli, sonntags, und die Sonne lachte vom Himmel.

Es ist die schicksalhafte Gegensätzlichkeit der Welt, die mehr nicht zulässt an Sinn und Glück, die alles in Grenzen hält und den Stolz zurückwirft auf die Erbärmlichkeit der Kreatur. Hast keinen festen Platz auf Erden. Baust dir ein Haus, aber es ist weniger wert als ein Krähennest auf dem Baum. Das Kind vielleicht, redete sich Lerch in der Nebelfrühe des Tages zu, vielleicht gelingt deinem Kind irgendwann der andere Blick auf dieses Ufer, das

nie gut genug für ein Wunder sein wird, aber den nicht mehr aussetzt, der hier sein Haus baut.
Immer, wenn er in Russland einen Fluss überquerte, verglich er ihn mit dem Fluss vor seiner Haustür. Sie flossen alle unbeirrt nach Süden, obwohl dort sonst nichts war als eine große Leere. Wenn der Karte zu glauben war, wartete dort im Süden nicht einmal ein richtiges Meer auf die russischen Flüsse. Das aber kümmerte sie wenig, wenn sie nur weiter fließen konnten. Ist das der ganze Sinn?
Er stieg durch das Ufergestrüpp. Die ersten Lerchen stiegen über den Äckern frei ins Morgenrot hoch. Ein Fuhrwerk quälte sich durch den Sand und hielt hinter den Weiden. War pünktlich und verschwiegen. Lerch warf den Rucksack hinauf und nahm neben Heckl auf dem Sitzbrett Platz. Prüfte den Hochdorfer Freund aus den Augenwinkeln. „Es ist alles vorbereitet", sagte Heckl.
Ein baumloses Ackerland nahm das Gefährt auf, willig auf den ersten Blick und maßlos gleichgültig auf den zweiten. Es war nicht einzusehen, warum es anders sein sollte. Stoppelfelder und Maisschläge schnürten den Weg ein, Sonnenblumenstrünke trauerten angesengt dem Pflug entgegen. Die Sonne nahm zu und hatte doch schon alles, worauf es ankam, getan. „Im August", sagte Heckl und ließ dem Braunen seinen Schritt, „weißt du, wie das Jahr war. Richtest dich, so oder anders, darauf ein." Wartete auf keine Antwort.
Lerch ließ es gelten. Sein Rucksack im Schragen enthielt alles was nötig war. Ein Skizzenbuch auch, um das fest zu

halten, was ohne Kontur war. Die Einsamkeit im August und, auszugsweise, die Verlegenheit des Schweigens. Sein Blick tastete den Horizont ab, suchte die Senke zu ermitteln, in der das aufgelassene Gehöft kauerte, auf das sie zuhielten. Er hatte es irgendwann auf einem seiner sommerlichen Streifzüge gezeichnet: Haus und Tränke, der Schwengel des Schöpfbrunens steil in der Stützgabel, das aufgelassene Schwalbennest unterm Dach. Alte Hufspuren im Trockenenschlamm. Auf der Hausschwelle wächst das Gras. „Kammer mit Küche", erinnerte sich Lerch. „Der Tag bricht wie eine Drohung durchs Fenster, und die Nacht fällt urplötzlich aus dem Himmel."
Das Fuhrwerk umfuhr eine Hecke und bog in eine nahezu unkenntliche Spur ab. Siehst kein Dorf und kein Dorf sieht dich. War es jetzt nicht das, worauf es ankam? Kein Nachbar, keine Zeitung, keine Rappen vor der Tür. Unterhältst dich mit Mäusen und Hamstern und weißt, sie plaudern nichts aus. Wartest auf die Abendkühle oder auf den nächsten Regen. Stellst, wo das Dach undicht ist, einen Eimer unter. Sprichst mit den Verstorbenen und gelegentlich auch mit IHM. Das macht alles kleiner, was groß sein will – den Krieg, die Russen und die Frage danach, wie es weitergehen kann, wenn nichts mehr weiter geht.
Die Räder mahlten im Sand, der Gaul schwitzte und ließ sich Zeit. Nichts verhinderte den Tag. Er lief unter der Sonne weg, verschob den Schatten, ließ den Wind zu und gab ein Zeitmaß vor, das alle Antworten entmündigte. „Was haben wir falsch gemacht?", fragte Lerch den Freund.

„Unser Fehler ist", überlegte Heckl, „dass wir so genau nicht wissen, wo wir hingehören. Es sind immer die anderen, die das bestimmen, und so sind wir immer dran."
„Wer aber sind die Anderen? Sind es die Glatzköpfe oder Männer mit Hosenträgern? Sandalenapostel? Die Vegetarier? Ist es der Mann im Mond?"
„Es ist andersrum", orakelte der Freund, „Die Anderen, das sind wir. Du und ich und unsere Kinder. Man redet uns Gerades und Krummes nach, und kriegst es nicht mehr aus der Welt. Weil's grad passt. Das ist der ganze Sinn."
„Machst dich dünn und davon. Weg vom Tag und weg von dir selbst." Die heiße Luft flimmerte nutzlos im leeren Himmel und Lerch nickte einsichtig vor sich hin.
„Es sieht nicht danach aus, als würde das weiter helfen."
„Nein", sagte Heckl und überließ das Pferd seinem Schritt.

Franz Ferch und seine Banater Welt

Der Maler Franz Ferch wurde am 4. September 1900 in Rudolfsgnad (heute im serbischen Banat) geboren. Die Familie zieht 1907 nach Perjamosch um, wo der Vater Rudolf Ferch als Notar tätig ist und Franz die Grundschule und Bürgerschule besucht. Für eine militärische Laufbahn vorgesehen, verbringt er die Jahre1914–18 auf der Kadettenschule in Traiskirchen bei Wien. 1918 wird er als Fähnrich an der italienischen Front eingesetzt. Nach dem Krieg studiert er Innenarchitektur und Raumgestaltung an der Kunstgewerbeschule in Dresden, wechselt 1925 an die Akademie der Bildenden Künste München und lebt anschließend als freier Künstler in Temeswar, wo er porträtiert, historische Themen aufgreift und Landschaften malt. 1930 nimmt er an der Temeswarer Kunstausstellung teil und wird mit einem ersten Preis ausgezeichnet.
1934–35 ist Franz Ferch Gast der Deutschen Akademie Villa Massimo im Rom. Hier entstehen mehr als siebzig Bildwerke mit vorwiegend römischen Motiven und sozialkritischem Hintergrund.
Ins Banat zurückgekehrt, wirkt er die nächsten zwei Jahre in der Maroschgemeinde Semlak, wo seine zeittypischen Bauernbilder entstehen, mit denen er erfolgreich an der Großen Ausstellung deutscher Künstler Rumäniens in Kronstadt teilnimmt. Ferch errichtet sich an der Perjamoscher Marosch ein Haus und heiratet die Tochter des Taglöhners Glogovizian. Im Jahr darauf wird der Maler mit dem Prinz-Eugen-Preis der Johann-Wolf-

gang-von-Goethe-Stiftung der Wiener Universität ausgezeichnet. Seine Tochter Eva wird geboren.
Im Zweiten Weltkrieg dient Franz Ferch – noch immer Offiziersanwärter in Reserve – im rumänischen Heer. 1942 wird die zweite Tochter Christine geboren. 1944 nach Österreich evakuiert, kehrt die Familie nach Kriegsende in das geplünderte Anwesen am Maroschufer zurück und durchlebt bis 1947 bittere Notjahre. 1948 erhält sein Bild „Wiederaufbau" einen Preis des Staatskomitees für Kultur und Kunst. Die Familie wird in der Banater Hauptstadt Temeswar/Timisoara ansässig, wo Ferch einen Lehrauftrag am Lyzeum für bildende Künste erhält. Er wird mit dem Arbeitsorden ausgezeichnet und ist von 1959 bis1969 Vorsitzender der Temeswarer Filiale des regionalen Verbandes bildender Künstler. In diesen Jahren entstehen Bilder, die im Sinne des (verordneten) Sozialistischen Realismus thematisch vorgegeben sind. 1964 wird der Künstler mit dem Orden „Stern der Republik" ausgezeichnet, 1970 mit dem Orden für kulturelle Verdienste 2. Klasse.
1979 folgt der Künstler seinen Kinder in die Bundesrepublik Deutschland und wird in Freiburg-Landwasser ansässig. 1981 wird ihm im Haus der Donauschwaben in Sindelfingen die Ehrengabe zum Donauschwäbischen Kulturpreis überreicht. In Freiburg entstehen durchgeistigte Architektur-Motive und überhöhte Varianten zu seinen Banater Distel-Bildern. Am 20. November 1981 stirbt der Künstler an Herzversagen. Er wird auf dem Freiburger Hauptfriedhof beigesetzt.
Franz Ferch wollte ein Banater Chronist seiner Zeit sein

und ist es wie kein Zweiter geworden. Sein Werk illustriert die Endzeit der deutschen Siedlungen im Banat – von den gesellschaftlichen Erneuerungsbestrebungen nach dem Ersten Weltkrieg bis zur Preisgabe einer Heimat, die nicht mehr als solche empfunden wurde.
„Ich habe 500 bis 600 Bilder gemalt, die in aller Welt verstreut sind. Wo sie sind, das weiß ich nicht“, resümierte der Künstler. Zahlreiche seiner Bilder befinden sich in den Archiven der Banater Museen, andere sind in den Wirren der Kriegs- und Nachkriegsjahre verloren gegangen. Viele sind im Besitz der heute in Deutschland und Österreich lebenden Banater Schwaben – wie Ikonen behütet als Angebinde der besonderen Art.

FH

Rumänische und rumäniendeutsche Literatur im Pop Verlag

Aus der Reihe **LYRIK**

- Bd. 2 **Rodica Draghincescu**: ***Morgen und Abend.***
  ISBN 3-937139-01-X; €[D]12,80.
- Bd. 3 **Ioan Flora**: ***Die Donau leicht ansteigend.***
  ISBN 3-937139-04-4; €[D]12,90.
- Bd. 4 **Nichita Stănescu**: ***Elf Elegien.***
  ISBN 3-937139-06-0; €[D]12,70.
- Bd. 6 **PAPI**: ***Manchmal später.***
  ISBN 3-937139-10-9; €[D]12,80.
- Bd. 7 **Mircea M. Pop**: ***Heiratsanzeige.***
  ISBN 3-937139-15-X; €[D]18,00.
- Bd. 14 **Dieter Schlesak**: ***Namen Los. Liebes- und Todesgedichte.***
  ISBN 978-3-937139-30-2; €[D]14,20.
- Bd. 15 **Hellmut Seiler**: ***An Verse geheftet.***
  ISBN 978-3-937139-32-X; €[D]12,60.
- Bd. 19 **Emilian Galaicu-Păun**: ***Yin Time.***
  ISBN 978-3-937139-41-8; €[D]16,30.
- Bd. 21 **Ioana Nicolaie**: ***Der Norden.***
  ISBN 978-3-937139-43-2; €[D]16,30.
- Bd. 23 **Aura Christi**: ***Elegien aus der Kälte.***
  ISBN 978-3-937139-47-0; €[D]14,50
- Bd. 30 **Robert Şerban**: ***Heimkino, bei mir.***
  ISBN 978-3-937139-70-8; €[D]14,50.
- Bd. 30V **Robert Şerban**: ***Heimkino, bei mir.*** Vorzugsausgabe.
  60 nummerierte und signierte Exemplare.
  ISBN 978-3-937139-71-5; €[D]30,00.
- Bd. 31 **Dieter Schlesak**: ***Heimleuchten.***
  ISBN 978-3-937139-75-3; €[D]14,50.
- Bd. 31V **Dieter Schlesak**: ***Heimleuchten.*** Vorzugsausgabe.
  60 nummerierte und signierte Exemplare.
  ISBN 978-3-937139-78-4; €[D]30,00.
- Bd. 37 **Horst Samson**: ***Und wenn du willst, vergiss.***
  ISBN 978-3-937139-92-0; €[D]14,90.
- Bd. 45 **Gelu Vlaşin**: ***In der Psychiatrie behandelt.***
  ISBN 978-3-86356-011-9; €[D]10,00.

- Bd. 56 **Dieter Schlesak**: ***Licht Blicke.***
  ISBN 978-3-86356-044-7; €[D]14,80.
- Bd. 60 **Horst Samson**: ***Kein Schweigen bleibt ungehört.***
  ISBN 978-3-86356-055-3; €[D]14,99.
- Bd. 61 **Eugen Popin**: ***Papageien mit blauen Schnäbeln.***
  ISBN 978-3-86356-056-0; €[D]12,99
- Bd. 64 **Traian Pop Traian**: ***Die 53. Woche.***
  ISBN 978-3-86356-062-1; €[D]15,00.
- Bd. 70 **Horst Samson**: ***Das Imaginäre und unsere Anwesenheit darin.***
  ISBN 978-3-86356-097-3; €[D]17,80.
- Bd. 73 **Dieter Schlesak**: ***Ein Buchstab bleibt auf grünem Zweig.***
  ISBN 978-3-86356-101-7; €[D]17,80.
- Bd. 76 **Ilse Hehn:** ***Tage Ost – West. Gedichte und Überschreibungen***.
  ISBN 978-3-86356-104-8; €[D]17,80.
- Bd. 88 **William Totok**: ***... an den Fahnenstangen fault die Wut.***
  ISBN 978-3-86356-135-2; €[D]18,20.
- Bd. 90 **Johann Lippet**: ***Kopfzeile, Fußzeile. Gedichte & Variationen.***
  ISBN 978-3-86356-140-6; €[D]13,80.
- Bd. 91 **Marius Koity**: ***Eine unvermeidliche Collage.***
  ISBN 978-3-86356-142-0; €[D]15,50.
- Bd. 93 **György Mandics / Zsuzsanna M. Veress**: ***Aus den Aufzeichnungen von János Bolyai.***
  ISBN 978-3-86356-148-2; €[D]16,50.
- Bd. 100 **Christian W. Schenk**: ***Wortwunde.***
  ISBN 978-3-86356-165-9; €[D]16,50.
- Bd. 101 **Robert Şerban**: ***Feintod.***
  ISBN 978-3-86356-167-3; €[D]14,50.
- Bd. 105 **Aura Christi**: ***Schmucklose Gärten.***
  ISBN 978-3-86356-181-9; €[D]16,50.
- Bd. 106 **Emil Hurezeanu**: ***Die Anatomiestunde.***
  ISBN 978-3-86356-182-6; €[D]16,50.
- Bd. 107 **Denisa Comănescu**: ***Rückkehr aus dem Exil.***
  ISBN 978-3-86356-191-8; €[D]16,50.
- Bd. 109 **Edith Ottschofski**: ***im wohlklang unverhohlen.***
  ISBN 978-3-86356-198-7; €[D]16,50.
- Bd. 111 **Robert Şerban**: ***Nah an der Gürtellinie.***
  ISBN 978-3-86356-167-3; €[D]16,50.

• Bd. 112 **Nicolae Prelipceanu**: ***die phantomathek.***
ISBN 978-3-86356-214-4; €[D]16,50.
• Bd. 120 **Robert Şerban**: ***Ein plötzlich erlöster Glücksritter.***
ISBN 978-3-86356-212-0; €[D]29,00.
• Bd. 135 **Eugen Popin**: ***Hotel Zur Ewigen Lampe.***
ISBN 978-3-86356-256-4; €[D]15,50.
• Bd. 136 **Dinu Flămând**: ***Zwischenfrost.***
ISBN 978-3-86356-280-9; €[D]16,50.
• Bd. 138 **Anton Sterbling**: ***Entrückung in den Kopfstand.***
ISBN 978-3-86356-283-0; €[D]15,00.
• Bd. 140 **Horst Samson**: ***Das Meer im Rausch.***
ISBN 978-3-86356-285-4; €[D]19,90.
• Bd. 145 **Emil Hurezeanu: *Zärtlichkeit, Routine / Tandreţe, rutină. Gedichte eines Knauserers 1979 – 2019 / Poemele unui parcimonios 1979 – 2019.*** (Dt./Rum.)
• Bd. 146 **Dinu Flămand**: ***Zwischenfrost.***
ISBN 978-3-86356-280-9; €[D]16,50.
• Bd. 148 **Ana Blandiana**: ***Herr der Mühle.***
ISBN 978-3-86356-217-5; €[D]18,50.
• Bd. 149 **Johann Lippet**: **b*iographie. ein muster. poem.***
ISBN 978-3-86356-316-5; €[D]17,50.
• Bd. 152 **DieterSchlesak**: ***Lyrikarchäologie***
ISBN: 978-3-86356-313-4; €[D]19,90.
• Bd. 153 **Petru Ilieşu**: ***Rumänien. Postskriptum / România Post Scriptum.*** (Dt./Rum.)
ISBN: 978-3-86356-315-8; €[D]19,50.
• Bd. 154 **Ana Blandiana**: ***Mein Vaterland A4 / Patira mea A4.*** (Dt./Rum.)
ISBN 978-3-86356-300-4; €[D]19,90.

Aus der Reihe **EPIK**

• Bd.4 **Francisca Ricinski**: ***Auf silikonweichen Pfoten.***
ISBN 978-3-937139-12-5; €[D]13,80.
• Bd. 8 **Dieter Schlesak**: ***Vlad. Die Dracula-Korrektur.*** Roman.
ISBN 978-3-937139-36-4; €[D]16,20.
Vlad, der Todesfürst. Die Dracula-Korrektur. Roman.

Neu bearbeitete und ergänzte Ausgabe.
ISBN 978-3-937139-57-9; €[D]15,50.

- Bd. 10 **Ioona Rauschan**: ***Abhauen.*** Roman.
  ISBN 978-3-937139-52-4; €[D]19,20.
- Bd. 11 **Thomas Brandsdörfer**: ***Die schöne Insel.*** Roman.
  ISBN 978-3-937139-53-1; €[D]15,00.
- Bd. 14 **Johann Lippet:** ***Migrant auf Lebzeiten.*** Roman.
  ISBN 978-3-937139-56-7: €[D]15,90.
- Bd. 17 **Lucian Dan Teodorovici**: ***Dann ist mir die Hand ausgerutscht.***
  ISBN 978-3-937139-80-7; €[D]15,00.
- Bd. 24 **Johann Lippet**: ***Dorfchronik, ein Roman.***
  ISBN 978-3-937139-99-9; €[D]25,90.
- Bd. 29 **Johann Lippet**: ***Der Altenpfleger. Zwei Erzählungen.***
  ISBN 978-3-86356-012-6; €[D]13,20.
- Bd. 31 **Julia Schiff**: ***Reihertanz***. Roman.
  ISBN 978-3-86356-014-0; €[D]15,80
- Bd. 33 **Jan Cornelius**: ***Über Google, Gott und die Welt. Satirische Streifzüge.*** Cartoons von Miroslav Barták.
  ISBN 978-3-86356-017-5 €[D]10,00.
- Bd. 39 **Julia Schiff**: ***Steppensalz. Aufzeichnungen eines Ausgesiedelten.***
  ISBN 978-3-86356-033-1 €[D]15,80.
- Bd. 40 **Jan Cornelius**: ***Heilige und Scheinheilige. Ganz weltliche Satiren.*** Cartoons von Miroslav Barták.
  ISBN 978-3-86356-038-6; €[D]10,00.
- Bd. 43 **Johann Lippet**: ***Bruchstücke aus erster und zweiter Hand***.
  ISBN 978-3-86356-050-8; €[D]15,00.
- Bd. 44 **Kristiane Kondrat**: ***Anastasius und andere Staatsbürger.***
  ISBN 978-3-86356-068-3; €[D]12,00.
- Bd. 47 **Adelheit Szekeresch**: ***Papierflugzeug***. Roman.
  ISBN 978-3-86356-067-6; €[D]21,99.
- Bd. 49 **Julia Schiff**: ***Verschiebungen***. Roman.
  ISBN 978-3-86356-075-1; €[D]15,50.
- Bd. 50 **Robert Schiff**: ***Falsche Fuffziger***. Roman.
  ISBN 978-3-86356-068-3; €[D]15,50.
- Bd. 53 **Johann Lippet**: ***Die Quelle informiert. Ein Bericht.***
  ISBN 978-3-86356-100-0; €[D]13,80.

• Bd. 54 **Dieter Schlesak**: ***Transsylwahnien***. Roman.
ISBN 978-3-86356-090-4; €[D]18,20.
• Bd. 55 **Steliana Huhulescu**: ***Flucht aus der Hölle***. Roman.
ISBN 978-3-86356-085-0; €[D]21,99.
• Bd. 61 **Johann Lippet**: ***Amei und Mari oder Nacherzähltes Leben***.
ISBN 978-3-86356-121-5; €[D]15,99.
• Bd. 70 **Edith Ottschofski**: ***Luftwurzeln***. Roman.
ISBN 978-3-86356-137-6; €[D]16,90.
• Bd. 71 **Daniel Bănulescu**: ***Der Teufel jagt nach deinem Herzen***.
ISBN 978-3-86356-178-9; €[D]18,50.
• Bd. 73 **Steliana Huhulescu**: ***Parallelwelten***. Roman.
ISBN 978-3-86356-158-1; €[D]23,00.
• Bd. 77 **Johann Lippet**: ***Wegkreuze. Beobachtete, gehörte, gelesene und andere Geschichten***.
ISBN 978-3-86356-180-2; €[D]13,80.
• Bd. 83 **Radu Găvan**: ***Neverland***.
ISBN 978-3-86356-181-9; €[D]18,50.
• Bd. 87 **Eginald Schlattner**: ***Wasserzeichen***. Roman.
ISBN 978-3-86356-216-8; €[D]29,00.
• Bd. 90 **Ioana Nicolaie**: ***Der Himmel im Bauch***. Roman.
ISBN, 978-3-86356-188-8; €[D]18,50.
• Bd. 93 **Romaniţa Constantinescu** (Hrsg.): ***Im kalten Schatten der Erinnerung. Eine Anthologie zeitgenössischer Prosa aus Rumänien.***
ISBN 978-3-937139-76-0: €[D]20,00.
• Bd. 95 **Viorel Marineasa**: ***Dikasterialpalast***.
ISBN 978-3-86356-192-5: €[D]16,50.
• Bd. 96 **Daniel Bănulescu**: ***Ich küsse Dir den Hintern, geliebter Führer***.
ISBN 978-3-86356-231-1; €[D]19,50.
• Bd.100 **Johann Lippet**: ***Franz, Franzi, Francisc. Romanfragment.***
ISBN 978-3-86356-246-5; €[D]16,50.
• Bd. 102 **Carmen Elisabeth Puchianu**: ***Die Professoressa***.
ISBN 978-3-86356-244-1; €[D]16,90.
• Bd. 105 **Adriana Carcu**: ***Golden***.
ISBN 978-3-86356-206-9; €[D]18,50.
• Bd. 107 **Steliana Huhulescu**: ***Wer die Liebe tötet***. Roman.
ISBN 978-3-86356-272-4; €[D]29,00.
Bd. 108 **Viorel Marineasa**: ***Der Onkel / Werkzeuge, Waffen,***

Instrumente.
ISBN 978-3-86356-273-1; €[D]24,50.

- Bd. 109 **Ilse Hehn**: ***Roms Flair in flagranti***.
  ISBN 978-3-86356-284-7; €[D]18,50.
- Bd. 112 **Franz Heinz**: ***Endzeit.***
  ISBN 978-3-86356-304-2; €[D]18,50.
- Bd. 113 **Anton Sterbling**: ***Klimadelirium und andere furchtbare Erzählungen.***
  ISBN 978-3-86356-303-5; €[D]16,90.
- Bd. 115 **Johann Lippet**: ***Beziehungsweise(n).***
  ISBN 978-3-86356-307-3; €[D]17,50.
- Bd. 116 **Eginald Schlattner**: ***Bruchstriche.***
  ISBN 978-3-86356-308-0; €[D]19,50.
- Bd. 117 **Dietfried Zink**: ***Einer, der Hans hieß***. Roman.
  ISBN 978-3-86356-319-6; €[D]12,80.

Aus der Reihe **FRAGMENTARIUM**

- Bd. 1 **Rodica Draghincescu:** ***Schreibenleben. Interviews.***
  ISBN 3-937139-03-6; €[D] 23,60.
- Bd. 2 **Dorothea Fleiss:** ***Regatta erträumend. Zeichen & Zeichnungen***.
  ISBN 978-3-937139-35-4; €[D] 15,00.
- Bd. 3 ***Zuhause nur im Wort. Eine Anthologie der Schrift stellerinnen und Schriftsteller im Exil deutschsprachiger Länder.*** Vorwort von Wolfgang Schlott. Herausgegeben vom Exil-P.E.N.
  ISBN 978-3-937139-64-7; €[D] 15,00.
- Bd. 5 **Dieter Schlesak:** ***DER TOD UND DER TEUFEL. Materialien zu VLAD, DER TODESFÜRST. Die Dracula-Korrektur.***
  ISBN 978-3-937139-75-3; €[D] 16,00.
- Bd. 7 **Heidrun Hamersky, Ilse Hehn und Wolfgang Schlott** (Hrsg.): ***„Die Sehnsucht, die ist mir so leicht“ □ Schreiben im Exil.***
  ISBN 978-3-86356-131-4; €[D] 19,90.
- Bd. 9 **Ingmar Brantsch:** ***Ich war kein Dissident.***
  ISBN 978-3-937139-68-5; €[D] 13,80. [Vergriffen.]
- Bd. 10 **Dagmar Dusil**: ***Auf leisen Sohlen. Annäherungen an Katzendorf.***

ISBN 978-3-86356-262-5; €[D]18,50.

- Bd. 14 **Dagmar Dusil**: ***Looking Back Through the Kitchen Window.***
  ISBN 978-3-86356-279-3; €[D] 16,50.
- Bd. 15 **Dagmar Dusil**: ***So is(s)t Hermannstadt.***
  ISBN 978-3-86356-282-3; €[D] 13,80.
- Bd. 16 **Adriana Carcu / Richard Wayne**: ***Das Lied aus dem Norden. Nordischer Jazz in Wort und Bild.***
  ISBN 978-3-86356-289-2; €[D]19,90.
- Bd. 17 **Anton Sterbling**: ***Grenzgänge, Heimat, Wanderungen. Narrative über das Zerbrochene. Sinnmuster der Vergangenheit.***
  ISBN 978-3-86356-054-6; €[D]14,80.
- Bd. 20 **Radu Carp** im Gespräch mit **Eginald Schlattner**
  „Gott weiß mich hier“.
  ISBN: 978-3-86356-311-0; €[D]19,50

Edition **MONREPOS**

- Bd. 15 **Traian Pop Traian & Liviu Tulbure**: ***Bleierne Flügel.***
  Gedichte und Bilder.
  ISBN 978-3-86356-168-0; € [D] 16,90

Aus der Reihe **ORPHEUS**

- Bd. 3 **Emil Hurezeanu**: ***Lyrik.***
  ISBN 978-3-86356-202-1; €[D]19,90.
- Bd. 5 **Denisa Comănescu**: ***Rückkehr aus dem Exil / Întoarcerea din exil.***
  ISBN 978-3-86356-193-2; €[D]19,90.
- Bd. 6 **Slavomir Gvozdenović**: ***Wir kehrten verwundet zurück in die Welt.***
  ISBN 978-3-86356-227-4; €[D]19,90.

- Bd. 8 **Traian Pop Traian**: ***Absolute Macht. Roman(z)e(n) aus einem vertraulichen Tagebuch.***
  ISBN 978-3-86356-204-5; €[D]29,00.
- Bd. 9 **Ana Blandiana**: ***Geschlossene Kirchen.***
  ISBN 978-3-86356-185-7; €[D]19,90.
- Bd. 10 **Robert Şerban**: ***Ein plötzlich erlöster Glücksritter.***
  ISBN 978-3-86356-212-0; €[D]29,00.

Aus der Reihe **UNIVERSITAS**

- Bd. 1 **Edda Binder-Iijima, Romaniţa Constantinescu, Edgar Radtke, Olivia Spiridon** (Hrsg.): ***Gedächtnis der Literatur, Erinnerungskulturen in den südosteuropäischen Ländern nach 1989. Rumänien im Blickfeld.***
  ISBN 978-3-86356-001-0; €[D]30,00.
- Bd. 8 **Horst Samson** (Hrsg.): ***Heimat – gerettete Zunge. Visionen und Fiktionen deutschsprachiger Autoren aus Rumänien.***
  ISBN 978-3-86356-051-5; €[D]25,00.
- Bd. 9 **Jürgen Egyptien, George Guţu, Wolfgang Schlott, Maria Irod** (Hrsg.): ***Sprachheimat. Zum Werk von Dieter Schlesak in Zeiten von Diktatur und Exil.***
  ISBN 978-3-937139-85-2; €[D] 29,90.
- Bd. 14 **Anton Sterbling**: ***Über deutsche Dichter, Schriftsteller und Intellektuelle aus Rumänien: Richard Wagner, Herta Müller, Paul Schuster, Johann Lippet, Hellmut Seiler, Horst Samson, Ilse Hehn und Werner Kremm.***
  ISBN 978-3-86356-251-9; €[D]16,50.